这本书，是关于青春的

给理想
加点糖

My Dream   for   Sugar

留学
你有更多
选择

杨芮 编著

大连理工大学出版社
Dalian University of Technology Press

图书在版编目(CIP)数据

给理想加点糖：留学，你有更多选择 / 杨芮编著.
— 大连：大连理工大学出版社，2014.8
ISBN 978-7-5611-8839-2

Ⅰ.①给… Ⅱ.①杨… Ⅲ.①散文集－中国－当代
Ⅳ.① I267

中国版本图书馆 CIP 数据核字 (2014) 第 154570 号

大连理工大学出版社出版
地址：大连市软件园路 80 号　邮政编码：116023
发行：0411-84708842　邮购：0411-84703636　传真：0411-84701466
E-mail:dutp@dutp.cn　　　URL:http://www.dutp.cn
大连金华光彩色印刷有限公司印刷　　大连理工大学出版社发行

幅面尺寸:168mm×235mm　　印张:20　　字数:265 千字
印数:1~6000
2014 年 8 月第 1 版　　　　2014 年 8 月第 1 次印刷

责任编辑:李玉霞　　　　　　　　责任校对:曲晓超
封面设计:王付青

ISBN 978-7-5611-8839-2　　　　定　价:35.00 元

序

梦想，好久不见

生活中从来不缺少"梦想"这块蛋糕，只可惜，有些人把"梦想"贬值为"空想"，而有些人愿意为了她放弃手中所获，只为能亲口尝尝"梦想"的味道。

梦想，说到底，倘若只是酒桌上兄弟几个的豪言壮语，或是"姐妹淘"之间闲聊的奢侈物件，当酒醒之后、话题落伍，我们依然淹没在日常的琐碎里，那份梦想只能是挂在嘴角的"安慰剂"。

梦想之于生活，仿佛咖啡之于淡水。水是身体每天必须要喝的保命东西，而咖啡是我们在青春时刻厌倦了寡味时，帮扶内心的一把"鞭子"。这根鞭子不能只打在屁股上，因为那里肉厚，打轻了根本没感觉，打重了基本上也是好了伤疤忘了疼。唯有把鞭子打在心头，那惊心的一掠让人陡然提问，这真的是我想要的生活吗？

当我们想到改变的时候，有人选择了"随心而生"，比如前央视主持人王凯，放下身段，自立创业；也有人选择了"回归校园，积淀内心"，比如《正大综艺》时期的杨澜，《开心辞典》时期的李佳明。因为职业的关系，我能接触到很多留学归国的朋友，他们有人顺利进入知名跨国公司，穿起套装，在高档的写字楼里挥洒青春，即便流泪，也会躲在角落，不肯让外人窥到半分。当然，也有很多人留学回来后，并没有按照家人的预期去找外人看来"惹人羡"的美差，反而把生活本身当做重心，旅行、游历、支教、公益，他们认为，与其让自己再次装入职场的牢笼，不如真正让"本我"重生，并且反思一下，到底我要活成什么模样？

留学，为了什么？留学与梦想之间，是对等，还是兼容？到底留学本身能否成为梦想，还是说，留学就像是一条路，走过它的风景与洞穴，我们才能更为明晰地抵达梦想的"桃花源"，并且在那里生根，结实。

这本书，是关于青春的，因为每个故事的主人公，都是八零后，甚至是九零后。虽然时至今日，八零后们也陆续三十而立，不过，他们依然是当前社会的砥柱，他们依然担负着各个社会阶层以及各类工种中最为核心的"大梁"任务。

在我做各地大学的巡回演讲时，很多学生问：杨老师，我该不该留学？我反问：留学，你的目的是什么？如果只是因为学业不济，工作难找，生活无趣，那你此时的留学只是在逃避，并且误以为拿了"洋文凭"就能解决当下燃眉的问题；如果你特别明确自己将来所要从事的行业及工种，而当前国内的知识储备不足以支撑这份目的，那你的留学动机，就是朗朗明晰的；如果你是职场打拼了三到五年的白领，遇到了所谓的"天花板"，想要寻求一种突破，一种职场的再生，选准自己的目标与专业，申请国外留学，也是相当正确。最怕的就是把留学本身当做目的，以为出国就能"转运改命"，还有人天真地以为留学之后就能有翻天覆地、凤凰涅槃一样的重生，那我想奉劝一句，如果出国前都不肯先打开自己的心，出国后你依然按照在国内的生活制式来约束自己，即便人在海外，只要你固有的单一思维以及各种陋习还在，逃到哪里，都是一样的囹圄。

我很厌恶说教的形式，更反对漫无目的的教条主义或是嚷嚷闹闹的成功学。梦想不是靠一两句豪言壮语就能实现，更不是单单依附于励志就能让内心独立。实现梦想，更多的是需要方向与勇气。所谓方向，就是确立自己的航行目标，不然，你的理想帆船飘荡在太平洋上，只能成为断头浮木，随波漂流。你应该让自己成为电影《少年派》中的主人翁，与险境并存，把生命交还给自己，搏斗、接受、自我鼓劲，并让内心成为"勇气"本身。

当然，实现任何梦想都需要接地气、顾现实。任何飘在空中的梦想，到最后，仍是气球，即便能飘得很远、很高，但最终的下场已然可以预见——破裂，漏气，消亡。梦想需要现实的氧气供养，所以，当"梦想"的咖啡被"现实"的杯子端上台面，你就可以思考：是否应该往里面加点"留学"的方糖，让它更容易入口，让咖啡因可以更舒缓地刺激你青春的味蕾，并让生活的体感少点别扭，多点香甜。也许，有些人喝咖啡是从不放糖的，他们立足现实，不需要留学的方糖给梦想调味，而是用黑咖啡的汹涌与后劲儿来搅动青春深处潜藏的能量，并在残酷现实的森林里觅寻到适合自己的生存法则。这，也是一种勇气。

梦想，一直都在。只是有时候，现实里浮尘遮目，繁嚣痹耳，我们会被各种外来的力量，甚至嘲讽裹挟，以至于当车子、房子、面子变成了攀比的物件后，有些人妥协了，有些人认命了，更有些人最后放弃了。

有人说，一日长于一年，世界就是角落。白日里的碌碌生计不该成为我们青春唯一的剪影与宿命。当月朗星稀的某个夜晚，你独自安于房内时，不妨打开心里的那只"寻梦手电筒"，轻轻地在心谷里问一声，梦想——你，还好吗？

2014 年 6 月

目录

第一站 / 美国篇

出去，
是为了更好的回来

关于美国，我们有太多的想象与希冀。全世界综合排名前 100 位的大学中，美国本土大学独占超过八成的比率。开放又不失严谨的学风，完备的软硬件设施，朝气活泼的学术氛围，这一切让赴美留学的朋友们恋念不忘。跨越 12 个小时的时差，仿若跨入另一场欢腾的盛典。这里有五光十色的霓虹耀目，这里，也在每时每刻上演着留学生们的喜悲表情。

给**理想**加点**糖** 留学，
你有更多选择

第一节

美国 Minneapolis – St. Paul 国际机场，长长的入境队伍仿佛溪流，曲折，蜿蜒，在偌大的敞厅内有序地缓缓移动。子骏随着人群，拉着随身的行李箱，打量着这里陌生的一切。在入境的队伍里，有身穿白色阿拉伯长袍的中东人，有打扮嘻哈，头发被编成几十根小辫的南非人，甚至还能找到身穿燕尾服、头戴高顶礼帽的欧洲人……这种阵势让子骏突然觉得像是在一个巨大的电影拍摄棚里，大家精心打扮，各有各的戏码，只为此刻共赴一场美国式的狂欢。队伍旁的电视屏幕里播放着美国移民局的宣传片，广播里偶尔提醒着某某航班抵达停机坪之类的通知，没有大喊大叫，没有熙熙攘攘，一切，都是依循着章法，稳稳地进行着。

"先生，你的护照。"移民官略带威严地问。子骏递上早已准备好的各种资料，经过几个简单的问题，移民官略扬嘴角，微笑着说："祝你在美国生活愉快！"

愉快？子骏知道在美国接下来的日子一定是痛并快乐着的。为了这次留学，他先前实在是付出了太多。想到家里当前的状况，想想三个月前他狠心辞掉了月薪近万的工作，他知道这次来美国读研究生意味着什么。

如果真有一扇"任意门"能够重返子骏的年少时光，他一定会用"乏味"来评价当年的一切。从小学到中学，子骏都是一个被外人看来学习相当努力的孩子，当然，他的成绩也总是能在班级里排名前三，用高中班主任的话说，如果周子骏考不上北大清华，那我这二十多年的书算是白教了。是的，在福建这个重点中学里，有太多奇迹发生，也有太多意外闪现，而子骏这场"意外"恰恰就是因为压力太大。子骏所生活的家庭真是普通的不能再普通了，爸爸是一名司机，妈妈是下岗工人，因为家境平凡，所以，子骏从来没有什么值得去炫耀的背景，而唯一能够证明自己存在价值的东西，就是学习成绩。当中学时代校园里开始有同学风花雪月或是为赋新词强说愁的时候，子骏只是抱着书本离开，躲到教室的一角，开始温习功课。距离高考还有一年的时间，他已经拿出"高考冲刺100天"的决心开始为内心的"名校梦"做准备。而这份早来的压力以及自己给自己的无形推力实在是有些过猛了，就在距离高考前的一个月，他突然开始失眠，即便晚上能勉强睡着，也是噩梦连连，一会儿梦见自己考场没有答完卷子时间就到了，一会儿梦到高考那天忘记带准考证，结果监考官不让进考场，情急之下，他一下子跪在考官面前，声泪俱下，是泪水把他从梦里拉了回来——还好是梦。

也许是梦有先验的功能，或是长久以来的压力一旦真的难以支撑，它就会成为摧毁关键一步的最狠利器。高考当天，由于过度紧张，答题失利，分数只过了省本科的录取线。名校梦，碎了，如一张沉入大海的脸，原本清晰，骤然模糊，直至破灭。还记得揭榜那天，他哭得很痛，仿佛过去多年的积怨都化成了彼时的悲怆。"不论发生什么，你都要学会承担。"爸爸丢下这句话，就去上班了。妈妈不敢多说，只是在做午饭时悄悄给他炒了一盘最爱吃的荔枝肉。

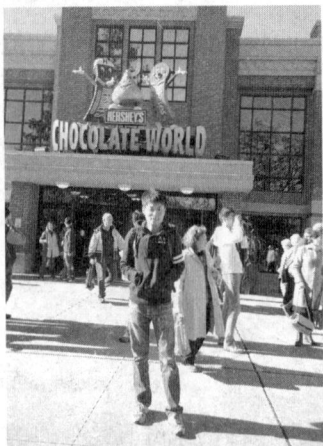

就是这次高考的失手，让子骏幡然明白了人生来不得勉强，即便是弹簧，拉得太紧也会失去弹性。而生活最该有的状态，就应该是，落落大方，游刃有余。有些时候，越想要，就越没那么容易得到。

大学的四年时光，子骏没有给内心太多的绳索与捆绑，但校园生活依然是单调的。社会学系的课目大多和"人"有关，心理的，统计的，思辨的，而这些都不是他喜欢的。大二那年，学生会举办了一场由美国留学归国学长主讲的座谈会，正是在这场活动上所听闻的学长求学经历彻底改变了他对于前途的计划与设想。学长口中所描绘的国外学习氛围，学术积淀，人文历史，异国风情正是自己长久以来一直渴望打开的窗户。

也许是因为家庭环境使然，进大学之前，子骏一直沉默寡言，就连自己喜欢的女孩子主动递来纸条，他都会紧张得手足无措。伴随他读书生涯的关键词，除了刻苦，还是刻苦。回顾青少年时期的校园生活，如同一张泛黄的宣纸，竟是那么苍白，甚至一阵劲风就能把它扯破，然后毫不吝惜地抛洒在空中。

我需要改变！子骏告诉自己。他明白，这种改变不单单是看待世界的方式，他需要更加勇敢。通过互联网搜索，他查询了出国留学的候选国家以及学校。要去就去最好的！子骏没有经过太多纠结就锁定了美国，而且必须是综合排名前100位的高校。经过资料的搜集和分析，他发现，其实最为头疼的问题，不是英语，不是本科时期的在校成绩，而是残酷又现实的费用问题。

在美国，即便是州立大学，外国研究生的学费加生活费一年需要两万五千美元左右，美国的硕士阶段课程一般需要修10门专业课，大约两年时间毕业。这样算下来即便省吃俭用，两年加到一起的总费用也要约合人民币30多万元。这是什么概念？老爸老妈不吃不喝需要攒五年，除非把家里唯一的房子卖掉，不然去哪里一下子找这么一大笔钱？即便爸妈砸锅卖铁愿意支持自己出国，子骏也是万万不肯让父母做出这么大的牺牲。当初高考失利的那年暑假，整整两个月爸妈都不敢出远门，生怕性格内向，自尊心极强的自己出什么意外。如今，好不容易快要大学毕业了，子骏又怎么会忍心让爸妈拿出最后的积蓄，只是为了自己圆梦？

出国的念头倘若只是一时冲动，不消几天肯定会越来越淡，直至消散。但是，自从那晚的留学座谈会后，出国的打算非但没有褪去，反而更加强烈了。加上网络上保存下来的美国校园照片，还有学校图书馆关于美国各大高校的学科介绍，更是让子骏的内心掀起了汹涌骇浪，这种澎湃已经多年没有经历过。他知道，这是一种召唤。

没钱，怎么办？——去挣！

子骏先自问：我有什么能耐可以去挣钱？有什么样的职业可以用一年半的时间挣到二三十万的真金白银？这个让人焦心的问题，在一个周末得到了解答。那天，他陪同班同学小杰去面试一家私立补习机构的英语老师，他也顺便报名试讲了一段高考英语试题，结果刚一讲完，负责招聘的面试官就主动问他是否有兴趣留下来做老师，课酬每小时 120 元起。

这么高？子骏对这个"报价"相当意外。从大一到现在，他只是周末接一些中学孩子的家教课，一个小时 50 元左右，没想到用同样的教学时间，在这所补习班就能拿到原来两倍的报酬，那相当划算。面试官继续说出诱人的待遇，如果你周一到周五的晚上以及周六、日都有时间的话，那我可以给你全部排满，这样的话，你一个星期至少可以赚到 2000 元。而且寒暑假是每天都有五个小时的课，我们这里的老师平均年薪都有 10 万左右，顶级老师更能拿到 20 多万一年……听到这里，子骏意识到，他来对地方了！

毅力是一种品质，它需要人们懂得坚持，即便在最为艰难的时刻，也要咬紧牙关，坚挺过去。就这样，子骏凭靠着从小在学校里磨炼的毅力，加上自己风趣幽默、循序渐进的教学风格很快就赢得了越来越多学生的追捧，他也如自己当初所预料的那样，不消半年就成了这家机构的顶级老师。由于子骏想要选报的是美国文科类研究生专业，本来就很难申请到奖学金，所以想在学费上找到省钱捷径几乎是不可能了。而那时开始，雅思考试成绩陆续受到了美国多数高校的认可，一番甄选后，子骏决定用雅思成绩申请学校。

回忆教书的那段时间，他最开心的就是每个月查银行卡余额的时刻，看着账户里的数字越来越多，那种兴奋与激动不亚于体验了一场惊心动魄的欧洲杯足球赛。为了能够在出国前赚足两年的学费，经过朋友介绍，子骏又来到上海教书，并且成功面试了一家规模更大的培训机构，课酬当然也比在福州时更上一层楼。

还差18万，还差12万……子骏像是患了强迫症一样不停地提醒自己。白天，他是课堂上侃侃而谈的雅思老师，晚上，他回到租住的小屋里，刚一靠床边，还未洗漱，就已经觉得浑身酸痛，眼皮有千斤重。由于长期讲课，加上蔬果摄入不足，口腔溃疡、慢性咽炎都成了时常来困扰他的毛病。在上海的这八个月中，子骏没有看过一场电影，没有给自己放过一天假，他的这个出国梦，比起那些家境殷实的同龄人，真是搅进了太多酸楚与苦累。

我们可以质疑"一份付出必然有一分收获"的逻辑，但是，"一份付出"只要够持久，那份滴水穿石的收获还是能够预见到的。就在收到美国明尼苏达大学双子城分校录取通知书的那天，子骏刚刚从医院打完退烧的点滴，拖着无力的双腿赶去校区教课。傍晚，在地铁上，他傻愣愣地对着门窗上自己的影子发笑，这真是一个陌生的影子，头发乱翻，嘴皮干裂，双眼迷离，那份累是刻在目光里的。为了这份通知书，他准备了一年半，而眼下的当务之急，就是继续"榨干"身上的能量去换取收入，让自己的美国求学之行能够顺利启程。

第二节

"你是国内来的小周吧？"一个头发略秃的中年男子有点腼腆地问。子骏马上意识到他就是自己先前在国内联系上的美国房东周先生。是的，他们是本家，都姓周。简单的寒暄握手，房东帮着把三个大行李箱依次放进车子的后备厢和后排座椅上，子骏坐进副驾驶的位子，迎着乌黑的深夜公路，向城郊开去。

房东是华人，祖籍湖南，十多年前和妻子移民来美，做科研工作，城郊的房产是在十年前买下的。子骏在国内也是通过网站多条"寄宿家庭"的信息进行筛选，并最终支付了意向金，决定在美国留学期间，就租住在周先生的房子里。很明显，房东是位寡言内向的科研男，为了缓和路途中的些许尴尬，子骏故作轻松地主动聊天。因为都是中国人，所以普通话一开口，那份先前的疏离感立刻融化了很多。

本以为美国全境到处都是灯火辉煌，车水马龙，没想到，车子开了一刻钟都没有瞅见太多的房子，更别说高楼大厦，人影如织。因为是深夜11点钟，即便是八月的夏天，郊外的凉风一吹，整个车子还是会让人打几个冷噤。古人说"夜凉如水"大概就是这种感觉吧。

大约40多分钟后，车子七转八弯地驶向一段上坡路，然后进入一条安静的马路，两旁散落着十来户独栋的房子，由于房体全都整齐划一地被漆成亮白色，所以即便是在黑黢黢地夜里，依然能看到它们的轮廓，安稳而静谧。在其中的一间房子门口，房东停下车子，淡淡地说："到了。"

打开房门，亮了厅灯，子骏第一眼就喜欢这样的生活氛围。虽然房子的装潢有点泛旧，但是依然井井有条，干净利落。"你的房间在一楼左手拐角的地方，独立的盥洗室在房间里面。今晚你先早点休息，明天介绍你和我家人认识。把这里当自己家，有什么需要随时告诉我。"房东一边帮忙把行李拉进房门，一边轻轻地说着。就在这时，子骏才看到他嘴角微微有了点笑意。也许是敏感的天性使然，子骏对于他人的情绪感知非常灵敏，而在房东的身上，他能立马感受到一种压力的存在，这种压力或是生活或是境遇的逼迫，让房东的内心一直不能痛快，或者说是一块磐石紧压胸口，不肯轻松半分。

互道晚安之后，子骏已经觉得自己的躯体快要散架，一路从浦东机场起飞，再到芝加哥机场转机，最后抵达明尼苏达，这一路十多个小时只是仰坐着。虽然机舱的座位前都有电视屏能看点播节目或美国大片，可是在长途飞机上，他依然觉得身体被禁锢着，连头脑都不自由。洗了热水澡，穿上熟悉的珊瑚绒睡衣，来不及回放这一天的种种新奇，疲累感早已经把子骏拉进了梦境，并让他在睡梦里养足精神，从而迎接在美国生活的第一天。

次日的朝阳，子骏错过了，因为一觉醒来已经是上午11点多。洗漱、换衣，匆忙走出卧房，抬头正好碰见一个大概十八九岁年纪的女生在开放式厨房里找东西吃。"你好，你应该就是爸爸说的房客子骏吧？"这个华人模样的女生很大方地主动打招呼。"是的，我是周子骏，早上好！"子骏也连忙介绍自己。这时，房东太太也从二楼下来，和子骏用普通话交谈。如果不提醒自己这里是美国，子骏一定会错以为这儿仍是在国内。房东一家人很热情，因为彼此第一次见面，所以，这种热情也是带着某种矜持与礼貌。

到美国的第一件大事就是要学会如何让自己生活下来，所以，中国人常说的"柴米油盐"就要好好熟悉和准备起来。在来美国之前，房东就已经在网络上和子骏列好了明细，房租月结，每月800美金，家里的炉灶可以随时使用，冰箱会专门有一层放子骏购买的食物。房东周先生中午也特意赶了回来，他说自己请了半天假，怕子骏不太熟悉居家附近的交通以及购物路线，所以打算开车带子骏去趟超市采购。

其实美国的交通路线以及超市采购很容易学会，美国的公交车是出了名的准时，没有太多拥挤的队伍，更不用在公交车抵达时就争先恐后地推搡上车，一切都是井然有序。当地的居民不论来自什么样的文化背景和种族，都彼此客气，笑颜盈盈。超市购物更是简单，和国内的家乐福、沃尔玛别无二致。只不过在美国，蔬果会比国内贵一些，而牛奶、鸡肉的价格却比国内还要便宜很多。在随后的多个华人聚会上，当地华裔年轻人说得最多的一句话就是："放心吃吧，这里是美国，我们的食品绝对安全，特别是牛奶。"每当听到这句话，子骏都会觉得心里一阵翻腾。

美国是一个行驶在车辘辘上的发达国家，几乎家家都有私家车，这并不是为了炫耀，而是因为汽车是他们出行最重要的交通工具。作为一个穷留学生，子骏当然没有希冀过在美国开车，即便是一辆不到一万元人民币的二手车，他也觉得不该在这个缺钱的节骨眼上浪费任何一毛钱。来美国前的一个星期，爸爸因为担心儿子手头的存款不够，突然从福建给子骏打过来一笔两万元的汇款，那天，子骏在电话里哭了。

爸妈的存款都是过去二十年的辛苦钱，他们没有太多文化，只能通过贱卖自己的体力来维持整个家的开销。"骏，你别担心爸妈，这次去美国留学，也是咱们家的大喜事，我和你妈脸上有光，腰板也直了很多。你就安心去读书，反正现在有手机、电脑，有事没事给家里报个平安就好。"临行前，老爸在电话里声音有些颤抖地说着，子骏知道，那时候爸妈眼里肯定都噙满了泪水。

没有人会怜惜你的困境，除非你自己改变。这句话是子骏到美国生活第一周最深切的感受。虽然子骏所生活的社区以外来移民居多，即便每天都会亲切地问声"How are you doing"，但是美国人更相信"自立"的能力。

只要你是一个成年人，就应该对自己的言行、生活、未来负责。赴美之前，子骏只是赚够了留学的学费，而生活费只有第一年的积蓄，这就意味着，子骏不得不做出两件看似不太可能但又必须去做的事情：其一，把原本两年内修完的十门专业课压缩为一年半全部读完，而且为了以后读博士时能申请到更好的大学，这十门课目必须全部都是 A 以上的成绩；其二，为了能够保证在美国的生活费用不出现问题，必须半工半读，而且还需要先拿到学生工作许可证才行。

对于一个美国的教育学研究生，平时需要研读的资料包括了人文、心理学、社会学、教学法等多个门类的参考书，两年修完十门课对于很多本地学生来说都是难事，更何况是一年半内要全部通过并且在所有考试和论文中要拿到 A 类的优秀成绩，这简直是把自己往梁山上逼。一开始，子骏也觉得自己是不是有点太异想天开，直到他在班上认识了来自成都的留学生小莲，一位一边半工半读一边要求自己一个学期内修完五门专业课的"女汉子"。

"你不要太心疼自己！真的，有时候人就是总想对自己好一点，这也不敢，那也觉得不可能。这都是自己给自己设限。当这个 limit 你给得越多，你就越像井底之蛙，永远不知道井口外的世界有多辽阔。既然你都在国内扔下了这么多来美国，还这样给自己设置障碍，那你和留在国内有啥区别？"小莲狠狠地咬了一口汉堡，在学生餐厅里对子骏说。

是呀，当初之所以选择出国，在一定程度上就是要考验一下自己，如果身逢绝境是不是也能活下来，并且还要顺顺当当地拿到自己该拿到的。不拼一下怎么行？人家小莲一个川妹子都敢第一个学期就修五门课，而且也是打工不耽误，我有什么理由不行呢？

就这么定了，一个半学期，十门专业课全部搞定！兼职工作也照样进行，一份工收入不够，那就两份一起做，再不够，我同时做四份。就让自己在美国好好认清真正的潜力，让我周子骏也清楚地知道自己的真正极限在哪里！只要愿意，有什么不可以？

第三节

"怎么又是你？"这位帅气的美国警察已经是第三次碰见了，这回很显然他失去了原本的耐性，一边慢速用警车开道，一边在对讲机里向警局汇报这里的处理情况。子骏也不是故意要在来美国的第三天就亲身体验一把"人民警察为人民"的感人故事，由于没有汽车代步，加上对当地的路况陌生，子骏在去一所学校面试中文老师的途中"顺利地"两次骑上了高速公路，并且彻底不知道该往哪个方向退回原路。在美国，只要老百姓遇见了困难或紧急事件，首先想到的就是拨打911。

说来也巧，子骏第一次骑错方向，报警时就是这位个头将近一米九，头发板寸，英姿飒爽的白人警察来帮助自己脱离高速公路的漫漫无边。不消半个小时，不争气的地图再次把子骏带上相同的公路，又一次迷了个晕头转向。报完警，还是这个二十多岁的年轻帅警帮了自己。可是第三次再让这位倒霉的警察出现时，子骏也哑然，这位警察看似有点被惹毛了。

三个小时，碰见三次，如果是男警察、女市民说不定还能延伸出一段罗曼史，而此刻，两个大老爷们，没有丝毫含情脉脉可言。临走前，警察言辞凿凿地说："如果你再次犯同样的错误，就要小心点了，伙计！"子骏不停地道歉，直至那辆警车消失在马路的尽头。

由于子骏先前就有近两年的语言教学经验，加上性格温和，举止有礼，他很快就被一所中文学校录取，负责每周二、周四下午教当地的华裔以及各国移民学说中文。还算幸运的是，这所学校距离房东家只有15分钟的自行车车程，这就大大减少了路上所消耗的时间。每小时40美元的报酬，虽不算很高，但至少每周有160美元进账，平时的饭菜钱总算是有了着落。

值得一提的是，美国对于留学生打工有着严格的许可证规定，也就是说，如果没有拿到这个官方开具的许可证，任何一家公司或组织是不能随意录用留学生从事有偿工作的。而子骏的这张许可证恰恰是在自己就读的大学餐厅里用炸薯条、拌色拉等体力劳动换来的。

"十门课，一年半，而且要全A的成绩，我该怎么规划呢？"子骏从小就是一个极其喜欢未雨绸缪的人。也许是因为从小缺乏安全感的缘故，只要是碰到生活或学习中的重要决定，他总是想要至少把握住未来两年的方向与目标。三个学期攻克十门专业课，这并不是子骏独创的，其实，在美国的很多大学里，来自韩国、日本、印度、中国内地以及中国台湾的学生是最为刻苦的。因为大家都来自亚洲，东方文化中的那份坚韧与隐忍会在逆境里越发明显地彰显出来。

这个苦，我是吃定了！子骏在每晚临睡前的微博里给自己鼓劲儿。他刚刚发出去，就有人立刻转发，子骏不用看也知道，一定是她，云烨。

说起云烨，其实不能算子骏真正意义上的女朋友，因为他们是在上海一个朋友的聚会上认识的，就在子骏快要出国的前一个月，云烨突然发来一条短信，向他表白。女孩主动向男孩示爱，这本来应该是件难得的事情，而子骏先是选择了拒绝。他很明白，当下社会的青春爱情，有时很难经得住时间与空间的考验，因为有太多诱惑，而且，越是面对一个更为广阔的世界，他或她的选择就会越多。倘若一时把握不住，就会陷入另一番情感上的折磨，何苦呢？

子骏临行前两周，当面把自己的想法告诉了云烨。只见这姑娘并没有立刻撒娇哭泣或是做出非理智的举动，相反，她沉沉地看了子骏一会儿，然后说："你不用担心我，更不用怕我会继续纠缠什么，你就安心地去美国呗，反正一年半之后你是铁定要回上海的，如果那个时候我们依然觉得有在一起的可能，那就再顺水推舟。现在我不给你任何压力，我只想让你知道，不论在外头有千难万难，还会有我在上海默默等你，这就够了！"

女孩儿都已经这么通情达理了，子骏还能说什么？于是，从上海浦东机场出发那天，她没有来送他，子骏当时甚至都设想了如同电影高潮情节中的桥段，一个女孩，披头散发，力破人群，然后喊着他的名字，为他洒泪送行。很可惜，这一幕，直到子骏坐进了美国联航的飞机舱内，任何关于浪漫的镜头都没有发生。

没发生也好，至少，不会有太多牵挂，这一走，倒也释然。

第四节

9月的明尼苏达州已经淡淡显露了初秋的痕迹，虽然气温没有骤冷，但是早晚温差中渗出的凉爽还是提醒着子骏关于美国四季的轮转。12个月，三个学期，要一口气修完十门科目。当他在开学之初把这个学习规划告诉副教授桑德拉女士时，这位有着十几年教龄的美国老师并未露出太多的诧异与不解。很显然，在她的记忆里，但凡是亚洲国家来的孩子几乎都会在开学时亮出这份"头悬梁锥刺骨"的刻苦计划。

如果来美国攻读硕士，一般是四个学期修完十至十五门课，每个学期 4 个月，共需大约两年才能拿到硕士学位。通常情况下，美国本土以及大多数国际学生都会采取"三、三、三、一"的分配方式，即：四个学期里，前三个学期分别修三门科目，到了第四个学期专心主攻毕业论文。还有一些适应能力较弱的国际学生会向校方申请采取"二、三、三、二"的攻读方式，即：先修两门课，给自己一个适应的"缓冲期"；第二及第三学期再分别修三门课，让压力逐步加大；到了第四学期再修两门课，以便有松有弛，不让自己两年里过得太累。

　　但是以上两种攻读方式，早在子骏到双子城校区报到时就彻底否决了。如果十门课可以在三个学期里全部修完，又为何让自己在美国多扔掉半年的生活费呢？更何况，这次留学目的就是为了趁早回国，实现内心的抱负。时间，是与同龄人赛跑中最该节约的资本。最后，子骏选择了"四、四、二"的攻读方式——一种足以证明青春潜能的"铁人求学计划"。

　　在子骏的猜想里，美国的大学课堂应该是类似"哈佛网络公开课"或 TED 视频里所拍摄的那种阶梯式大型教室，一排排错落有致的各国学生身穿印有学校标识的套头衫，或埋头记录或托腮思考，白胡子教授用投影仪或幻灯片娓娓讲授，偶尔的一个段子会引发学生们一阵欢笑……可是，当子骏抱着书本在下午第一次迈进二楼教室时，当初的那些幻想影像瞬间被打上了一个大大的叉子。

　　这是一间五十平米左右的小教室，十几张带有托板的写字椅一排排放置在教室中心。教室旁大大的玻璃窗外面能够清晰地看到校园里的参天大树，甚至，树杈上还时不时能够瞧见松鼠的身影。几分钟之内，同班的其他十几个同学都陆续步入教室，随意找到一个位置坐下，然后彼此热情地介绍着自己。因为这个班级里部分攻读教育学的同学本身已经在公司或某家学校工作，他们大多下午3点下班，然后赶来学校读书，所以上课时间大多是在下午4点40分才开始，一直上到晚上7点半左右结束。在这些身着正装的上班族中，仔细观察，甚至还有一两位中年男士也坐在学生椅上，这个场景让子骏突然间有些感动。在校园里交朋友，笑容和活力就是最好的名片，这样的氛围让原本略显局促的子骏顿时放松了很多。

早在一年前申请美国的大学时，子骏就确定了要攻读"教育学硕士"的目标。因为家里经济拮据，他首先锁定的就是公立大学。一般而言，申请美国的大学尤其是理工科学府原则上都需要提供GRE成绩，不过根据学校的不同，许多美国及加拿大高校的教育学方向研究生在入学申请时对于GRE成绩并没有硬性要求[①]。选取适合自己的大学，首先要看的是这所大学该专业研究生院在全美的排名情况。拿教育学专业为例，全美排名第一的是哥伦比亚大学，但它地处纽约，加上学费昂贵，所以从最一开始就没有列入子骏的候选大学名单。而这所最终录取了他的明尼苏达大学双子城校区是全美综合排名第64位的大学，同时，它的教育学专业全美排名位列第23名。加上这所大学教育学专业十门科目的总学费约33000美元（约合人民币20万元），也在子骏可以承受的范围之内，经过多方考量，最终，这所被媒体誉为"世界前50位的全球化大学"成了他研究生阶段的母校。

教育学和医学一样，有很多理论只有在实际操作中才能更为真切地体会。第一个学期的四门课，虽然学习压力很大，甚至一周要写四五篇论文，但是由于子骏在出国前就有多年的教学经验，所以，当授课老师讲解"教

注①：具体入学标准请登录所申请学校官网进行查询。在准备托福、GRE或GMAT等相关考试时，可以登录"逐梦网"查阅复习建议或考试心得，网址：www.chasedream.com。

案编写原则"、"听说教学法"、"读写教学法"时，子骏觉得相当熟悉，几个月前在中国国内上课的场景瞬时与当前老师讲授的教学法则——呼应。这种顺手的感觉也让他觉得自信很多。很多初到北美国家读书的中国学生最为难以逾越的就是国外英文授课时的"听说关"。虽然大学老师们会选用尽量简单易懂的句型与单词，可是，当他们语速加快，同时糅杂了日常会话中的俚语、习语之后，一些中国学生就会产生发怵的感觉。有些心志不坚的学生甚至陷入"破罐子破摔"的泥潭，到最后不得不申请重修。

在听说部分，当初雅思的考分还是能够让留学生比较真实地了解自己的水平。在学术环境里，雅思的听说版块能够达到单项 7 分的话，一般的听课以及课堂讨论、观点陈述是可以做到从容不迫的，只要能够有一个月左右的适应期，全英文授课环境不会成为留学生的一大障碍。相反，只有那些一下课就找中国老乡唠嗑，一离开校园就直奔中文环境的学生，他的英文水平会随着运用频次的逐渐减少而出现"不进则退"的尴尬现象。

子骏当时申请大学时的雅思四个单项分（听力、阅读、写作、口语）分别是：8 分、7.5 分、7 分、7 分，这样的分数不仅让他有效地申请到排名不俗的大学，更重要的是，他能够自如地运用英语能力开始撰写教授布置的日常专题论文，阅读大量教育心理学、行为学等专业的英文资料，并且快速地应用到实际，结合课堂的主题讨论、小组陈述，从而让子骏十门科目全 A 的目标得以逐步实现。

第五节

"Get out！ Leave me alone！"（出去，让我一个人待着！）一声歇斯底里的喊叫从二楼传了出来，紧接着"砰"的一下重响，门被任性地甩上了。这阵吵闹声一下子把子骏从睡梦里拉回到现实，他穿着睡衣打开房门向客厅张望。房东周先生有些颓然地走下楼梯，坐到客厅的沙发上，周太太紧随其后，左手不停地在擦眼角的泪水。很明显，刚才的那声狂喊应该是出自他们的女儿丽莎。美国人向来以家庭为核心，家庭成员之间即便有分歧也会通过对谈、倾诉的方式解决，倘若出现了激烈的冲突或吵闹，肯定是发生了一般人难以承受的大事。

子骏没有退回房间，他觉得此刻"事不关己"的做法很显然太自私了。当周太太也在客厅坐定，子骏来到他们身边，关切地询问发生了什么事，有什么可以帮忙的。周先生耷拉着眼皮，浑身无力地靠在沙发上，嘴巴里喃喃地说："丽莎的喉腔里发现了一颗肿瘤...她不同意做手术，怕损害声带，不能正常说话……"周太太这时凑过身来，眼角噙着泪花，接着说："在美国，他们都很注重个人隐私。现在丽莎已经成年了，我去医院想看看她的病历，根本没有办法查到半点线索。现在孩子的肿块发展到什么地步，在吃什么药，是否需要化疗或手术，我和你周叔叔一点头绪都没有……"

在子骏的印象里，丽莎是一个非常开朗的华裔女孩。和大多数在美国出生长大的青年人一样，丽莎的嘴角永远都是绽放着向日葵般的笑容，她的举手投足丝毫没有传统中国女孩那种扭捏与胆怯，对于她来说，生活是用来享受与冒险的，任何的修饰、遮掩甚至腼腆完全不会让你在众人面前加分。环境造就人的性格，从一个月前和丽莎相处开始，子骏一直觉得丽莎身上有种独特的美，那种美是由内而外的，而这份魅力的内核就是独立与自信。

今天，这朵看似永远不会被阴霾遮蔽的向日葵遇到了身体的病苦，而这份病痛竟然是中国人一直很避讳的癌症。如果说身患癌症这件事发生在其他人家里，父母肯定是六神无主不知道这疾病的深浅，但是在周先生家里，疾病这件事却是他们两口子从几十年前就开始打交道的工作对象。早在移民美国前，周先生是湖南省小有名气的五官科医学专家，他现在的工作就是在明尼苏达州的一所高校任口腔科专业的研究员，而周太太曾经也是长沙某医院的一名医生，关于生老病死都是她在过去的年月里经常看到的场景。但是，偏偏造物弄人，两位国内资深医学专业人士的孩子竟然在美国查出了肿瘤，这样的打击仿佛一记重拳，狠狠地捶在两位中年人的胸口。

"丽莎会理解叔叔阿姨的苦心，她可能需要时间。"子骏压低声音，慢慢地说。其实子骏心里也明白年轻人的个性，只要过了十八岁，上了大学，美国的年轻人更是希望自己来掌控生活中发生的一切，这一切中当然也包括了和谁恋爱，患了什么疾病。丽莎毕业的学校也是美国知名学府华盛顿大学，本科主修哲学专业。这是她自己钟爱的学科，依仗着内心对于哲学的热爱，她从去年开始就努力申请哈佛大学的哲学系研究生录取名额，期盼能够在全美排名第一的大学里继续自己的哲学研究之路。遗憾的是，由于美国经济形势出现颓势，哲学专业不是那么容易就业，这就导致了丽莎从华盛顿大学毕业后，整整一年待业在家，成了名副其实的"啃老族"。随着喉腔肿瘤的发现，丽莎的"啃老族"标签在近期内更是难以从自己的身上撕下来了。这对于一直期待生活独立的丽莎来说，又是一次当头棒喝。

由于要赶着公交车的到站时间去一个半小时车程的住户家里当家教，子骏默默地帮周先生和周太太沏了一壶茶，搁在客厅的茶几上，随后便匆忙洗漱，手里拿着昨晚做好的三明治，一路小跑去车站追赶着即将驶离的巴士。望着车窗外移动的沿路风景，子骏告诉自己："每个人都有属于自己的人生功课，即便是惹人羡嫉的美国中产一族，他们各家也有内心的苦悲。而我，此刻最该做的，就是绝对不能向生活低头。就算再苦，这一年多的磨砺一定会成为我接下来回国工作的营养与动力！"

第六节

每天晚上临睡前，与云烨的例行"通话"成了子骏最为放松的时段。和大多数留学生一样，QQ以及SKYPE成了他们便捷实惠的通信工具。由于明尼苏达州的时间与北京时间相差14个小时，当子骏这边夜幕低垂时，云烨所在的上海恰恰是一天的正午。他们已经习惯了每天开着摄像头，即便寒暄过后不说一句话，视频聊天也会一直打开，看着对方在摄像头前的一举一动。按云烨的话说，这种只看图像不出声的方式会让她觉得有一种"陪伴感"。

网络的陪伴毕竟是主要靠想象维持，而身处异乡，子骏的课余生活里更多是和中国来的同学们一起在美国寻求心灵上的陪伴与温暖。在大学里，留学生们自发组建的"中国学生联合会"（简称"学生会"）就是中国学子们最乐意参加的组织。不论在中秋节还是十一国庆节，同学们都会找准一切可以欢庆的节日，师哥师姐主动邀请留学生们来他们的公寓或宿舍一同包饺子、吃火锅、打麻将、玩"真心话大冒险"。在那一刻，子骏是真心的快乐，那些在外人场合里的面具与伪装都脱得一干二净，留给家乡人的，就是暖暖的温情。

临近圣诞节的那天晚上，刚参加完一个中国同学会的聚餐，赶着末班车回到房间里。一通妈妈从福州打来的越洋电话让子骏刹那如堕冰渊。"你爸工作的那个厂子被德国人收购了，因为年龄超过了规定，你爸被劝退下岗了。这两天他心情不好，你在电话里多给他报好消息，让他高兴高兴。"妈妈在电话里偷偷地说，然后她朗声对远处喊："治国，快来接电话，子骏第一个学期已经有三门课拿了 A 呵！"接着，听到了爸爸咳嗽声由远及近，就在他厚重的一声"喂"之后，子骏的喉咙像是突然被堵住了似的，竟一句话也说不出来。那夜简短的通话后，子骏抱着被子，第一次蒙头大哭。

第二天清晨六点，手机闹铃准点响起。这样常规的作息已经坚持了快半年，倒不是为了早睡早起，而是因为他在周一到周五的早晨都要赶着早班车去三十公里以外的地方打工教课，赚取生活费。九点前是死命令，必须要准时到，而这天明尼苏达州迎来了入冬的第一场大雪，砭入骨髓的冰冷让子骏接连打着哆嗦。还是熟悉的巴士停靠站，他习惯性地掏出手机开始构思即将要开篇的小论文概要及提纲，同时，子骏把双肩包反着背到胸前以防包里的手提电脑、钱包被小偷盯上。和中国春节前夕一样，美国圣诞节前的偷盗、抢劫犯罪率也会随着节日的临近而出现"小高峰"，甚至于一些单身女子在早间清晨或晚间十点后都不太敢只身踱步在偏僻的角落，担心会被突如其来的不法分子抢夺财物。

赶去教课的路途前后需要近两个小时，这难得的时段对于子骏来说从不肯轻易浪费。他通常会拿出教授上课指定的必读书籍在巴士上认真研读。

有时候，实在太困了，他也会把头倚在玻璃车窗上稍微眯一会儿。按子骏的经验，这种"眯"其实就是闭目养神，肯定不敢放心睡着的。要知道，在美国坐错站的时间成本比中国要长得多，倘若赶时间需要打车的话，没有两三百元人民币你是几乎哪也到不了的。

在异国像子骏这样做一名草根级别的学生，有时内心的凄苦与委屈只能往自己肚子里灌。加上爸爸刚刚下岗，家里的稳定收入没了着落，单靠妈妈一份工资该怎么担负一家的开销？虽然子骏向来宣称自己是"无神论者"，但是在美国的这近两年时间里，他在心里重复最多的祈祷就是"保佑爸爸妈妈健康平安"。唯有父母平安，这些远在海外的子身学子们才能吃下一颗"定心丸"，从而有更多的精力与耐力承受起学业与生计带给自己的双重压力。

在美国，一年中最为盛大的日子，除却国庆节就是年末的圣诞节了。美国的大学根据学期跨度不同都会放至少三周左右的假期，而这样的一段长假更是给留学生们比较充足的时间可以跨州旅行或去邻国加拿大感受真正的北美风情。这年的圣诞节长假，子骏选择去佛罗里达州探访自己多年未曾谋面的远房阿姨和她的家人。

奥兰多华人区一条颇为拥挤的道路旁，阿姨家开的中餐馆就在人行道的拐弯处。上次见到阿姨还是18年前，那时子骏刚上小学，他穿着阿姨从美国带来的限量版耐克运动鞋进校门时，顿时引来了很多同学的羡慕与议论。那也是子骏第一次知道了什么是名牌，什么叫作虚荣。时隔近20年，当这位曾经让内地家人一度羡慕嫉妒的阿姨再次迎门出现在子骏眼前时，他不禁倒吸一口凉气。此时的阿姨已经是年近七旬的老人，带着浓郁闽南发音的普通话让距离一下子拉近了许多。但是时间总是无情，这位一身素装、佝偻身躯的老人果真是当年意气风发赶回内地探亲的"海外侨胞"吗？怎么苍老了这么多？就连这临街的中餐馆为啥生意这么冷清，都到了午餐时间竟然一个客人也没有？

"昨天餐馆被卫生局的人检查，发现不合格，开了罚单让停业整顿，今天不能营业了。"阿姨不好意思直视子骏，淡淡地解释当下的窘境。

和阿姨唠家常仿佛就是在翻开一本沉重的华人移民史，即便我们在国内隔着远远的大洋艳羡着他们种种的美好生活，可实际上，对于在底层挣扎的华人来说，他们可能要付出比本地人多出两倍的努力才能让日子活出平稳来。几十年前，阿姨在东南亚以非法途径偷渡到美国佛罗里达州，那年她才20岁出头。怀抱着很多年轻人心中的"美国梦"，阿姨凭借自己的吃苦耐劳还是能够在当地苟活下来。后来她的两个孩子先后出生在美国，沾了孩子的福气，她这才一步步也申领到美国绿卡，让自己的身份合法化。

即便手拿美国绿卡，但是阿姨基本不会讲英语，普通话又带有浓重的地方口音，这让她在美国的生活半径始终无法拓展。还好她能做一手好菜，客人品鉴美食只需要舌头和嘴巴就行，就这样，这间面积不到60平米的中餐馆在阿姨的悉心照料下还是年复一年地经营了下来。命运对于这位老妇仍是充满了悲哀，她的大儿子五年前在一场车祸中成了残疾人，她的小儿子出生不久就被诊断出小儿麻痹症，生活的种种重压如同大海上的一阵阵巨浪，死死地盯着阿姨这艘小船，一刻不得喘息。

还记得那晚，子骏和阿姨一直在房间里聊到深夜，圣诞的音乐从隔壁邻居的房间里如溪水般潺潺流泻进阿姨的卧房。虽然是新年将至，可生活的种种阴郁还是现实而残酷地笼罩在阿姨的头顶，并且只有她继续咬牙坚持才能逐步化解。躺在床上，子骏开始用阿姨的故事反观自己，他自问：面对当前的困境，我自己能从容应对吗？这次的美国留学，我真的可以顺利在第二年拿到学位并且不出现任何插曲吗？即便学成回国，面对每年激增的应届毕业生，我真的能找到一份合适的工作，并能迅速缓解爸妈当前的难处吗？我真的，能行吗？……

当心情跌入低谷时，人很容易产生怀疑和挫败感。特别是子骏这样从小就缺乏心理安全感的男生，当他每每经受内心的盘问与挫折，他渐渐学会了一个词——越挫越勇。

第七节

时间就像是一个酵母，当你浸泡在一座城市久了，身边的很多场景、故事都会和你牵上关系。而这份"关系"带来的回忆能让你在即将要离开时产生恋恋不舍。从抵达美国的第一天开始，子骏就告诫自己，在美国的日子是倒数进行的。

也曾认真思量过留在美国的可能性，因为这里的人文，这里的环境让子骏感受到了一种前所未有的开化与放松。在这里，你首先学会的是"表达你自己"而不是"表达前的惧怕"，这种轻松的氛围让子骏现在想来都觉得十分宝贵。他曾询问过身边同样来自中国内地的师哥师姐，从他们的对谈中，子骏发现，即便硕士毕业，想要留在美国长期发展仍是前途未卜。首先，受国际经济不景气的大环境影响，在美国，那些"高端、大气、上档次"的工作成了稀罕物。而华人在美国最容易也是最先想到的工作就是做文秘，当中文老师。这种职业在子骏看来是没有太多营养的。因为，做文秘或中文初级教师，无非就是重复一些琐碎的东西，不论是输入文档或是教学生读"a、o、e"，都是在时间里消耗着青春宝贵的激情。子骏觉得，与其为了一张不可知的美国绿卡，卑躬屈膝地在异乡熬上七八年，不如毕业后回到中国，在国内的激荡洪流中尽情地发挥自己的才华。而且，在施展光热的同时，肯定能通过能力赢取到属于自己的"第一桶金"。

子骏始终没有忘记当初来美国之前的志愿——创业，他想通过自己的努力与拼杀为青春贴上"无悔"的标签，并且，用实力证明自己的青春没有白活。经过一周的掂量与思考，子骏决心放弃硕士毕业后在美国的工作机会，最后的毕业论文结题后，他打算直接返回上海。

有时候，人真的要对自己"残忍"一点。在第三个学期开始之前，子骏对自己的目标是，继续保持所有课程成绩全部要 A，而且用 18 个月完成所有的在校课程。因此，当他开始撰写自己的专业课论文时，子骏告诉这门课的导师："请您直接用 A 级别分数的标准来要求我。"这时，导师仿佛慈母般地看了子骏一眼，轻声提醒道："好的！不过，你要注意身体。"

本来体重就只有 120 斤的他，在第三学期刚一开始时只剩下了 112 斤。子骏确实对自己足够"残忍"，为了能够尽量地节省开支，平日里他基本上从来不下馆子，即便是某门专业课又拿到了一个 A，他也只是跑到麦当劳买一个甜筒就算是犒赏了自己。

按照正常的学费以及生活费计算，想要完成子骏的近一年半研究生学习，前后大概需要 35 万人民币的花费。而子骏从在美求学第一天开始一直到他最后完成全部学习，总共的花费缩减到了 25 万 8 千元人民币。而这份"缩减"的背后，是他接连 16 个月同时维持着将近 7 份兼职工作，与此同时，为了完成每两三天上课要提交的课业报告，他几乎在前一天都要熬夜到凌晨两三点，然后次日早晨起床后，还要奔赴下一个兼职教学的目的地。

清楚地记得那天是 12 月 12 日，子骏随身带着两大箱行李，直接奔到自己所带的一对一教中文的学生家里。上完课，拿到最后一笔酬劳，与这个可爱的华裔男学生拥抱道别后，子骏跳上出租车径自驶向 Minneapolis - St. Paul 国际机场。

尾声

　　机场的候机厅里，子骏在美国 CNN 新闻频道网络直播中看到了中国的国家形象宣传短片，一条条关于中国经济的好消息通过美国媒体在世界传播，特别是当中国的经济总量顺利超过日本成为全球第二大经济体时，子骏能够真切地感受到机遇的难得。自古以来，人最重要的就是"审时度势"，中国的发展势头无疑是达到了过去 30 年的又一个高峰，而子骏的归来会让他在接下来的滚滚机遇里实现自己的梦想，并且将内心积蕴的能量在合适的舞台上尽情释放。

　　12 月 14 日，经过 10 个小时的飞行，航班稳稳地停靠在上海浦东国际机场。当子骏推着行李车迈出抵达大门时，在人群里，他看到了云烨的脸庞。所有的等待都是值得的，当两个人的情感通过了时间与空间的考验，这份执着就可以幸福地举起标语说"我，就是真爱"。

　　剩下的情节与段落，就留给子骏和云烨慢慢描绘吧。反正青春正当时，他们的故事，当然会有更多的可能与遐想。对了，就在子骏回到上海的第六天，他的毕业论文导师发来电邮说，子骏的论文得分是 A。这位导师在邮件里写道：你用自己的努力证明了我当初从你眼睛里看到的潜能，你所有课目全 A 的成绩当之无愧。孩子，我为你感到骄傲。祝你在自己的国家，有所作为。好运，加油！

●周子骏：关于留学美国的小贴士●

如果各位朋友打算去美国留学或者短期游学，出国前可以做好以下准备：

第一是语言关：没有打好语言基础的话，出国后的过渡期会相当漫长。因此"语言关"是基础，它决定了出国后前半年的幸福指数。

第二是基本生活能力：包括汽车驾驶和做饭。为了生活的便利，学会驾驶是必不可少的，"车"对于身处国外的留学生绝对是如"双腿"一样宝贵。能做一手好饭菜可以让你的生活更加健康，让你脱离与"老干妈"为伴的生活。

第三是关于美国"野鸡大学"：由于新闻上经常会提到美国的某些大学学历在中国不被官方认可，部分朋友会担心如果没有能力申请到美国排名前100位的大学是否就不值得一去。其实，大家可以登录"中华人民共和国教育部教育涉外监管信息网"（网址：www.jsj.edu.cn），上面可以查到美国各个州被中国官方认可学历的正规大学。

需要提醒朋友们的是，美国高等院校包括公立与私立两种。据统计，目前美国各类高等院校有3600多所。美国高等院校的质量认证一般由专业认证机构负责，联邦政府是通过认证机构间接起到对各院校的管理与规范。所以想要选取一所适合自己的大学，你还可以登录该学校的官方英文网站查询他们的最新招生讯息和资格认证信息。

第二站 / 德国篇

若为远方，
即刻起航

身处德国，你就来到了欧洲的心脏。当时光在莱茵河的裙边漫步，关于人类智慧的宝匣就此打开。留学在德国，就如同迈进一座博大的殿堂，这里有爱因斯坦的物理笔记、黑格尔的审慎思索、贝多芬的灵动音符，还有保尔·托马斯·曼的文学造诣以及沃尔特·格罗佩斯的建筑魅力。选择德国，就意味着选择了洋溢挑战的远方。青春若有方向，就该即刻起航。

给**理想**加点**糖** 留学，
你有更多选择

学研究领域的专家，她的课一下子就涌来了 40 多个选读的学生。这个学期只有 14 个题目，基本上两到三个人为一组，肯定是属于"僧多粥少"，幸亏刚才李恩惠眼疾手快，才让顾蕙也跟着抢到了"最后一张船票"。难怪当 14 个议题选定完毕后，有两三个没抢到名额的同学在抓耳挠腮呢。

"那这些没有抢到题目的人该怎么办呢？"顾蕙有些庆幸地用英语问恩惠。"谁让他们反应这么迟钝呀！"李恩惠抬了一下自己的尖下巴，做个鬼脸接着说："他们可以找刚才已经结成小组的那些同学商量候补加入，然后求他们能够让自己在小组陈述的时候也有点'台词'呗。不然，这些没有被排上小组的同学这门专业课的打分就会惨不忍睹了。当然，如果他是因为内向或者德语口语不好的话，也可以向安娜老师申请用交书面报告的方式代替口头报告。但是，聪明人都知道，肯定是小组口头报告更轻松自在咯——因为他可以'打酱油'！""你也会中文的流行语呀？"顾蕙吃惊地瞪着看眼前这位韩国"才女"。"我老妈是沈阳人，你说呢？"原来是半个自家人，怪不得和恩惠聊天有一种天然的亲切和随意。"那他们怎么'打酱油'哩？"顾蕙追问。"很简单啊，他们可以在小组陈述的时候选择放 PPT、摆道具这些体力活。当然，他们也不能当哑巴一句话不说，德国老师才不会轻易地被糊弄过去呢。而且咱们来德国本来就是要学真本事的，就算蒙得了别人，总不能欺骗自己吧……"

这就是德国的大学，它和我们传统印象里亚洲或英美的高等学府真是有挺大的差别。当顾蕙还在华师大德语专业刚读到大二时，听到一位正要去柏林求学的师哥介绍说德国对任何国家的学生都几乎不怎么收学费时，她差点没把刚刚买好的便当摔到地上①。按照顾蕙最开始的计划，她之所以

注 ① ：从 2008 年开始，德国的部分大学陆续向学生收费，一学期约 500 欧元学费，约合人民币 4000 多元。德国不收学费的大学仍会收取注册费及杂费，根据申请学校不同每学期约 200 至 500 欧元不等。

高考填报志愿选择了德语专业，就是觉得英语会说的人太多，没有什么竞争力，而且很多知名品牌例如大众、梅赛德斯、拜耳医药等德国公司纷纷在中国扎根向整个亚洲扩展市场。所以，德语专业就成为顾蕙本科毕业后能够进德资企业工作的一张通行证。自从那天在学校食堂听师哥向她描绘德国留学的各种优势后，顾蕙原本打算毕业之后直接工作的想法开始动摇了。

从大二下学期开始，顾蕙就陆续通过网络以及已经顺利收到德国大学录取通知的学哥学姐那里了解着相关的手续以及审核流程。随着中德两国官方在过去几年正式签订了双方互认学位协定，中国留学生赴德人数呈几何倍数的增长，从最开始每年不足 8000 人，到现在每年超过 5 万人，中国的很多家长和学生已经清楚地认识到了德国留学的巨大潜能。同时，那里低廉的学费以及良好的人文和教育资源也让热衷于汽车、化工、医药、教育等专业的精英学生有了另一个留学国家的选择。

2006 年可以说是中国大学生赴德留学新高潮的起点，因为从那年起，德国开始打破原先的学位体系，使整个教育体制逐步和国际对接。这些重大举措之一就是将原本长达六年甚至更长的大学学习跨度拆分出本科学位和硕士学位，使得更多国际学生可以直接申请德国的本科或研究生课程[2]。

注②：当前，中国学生赴德留学，如果申请人已经拥有德国官方认可的中国本科学位，可以直接申请德国的硕士阶段课程。由于德国留学费用低廉，也有部分中国在校的本科学生选择放弃国内学位，直接凭借中国高考成绩等资料申请德国的大学本科课程，然后在德国从本科大一重新学习，顾蕙当年也是决定赴德国从学士学位开始攻读，随后通过将近八年的努力获得德国的硕士学位。一般而言，在德国攻读学士学位根据专业不同共计约三年，攻读硕士学位约两年至三年时间。

第二节

　　既然选择了远方，你就不能左顾右盼，顾此失彼。对于当年留学德国的先期准备，顾蕙现在回忆起来仍是觉得相当不充分。每当现在有国内的朋友向她询问留学德国的建议时，顾蕙会把情况分两种类型，一类是在中国国内本身就读于德语专业，那么这类本科毕业生一般可以申请的专业还是需要和语言研究或文学研究有关联，例如对外德语、日耳曼文学（德国文学）或是翻译专业。如果德语专业学生执意选择跨专业的话，往往都会失败。还有一类的朋友是在中国国内本身就是读非德语类专业的，那么这类申请者往往看重的是德国在机械、化工、心理学等领域的优势地位。对于这种情况，顾蕙特别提醒道："请一定要把德语先学好，因为一般情况下，这类的德国大学基本上都要求申请人有良好的德福成绩。"所谓"德福"（DAF）一般和英语的托福考试很类似，也有听说读写四个版块，每个单项满分是 5 分，总分是 20 分。如果要申请比较好的大学例如慕尼黑工业大学，一般都要求 DAF 的成绩在 18 分以上。这个语言关对于中国学生特别是在留学前一年才刚刚接触德语的朋友来说，又会是一个很大的挑战。

　　当很多国内学生会选择通过一些留学中介的网站来查询德国留学的相关资讯时，顾蕙提醒着我们，要善于使用正确的网络资源，而且绝对是省钱省力。例如，她就推荐有一个在国外使用率很高并且是专门针对欧洲各国留学讯息、申请条件筛选的网站，叫作"Study Portals"（网址：www.studyportals.eu），上面几乎涵盖了所有欧洲留学优势国家的学历课程、短期课程、奖学金申请等所有专业资讯，而且都是第一手的资料。此外，对于德国来说，它没有所谓的全国综合院校排名单，甚至在英美国家广为流传的世界大学综合实力排名中，德国的慕尼黑工大可以上榜都是美国人

帮他们计算出来的。在德国本土，官方认可的是大学各专业排名，而且在德国的大学毕业后，用人单位也会更在意应聘者所就读的大学在专业领域的口碑与名次。相关的德国大学的最新排名，顾蕙建议可以登录 http:// www.che-ranking.de 进行查看，这样就可以在留学前做足功课，以免最后在申请学校时留有遗憾。

对于顾蕙来说，当时虽然没有参加 DAF（德福）考试，但是在抵达德国后，她首先要参加由校方组织的 DSH（德国高校外国申请者入学德语考试）。不论是哪种测评方式，它要求国际学生一定要在交流、写作、阅读方面能够达到学术研究与讨论的水平，只有这样，国际学生才不会在德国大学里常见的大课、研讨课、练习课以及后续的实习中因为语言不过关而丧失了学习的能力与动力。

过去几年，随着德国高校教育的不断革新，已经有越来越多的大学开设了英语授课的专业，供世界各地的国际学生选择报读。不过，顾蕙针对英语授课还是保留有自己的意见。她觉得，既然千里迢迢放弃英美选择德国来求学，肯定是想学习德国高校中最为精华的内容，而在德国，但凡是蜚声世界的专业以及著作只有用德语直接学习才是"第一手"的内容，如果换做英语作为桥梁，是否有点失去了原本的味道呢？

无论如何，既然选择了德语授课方式，那就要把语言关彻底过了才能安心进入学业的内核。可是，当年的顾蕙即便通过了德语考试，她在抵达德国的第一年仍是觉得学业上到处"抓瞎"。由于青少年时代就热衷于德国文学的作品研读，因此顾蕙最开始选择的是德国文学专业。第一个学期，顾蕙的学习生活如坐针毡——因为完全听不懂。

在中国学习德语的时候，日常交流都是不在话下的。即便有这样的语言"优势感"，真正到了德语授课的大课课堂，顾蕙还是脊背上一阵阵发凉。记得第一次上100多人的大课时，教授德国中世纪文学史的讲师看着顾蕙，然后亲切地用德语问道："这位中国姑娘，当德国中世纪的时候，你们中国是什么朝代呢？"就这样一句简简单单的问话，顾蕙愣是没有反应过来。看着这个东方女孩木讷的表情，这位讲师只能作罢。

后来顾蕙才意识到由于北威州当地专门有一种乡音叫作"莱茵方言"，虽然不是大面积被使用，但是仍会有些人在讲德语时不自觉地掺杂进去一些方言的发音或用词，所以，猛地一听会觉得不知所云。更让顾蕙心神崩溃的还有副专业中的"古代语言"。讲授这门课的老教授像极了马克思的画像，长着茂密的络腮胡，他一边解释着历史上德语是如何从印欧语系日耳曼语族西日耳曼语支下面演化而来，一边动情地在投影仪下画着各式各样的语言符号以及词语变迁，如同每个字母背后都有一段罗曼蒂克的爱情。只可惜老教授用了大量的古日耳曼语词汇以及一些神神道道的名人名言，以至于那堂课顾蕙几乎要睡了过去。在临下课时，老教授说，从下堂课开始，他要求每位同学必须要选择一门古代语言作为自己的研究对象，只有这样同学们才能深切地体认到古代文字是通过怎样的政治经济推动才逐渐进化成今天的样子。

"这是什么跟什么呀？"顾蕙狠狠地摔了一下笔记本："我是来学习德国文学的，古代文字的演变和我看文学故事有什么关系呀？就算以前学中国文言文，我也没必要非得从甲骨文的每个字形开始研究吧？"掐指一算，顾蕙来德国竟然也有八个月的时间了。可是，翻看着根本没有记几页的笔记，还有床头日历表上划着三周后的科目结业陈述时间，顾蕙的心里开始越发地空落起来。这德国大学的教育方式太让人搞不明白了，入学的时候，没有人会主动告诉你哪些是必修课，哪些是选修课，更没有人引导你每个学期应该选哪几个老师的专业课，应该读哪些书目……这些在中国的大学里司空见惯的"规范和范围"，好像在德国的大学里一点都看不到。顾蕙也尝试着去系里的秘书处询问到底该怎么选主专业、副专业，结果那里的接待老师态度和蔼地反问："这些不是你来我们学校之前就该有计划的吗？"

顾蕙觉得，在德国留学你一定要有自己的"主心骨"，对于自己想学的专业，以及你要达到的学术目标，在选择之初就要有一个明晰的认知和确立。如果抱着"墙边草随风倒"、别人选什么我也跟风学的话，到最后真可能会竹篮打水一场空。越是在德国学习，你越能明白什么叫做"独立之精神，自由之思想"。虽然这句名言是中国著名史学家陈寅恪所提出的理念，但是用在德国的教育理念上却是十分恰切的。从入学那天起，没有谁会告诉你什么是对，什么是错，更没有充当权威的声音会告诉你必须选什么，必须考什么。不论是办理入学手续，申请登记学校宿舍，还是专业课选择，导师课程的遴选，都需要你自己主动积极地完成。甚至小到上课时间到底是"ST"还是"CT"③，都要求学生自己去留心搭配。也许正是这种"自由开化"的高校风格才使得德国教育能够在过去的一百年里培养出那么多杰出的人才，让世人敬佩。

德国确实是一个好学的国度，在明斯特大学的校园里，你经常能看到一些白发苍苍的老年人也会夹着书本骑着自行车，穿梭于不同的校区，进教室听课、做笔记。他们不是旁听的学生，而是和顾蕙一样需要积攒够固定额度的学分，然后统一参加学校毕业大考的同学。此外还有一些残疾人士，他们克服着肢体的不便，坐着轮椅，拄着拐杖也会以自己的方式准点

注③：ST 是指标准时间，与正常的时间计算一致；CT 是德国高校的授课时间，一般会比正常时间晚一刻钟。

来到课堂上，完成其他学生应该达到的学习目标。"既然他们都可以克服身体的缺陷如此坚持，我为什么不呢？"当顾蕙一次次坐在校园的板凳上，看到眼前这一幕幕让她动容的场景时，一股动力又一次涌上心头。没错，既然选择了远方，又何惧不够坚强？

经过一番"SWOT"优劣势分析之后，顾蕙选择在第二个学期之前放弃让她抓狂的德国文学。并不是她不喜欢文学的课目，而是站在实用主义的立场上，顾蕙必须要考虑将来毕业后该怎样发挥自己的强项并且找到一份体面的工作。很显然，她在德国文学上仍旧比德国本土或欧洲长大的同龄人缺少了太多的积淀和德意志历史的浸泡。既然如此，转专业就成为一种必须。需要注意的是，德国大学里有很多专业并不是每个学期都开设的。一般说来，德国一年有两个开学季，分别是3月和10月④，也就是德语字面上俗称的"夏季开学"和"冬季开学"。在德国转专业前，一定要通过学校的官方网站查询有哪些专业是只在3月或10月开设，而有哪些专业是在该两季均有开设。顾蕙转专业时就吃亏在这个地方，因为当她开始选择转换专业时，能够在春季开设的只有寥寥几个备选方向，而很多她偏好的专业都要等到次年的10月才会开设。时间就是成本，顾蕙只能硬着头皮从春季开设的可选专业中"瘸子里面挑将军"，最后，她选定了教育学专业中的成人教育方向。

第三节

在异国留学中，倘若出现一些波折，我们一定要有"归零"的心态。

注④：部分大学春季会在4月开学，以学校网站为准。

如同顾蕙这位出师不利的浙江姑娘一样，初到德国求学的第一个学年几乎需要推倒重来，原计划6年可以拿到的硕士学位要推迟到第7年才能看见胜利的曙光。对于在中国参加了高考并且高考成绩达到了"211"重点大学录取标准的学生而言，如果想像顾蕙这样来德国从本科开始攻读的话，只需要在中国就读一个学期（约半年时间），由所就读大学开具"在读证明"就可以申请德国相关专业的本科大学。而假如这位学生的高考成绩没有达到"211"大学标准，只是就读了一所一般的本科院校的话，那么他需要在国内的这所大学就读三个学期（约一年半时间），然后由学校开具"在读证明"也可以申请德国大学本科。青春就是财富，在赴德之前一定要规划好自己的学业时长，从时间上推算，当前在德国就读本科专业，一般是三年毕业；德国大学的研究生则需要两年到三年的时间才能顺利拿到硕士学位。

让顾蕙记忆犹新的就是她身边的同学会不断有中途辍学的情况，德国本地的学生会这样，很多国际留学生也会在学期中间选择放弃。究其原因，一方面是因为德国的学制比较长，比起英国的一年期硕士，德国的三年显然在时间成本上不占优势，加上德语本身就是很多留学生的第二或第三外语，短期内想要达到上课听懂百分之八十以上是需要付出极大的努力与磨炼才能实现的，而很多学生一面要大量练习德语，一面又要快马加鞭地追赶着授课老师的思路和进度，动不动就是15页到20页的论文或报告，要么就是口头测试或议题问答，没有强大的德语能力支撑，一个国际留学生是很容易产生黑洞般的挫败感；另一方面，德国人的学术态度向来以严谨精确著称，从他们给学生的打分就可以看出。一般在德国高校选用"5分制"的传统，1分是满分，5分是不及格。如果一个学生的卷面是4.6分，这位老师一定不会因为和他的私交好或是其他不可控的感情因素而帮他提升到4.5或4分以上。德国人在分数上是任何一个小数点都不会轻易挪动，不及格就是需要重修，没有捷径能走。

也正是因为治学严谨，才使得德国大学的优秀毕业生在世界各国就业时都是雇主十分信赖的精英人才。要知道，据不完全统计，德国高校的辍学率在德国本土学生中高达46%，而中国留学生中每年也有将近25%的辍学情况发生。经过这番大浪淘沙，留到最后能够领取到学位的毕业生都是金灿灿的宝石与菁华。

想要远离被迫退学的窘境，首先要征服的就是德语。因为在中国国内是以英语作为全国普及型的外语，所以在国内不论是报纸、电视、网络都能轻易地获取到各种类型的英语阅读、练习的素材。如果想练习英语，还可以去外国人常去的酒吧或英语沙龙，那里有来自天南海北的各色人群在彼此问候着"Nice to meet you"。而德语作为在中国排名前三的小语种，它的学习与接触的广度就远远低于英语了，甚至它也低于日语在中国的使用度。在大学读书时，顾蕙一般能操练到德语的途径就是通过网络电台、德文网站还有学校里的德语沙龙等有限资源来训练自己的德语能力。而这些语言能力当落地到德国本土时，你会发现，它们简直就是不堪一击。

学习任何一门语言，无非就是反复和模仿。德语的发音对于中国人来说，只要你的汉语音标没有问题，那么德语的发音首先很容易攻克。如果说词汇量是一门语言的砖瓦，那么只有增多这些砖瓦，语言的大楼才会有可能拔地而起。在国内，如果德福考试的分数比较理想的话，认知词汇量可以达到6000到7000个，对于一般的课程阅读应该没有太大的阻力。最为让中国学生揪心的就是听力和口语版块，而顾蕙一直头疼的也是实操层面的听说"真功夫"。加上她从小性格内敛，本身就不愿意诉说和交流，所以顾蕙一开始在德国甚至很排斥出门及正常的社交。但是，如果想在西方社会的教育环境里捕获到自己的所求，你必须要做的第一件事，就是放开自己！

说到顾蕙是如何在短短两三个月就奇迹般地实现了德语质的飞跃，她还要特别感谢屋里的一样东西——电视机。因为德国的电视节目比较丰富，而且很多节目播出时都配有德语字幕，这些生动形象的影音内容就是顾蕙短期突破德语听说最大的语料库。每天只要不上课，她就蹲在宿舍里，膝盖上放着一个笔记本，眼睛盯着电视节目的内容跟着模仿、记录。凡是觉得有用的词句、生词，她都会写在本子上，然后对照德汉字典进行体会。真的是"流量决定数量，量变引发质变"，每天将近6个小时的高密度训练，就连广告和天气预报也不放过，突然在第二个月的时候，顾蕙发觉自己上研讨课时没有那么手忙脚乱了。就算是上教授们的百人大课，她也不必再像先前那样每次回来要把录音笔里的音频倒腾到电脑上全部回听一遍。

人就是这样，只有一个胜利接连着另一个胜利，内心的自信才能逐渐恢复或培养出来。当顾蕙在第三个月的课堂小组陈述中博得满堂彩时，她激动地拥抱起李恩惠，两个小姑娘幸福地互相致谢。那时，只有眼角迸出的泪花能够真实地再现在此之前作为异国的留学生，她们需要付出多少超过本土学生的努力才能收获这份肯定。

第四节

已经是重感冒第二天了，摸着滚烫的额头顾蕙觉得自己的意识堕入到混沌的状态。浑身无力，除了床边桌子上的那碗冷粥和两包苏打饼干，她实在没有一丁点力气起来去烧点什么热乎乎的东西来吃。正是圣诞长假，邻居们提前一个星期就已经兴高采烈地开车出去度假了。就连李恩惠，也在她德国男友的邀请下坐火车去汉堡男方家里庆祝新年。一种不可名状的孤独感刹那间抓住了顾蕙，她蜷缩在睡袋里，还是觉得浑身犯冷，不停地打着哆嗦。

窗外是零下6℃的低温，雪片一朵一朵如漫天的桃花缤纷而落。即便屋里有暖气，可是流感带来的症状一点都没有消解。睡袋的保暖性虽然不错，可它毕竟只是一层羽绒。振作了一下，顾蕙还是不得不爬出睡袋，然后把衣柜里的厚毛衣连同呢料外套都穿在身上，再天旋地转地钻回睡袋里继续煎熬。

不是顾蕙当初不想买被褥，而是德国这边的家居用品对于一个没有什么打工收入的穷学生来说确实太贵。在明斯特的大型超市里，当看到一整套棉被加褥子要168欧元（近1400元人民币）的时候，她选择了放弃。这只蝉蛹式睡袋也花掉了顾蕙大概100欧元，可它毕竟还能在郊游或外宿的时候派上用场，比起昂贵的被褥，她还是觉得应该先买实惠点的东西比较靠谱。

越是在生病的时候，人的精神状态就越感觉脆弱。有好几次顾蕙想拨通远在浙江舟山家里的电话向妈妈哭诉一番，可这会儿是北京时间晚上11点多，隔着冬天7个小时的时差如果拨了电话，家里人肯定会干着急但却帮不上什么忙。唉，还是算了吧。顾蕙把手机攥得很紧，但是一通电话也没有拨出去。不远处是一阵阵电视机里传来的笑声，它如同一层背景音，让这间不足 15 平米的小屋子里还算有点人气。因为一直不善言谈，顾蕙没有选择合租，这也让她失去了留学生活当中很重要的人际交往。

记得每次和来自世界各国的女孩子们一起卧谈，虽然气氛很活跃，大家有说有笑，时不时地还会爆料出某位教授的丑事或者某某女生的新任男朋友，但是，顾蕙总觉得自己和她们始终还是隔着一层薄纱，让她觉得不是那么真切。这其中自然也有顾蕙本身性格中过于敏感的成分在，可是有时候，当德国的同学说出一些话语时，总会让顾蕙觉得"话里有话"，并且还暗示着某种文化上的偏见。比如对于中药材，德国同学会觉得这根本和动物吃草没有什么区别，而真正要治病肯定是应该用西医来对症下药，不能靠中医这些"金木水火土"类似符咒的东西糊弄病人。有一次，顾蕙想趁着放假回浙江看望父母，她和一位俄国裔的德国同学一起去百货公司给家人挑礼物。这位俄裔女生指着一台海信牌电视机天真地对顾蕙说："你要不买台电视机回去给爸妈吧，听说你们中国很多人家里都没有电视的。"这句话乍一听像是一句玩笑，可是当它切切实实地从一位从小在德国长大的女孩嘴里说出来时，作为一名中国人你还是会感慨原来即便在 21 世纪的西欧德国，仍然会有一些德国人对中国的整体印象竟然停滞在 20 世纪七八十年代的记忆。

顾蕙不想去解释海信电视本来就是中国产的，在中国，我们有将近 400 多家各省市区县级电视台，中国有全世界最多的电视观众，每年的央视春节联欢晚会有将

近 5 亿观众在同步收看（该数据一度突破 7.5 亿人）。在德国有少部分的当地媒体，它们的一些片面报道在一定程度上使得某些德国观众对于中国的印象有失偏颇。不可否认，当德国人提到北京、上海这些超大型城市时，那种赞叹和兴奋的表情还是发自内心的。中国人越是在海外留居，你才越能明白"祖国"两字所赋予你的温暖与意义。

"不吃药了，扛吧！"顾蕙安慰着自己，继续闭眼休息。实际上，因为出国前没有做好细节的准备，很多日常生活方面确实让顾蕙在德国第一年的日子显得局促。她后来回忆说，其实国内朋友如果想查询最新的赴德留学生活建议，完全可以通过登陆"ABCDV 留德论坛"来一站式解决（网址：www.abcdv.net）。在上面大到"签证动态、找房租房"小到"买被褥、找银行"，这个论坛上都有很多前辈的经验分享。留学这条路只要方向正确，一条道坚持奔下去总能抵达梦想的彼岸，但是如果有"老留学生"的"前车之鉴"作为提醒，则能让我们少走一些弯路，少花一些冤枉钱。

第五节

在中国国内有读书经历的朋友肯定对于"大学城"的概念十分了解，那就是当地政府会在某座城市划出一片区域（一般是郊区或新城区），然后把相关大中型院校师生搬迁入住，形成一方有教育、文化氛围的城区。当我们想到北大、清华、复旦这样的综合型大学，首先提及的第一印象肯定是赋有特色的校门，还有校园里仿佛另一个世界的独立学术王国。而以上的这些"中国印象"在你步入德国的很多"大学城"时将会被意外地打破。

在顾蕙就读的明斯特大学所在地北威州就有两座全国知名的"大学城"——科隆大学城和明斯特大学城。在大学教学楼前的马路上漫步绕行了半个小时之后，顾蕙诧异地发觉德国的大学都好像是没有围墙和大门似的。随后经过一番求证，明斯特大学确实是没有明确的校园概念，因为大学下辖的 7 所学院、15 个系的教室或教学楼几乎散布在明斯特市的各个街区和角落。从顾蕙开始就读的第一天起她就觉得一时难以接受。拿上海为例，不论是同济大学、上海交大，还是华东师大、华东政法，不管校园大小，它们都至少会有一座气派的学校大门，几幢像样的教学主楼，一大片油绿的草坪，还有连排的学生公寓会让入读的学生明白我已经来到了一所真正意义的大学。可是在明斯特大学里，以上这些原本固有的"大学元素"全部一扫而光，没有规定的校区，更没有古木参天、校园如画，你唯一需要做的事情就是赶紧买一辆自行车，然后认好地图和马路标识，自由穿梭在明斯特的市区小巷，寻找下一站需要读书的教室所在。

更让顾蕙啧啧称奇的还有明斯特大学对于每年的新生没有开学典礼，没有校长致辞，甚至建校百年来连场像样的大学毕业典礼都没有举办过。"那是不是很多学生连校长和系主任长什么样都没有见过？"顾蕙睁大眼睛吃惊地追问坐在餐桌对面的师姐韩雨。"校长和系主任？人家有自己的事情要忙，干嘛要见学生？"韩雨不以为然，继续在火锅里涮着牛肉。"可是在中国都会有毕业典礼，都能有机会穿一下学士服之类的，在德国连这点纪念都不给咱们呀？"顾蕙突然对两年后硕士毕业的庆祝场景充满了失望，在当初的臆想中，毕业那天肯定是礼堂里人声鼎沸、爸妈远渡重洋来德国观礼，还有那时肯定会飙出的泪水……这统统的一切想象顿时失去光彩，啪的一下全部黯然。

"能在明斯特这边骑着自行车读书，咱们就知足吧！"韩雨没有抬头，继续吭哧吭哧嚼着笋干，她接着说："我有个大学同学后来考上了柏林自由大学，这学校和它的名字一样可真够'自由'的，每天那位仁兄要坐着地铁去不同的教学楼上课。""这么高端？为啥呀？"顾蕙放下在德国难得吃一次的昂贵牛肉，脑子里各种问号。"因为整个柏林自由大学当初就是沿着一条地铁线设置的，你想想看，虽然在柏林读书，可是那边人这么多，每天上下课的时候地铁车厢里就塞满了学生，然后还要匆匆忙忙赶去下一个站点上课。我的那个同学说，他每天就把地铁当作是流动自修室，在上面看书、写大纲，这种心态才叫强大！"

这时候，就着"大学城"的话题在旁边一同吃火锅的中国留学生们都开始纷纷议论起来。韩雨的男朋友张宛龙接着插话道："德国很多很牛的大学都是这样的，还有汉堡大学这种专业排名靠前的大学教学楼也是零零散散地建在汉堡市区的各个地方，听说如果把汉堡大学所有的院系教学楼加到一起的话，有150座。你想想看，他们的校长假如真要心血来潮巡查整个汉堡大学的话，他得像特工一样寻访汉堡市几乎所有的犄角旮旯。"

正是这种看似松散式的教学管理，才更是考验着这些从中国传统校园里走出来的大学生们。他们必须要有严格的自律与学业规划，才不至于在德国这些"没有围墙的城中教室"间迷失方向。

那晚火锅聚会上的交谈让一同来吃饭的五位中国留学生都深有启发。在没有出国之前，你会以为在国内看到的一切就是整个世界，而当他们像美人鱼第一次获得双腿那样步步艰难地在德国迈步前行时，他们才明白，今天所承受的巨大反差与不适将会成为明天顺利完成学业的营养与基石。

第六节

德国作为莱茵河流经的国度，她的城市风情与浪漫气息也会感染着众多来这里留学的少男少女。中国台湾著名作家三毛就曾在她的散文集《倾城》中记录了当年在德国留学时亲身经历的一段"倾城之恋"。酷爱文学的顾蕙终于在明斯特大学读书的第五年结识了自己的男友陈新浩。

说起他们的邂逅，还要归功于一次中国留学生的农历新年派对。那时陈新浩已经学满了全部研究生阶段的学分并拿到各个专业课老师的签章，准备3月份开学时就去院系的秘书处申请毕业大考。在德国苦读6年终于能够顺利进入到最后的冲刺阶段，这对于任何一个在德攻读学位的学生来说都是至关重要的一步。大年三十那天傍晚，十多个留学生团聚在新浩和两位室友合租的三房两厅大公寓里，他们打算伴随着央视春晚的网络直播一同守岁，迎接农历新年。

就像很多留学生都会经历的那样，异国的求学生涯会将几乎所有的留学生都"逼"成好厨子。这也难怪，在德国对于留学生的打工限制还是比较多的，一位国际学生一年只允许有90天的全天打工时限或180天的半天打工时限。即便一小时的时薪平均下来有10到15欧元，有时候如果从事脑力工作例如大学助教或教德国人中文的话，一小时可以达到30欧元左右，但是一年总共加起来也大概只能赚到7200到8000欧元左右，而与此同时，留学生在德国平均每月的日常房租等正常开销需要500到600欧元，全年也要近7000欧元。

假如这一年打工能挣到七八千欧元其实还是比较理想的情况，平日里课业繁重，需要攻读的德文书籍一摞接着一摞，你几乎没有太多完整的时间和心情可以去明斯特市区里做整段时间的工作。于是，出于生活的考量，每位出国的同学大多会做几道拿手好菜。再加上中国地域辽阔，而留学生又是来自天南海北，所以在顾蕙他们这次聚餐的厨房里就会飘散起不同省份菜系的香气。

"张乐、王思远，你们俩负责搞一盘回锅肉、毛血旺还有红烧辣子鸡，让咱们兄弟几个解解馋！"陈新浩作为屋里的大哥主动给这十多位校友分配起任务："你们仨负责布置客厅，一定要张灯结彩，拿出普天同庆的架势来。王婷婷和杨奕、蔡洁，你们三个负责四盘素菜、一盆西湖牛肉羹。我和顾蕙是江浙这边的，我们俩给大家来一条西湖醋鱼，外加牡蛎炒蛋、红烧狮子头……剩下的韩雨、张宛龙你们'夫妻俩'负责第二天洗碗加打扫呵，今天晚上咱们喝青岛啤酒，不醉不归啊！"果然是当过学生会干部的师哥，不消两分钟就把十几个人的任务分配得井井有条。

"可是，我只会做番茄炒鸡蛋……"顾蕙躲在新浩背后用手指捅了他一下。"没事呀，有我在，你给我打下手就行了。"新浩的这一句话突然戳到了顾蕙的心底。是呵，很多单身的女孩子都很期待有这么一个懂得担当的男子，能够对自己自信地说着"有我在呢"。特别是在天寒地冻的冬日德国，能有一个让自己心安的男生陪伴左右，即便有再大的苦痛也都会觉得不算什么了。

就是那年的除夕夜，他们足足喝了一箱的青岛啤酒。大家在零点时分新年敲钟的时候，一同再次举杯一饮而尽，然后和邻座的同学紧紧拥抱。而那时顾蕙的座位旁边就是陈新浩，当这个

有着一米八个头的师哥用力把她揽在怀里时，顾蕙也不自觉地将手臂环在了新浩的背后，那一刻，两个人的心不约而同地碰撞在了一起……

第七节

3月份开学的时候，在陈新浩的极力劝说下，顾蕙这个腼腆的女孩还是答应了和他同住的请求。因为开学后，新浩将会进入到最为紧张的"毕业考试"阶段，这个考试分为笔试、口试和毕业大论文三个部分。每个学校的规定不同，一般而言，每位研究生两年或三年内同时需要修三个专业，包括一门主专业、两门副专业，而毕业大考里学校规定会有三门笔试、三门口试，只有考试全部通过外加毕业论文合格，一个研究生才会正式被准予毕业。按照既往经验，这个"毕业考"阶段前后的时长是半年时间。这也就预示着，接下来的这个学期陈新浩将会无暇往来奔波于他和顾蕙两人的住地之间，唯有住在一起，一来可以互相照顾，二来也会免去彼此之间的相思之苦。陷入热恋的心情如夜空中的灿星银河，它们期待相逢，更希冀着交汇的日夜。

顾蕙的研究生阶段学习已经逐步进入了正轨，她主修教育学，副专业分别是社会学和心理学。当真正钻研德国教育的理论体系之后，她才渐渐明白为什么德国会在"二战"之后短短的几十年间就又一次地屹立于世界强国之列。德国的教育品质从19世纪初的普鲁士时代就已经开始形成，他们精于心、勇于学，即便先后经历两次世界大战的摧残，他们的政府和民众对于各级教育都是予以百分之百的支持与投入。正是这样的优良传统，让德国在过去的 100 年间缔造出无数个世界前茅，更使得德国的尖端科技和经济实力在短短 40 年后称雄欧洲。

如果真要说到美中不足的话，那就是顾蕙的好闺蜜李恩惠在她生活中"缺席"了。就在刚开学不久的 4 月初，一天晚上 11 点多，顾蕙接到李恩惠打来的电话，电话里的恩惠一边哭一边用德语说："小蕙你快来，这个婚我不结了！"一头雾水的顾蕙连声说完"马上来"之后，就赶紧抓了衣服去楼下骑自行车赶往距离自己不远的下一个街区。

迈进恩惠家客厅，顾蕙看到恩惠的爸爸妈妈并排坐在沙发上直叹气，而她的德国未婚夫大卫斜靠在阳台上抽着闷烟。恩惠边哭边解释着："明天就要结婚了，大卫今天才告诉我因为他的父母在上个星期决定飞去新加坡度假，所以明天的婚礼他们都不参加了。我的爸爸妈妈坐了十多个小时的飞机从首尔赶过来，这么重要的日子，他的父母竟然说不来就不来了。这把我当成什么呀？"作为一名东方女孩，不论是中国还是韩国，女生都会把自己的婚礼当作是一生一次最美的回忆，她们期待自己的父母和亲朋能够到场，她们从少女时代就会幻想着白马王子会怎样从爸爸的手臂旁把自己接走。婚礼的音乐、婚纱、宣誓，还有现场宾众的祝福都会是一个女生一辈子的甜蜜。而这所有的蜜意柔情竟会在结婚的前一天晚上撕裂成了眼泪还有满肚子的委屈。

虽说留学到一个西方国度确实会对东方人产生比较大的文化冲击，不过这种冲击还是可以通过融合、交流逐步适应的。而在德国，即便已经是发达的文明大国，在很多德国传统家庭里，那些"50 后"、"60 后"出生的父母仍旧坚信"门当户对"。这也使得一些"跨国婚姻"关系中，当情侣们的恋情从海誓山盟、花前月下"俗化"到日常的柴米油盐时，很多价值观深处的隔阂与摩擦就会暴露出来。尽管恩惠和大卫的婚姻也算是郎才女貌，实力均等，但是欧美国家的有些父母在权衡自己的事情和孩子的事

情时，还是会默认地把他们自己的安排放在首位。比如这次的剧烈摩擦，其实就是两个国家的父母思考角度的不同。对于中国人、韩国人来说，就算家里有天大的事情也不及女儿嫁人这件大喜事重要，东方的父母肯定会马上放下手头的工作，披星戴月也要及时赶到现场，参加孩子的新婚大喜。而西方的父母中有些人会觉得，孩子已经长大成人，他的工作也好、婚姻也好，需要他们自己经营和维持，作为父母就是一个祝福者。当好不容易定下来的远途度假和孩子的婚期发生矛盾时，他们第一个想到的是维持原计划让自己好好享受这难得的假期，而孩子的婚礼他们回来后翻看录像或相册也是一样的开心。如果从这个角度去想，你反而会真心明了为什么很多人都觉得中国父母活得辛苦，因为他们这一辈子都是在为子女操劳，而他们自己的快乐悲伤、内心境遇却被长期地疏于呵护。

顾蕙看着眼前这对即将步入婚姻礼堂的跨国夫妇，她忽然想到了自己远在浙江的爸妈，同时她的脑海中也滑过陈新浩的脸庞。她和新浩的未来将会是怎样呢？虽然他们同为中国人，没有文化上的任何疏离，但是半年后一旦新浩顺利毕业，以现在德国的就业率他几乎很难马上找到适合的工作。倘若他最后选择回国，那将会是另一轮残酷的考验。现在距离顾蕙硕士毕业还有将近两年，年轻男女之间关于爱的承诺当真能够通过"距离"来检验吗？这抹疑虑并不多余，似乎上天能够给顾蕙去斟酌的时间也只剩下新浩待在德国的这半年时光了。

第八节

三天之后，恩惠又一次打来电话，说自己在医院里，让顾蕙空的时候可以去看看她。当顾蕙听到"医院"时，她的第一个反应就是恩惠想不开自杀了。电话那头，恩惠苦笑着："傻丫头，我还有爸妈和弟弟呢，我才不会为这些烦心事儿做傻事……我昨天把孩子拿掉了……"

这是顾蕙到德国后这么久第一次真正去了医院，和她印象中的医院完全不同，这里没有昏暗的走廊灯光和随处可见或躺或倚的住院病人，更不会听到任何一声医生或护士态度冰冷的呵斥与抱怨。通过医院导引的标识，顾蕙很容易地找到了恩惠的病床，只见她的妈妈，一位地道的沈阳阿姨正在给恩惠喂着鸡蛋羹。

没有太多的寒暄，彼此的一抹微笑和点头已经胜过千言万语。经过那晚恩惠和父母的彻夜长谈，在关键问题上如果小两口都会这么容易产生分歧，那么以后的婚姻生活肯定还是会有摩擦。"既然彼此都不肯退让，那么只能长痛不如短痛，选择分手可能是最恰当的决定吧。"恩惠无力地说着，言语中充满了遗憾。其实在结婚前，大卫已经知道恩惠怀孕的消息，所以他们才会选择"奉子成婚"给女方一个交代。正是这种匆匆然，才让这新婚的喜悦来的太急也去得太快。

"德国这边真是人性化呵，我选择打掉孩子之前还需要接受心理咨询师的问

诊。那个心理医师在结束谈话时突然对我说，她觉得我的这个决定是对的，因为她的前任男友是日本人，她很庆幸最后没有嫁给一个文化差异太大的男子。"

一段感情就这样尘归尘、土归土，当一切的激情都烟消雾散之后，所有那些年的心动与温存都似乎变成了这段爱情最大的讽刺。就在短短的半年里，选择分手的还有师姐韩雨和她的小男朋友张宛龙。虽然是姐弟恋，他们之间的年龄差距也只有两岁而已，但是一切都抵不过时空的转移。那年除夕团圆饭之后的春天，张宛龙申请到了他所就读大学的公派奖学金，可以去英国进行为期一年的"海外学期"，而且在英国学习期间修得的所有学分可以直接算入德国大学的总学分内。这么难得的机遇，宛龙自然是兴奋不已。记得在最后为他饯行的那天，宛龙还当着所有朋友的面高声说："韩雨，你在明斯特等着我，一年之后我要向你求婚！"当时，韩雨的眼里盈满了泪水，顾蕙也对她说："一切的等待果然都是值得的。姐，恭喜你！"

宛龙到了英国后似乎很适应那里的生活，从最开始的每天视频聊天，到后来逐渐减少为一周两三次，再到后面只是通过 QQ 留言联系。一来二往那种恋情的炽热渐渐被冲淡，冷漠和争吵开始隔着一个电脑屏幕时时爆发。最后的触点是在韩雨 30 岁生日那天，宛龙始终没有出现，那个昔日对她视如珍宝的男子在这个最为关键的时刻，竟然彻底地失踪了。

恋人之间最为令人心寒的举动莫过于冷漠。如果你发怒或愤恨，至少还说明你会在乎，而这种不负责任的人间蒸发才真是最能摧毁恋人意志的撒手锏。就这样，韩雨在不明所以的情况下与空气一样消失的宛龙，分手了。

曾经有一度，顾蕙安慰韩雨："说不定是宛龙出车祸或是病了，他不想让你担心难过，所以故意躲着你呢？""小姐，你韩剧看多了吧？"韩雨在"失恋"之后经常脾气暴躁，她接着说："我几乎每天都会打他在英国的手机号，一直都是通的，只不过他故意不接我电话。而且我知道他

FACEBOOK 的账号，页面每天都在更新，怎么可能出什么意外？"

就这样，一段看似会瓜熟蒂落的"爱情功课"也经不住现实诱惑的"考试"，最终，一败涂地。

第九节

在法兰克福机场，陈新浩拉着行李箱缓缓地步入国际航线安检队列，一旁的顾蕙早已经情不自已地泪水涟涟。虽然新浩通过 7 个多月的努力最终拿到了盼望多年的 Diplom[5]，但是实习期满之后，他所就职的德国企业由于无法提供全职的工作岗位，最终新浩还是选择了回上海发展。根据过去几年的薪资调查显示，在上海的德资企业里，如果应聘者获得了德国本科或硕士学位的话，他的月薪将明显高于只有中国大学同等级文凭的竞争者。像新浩这样在德国本身就是理工科的硕士技术精英，回到上海后倘若被诸如宝马、奔驰、西门子、拜耳这样的德资名企录用的话，每月薪水至少是15000 元人民币起跳。假如一年后进入管理层或成为技术带头人的话，他的年薪至少是 30 万至 50 万人民币不等，而当三年至五年左右工作经验丰富后，新浩的年薪更有可能达到 80 万到 100 万的税前年收入。

青春的火山固然需要沉积，当它的动能在德国已经铆足了将近 7 年的等待，火山的所有者唯一需要的就是一个沸点，还有一方舞台。确实有很多优秀的德国留学毕业生选择找准机会留在当地，但是想要在竞争白热化

注⑤：相当于中国的硕士学位。

的德国劳动力市场上找到一份薪水优渥、得体优雅的工作又谈何容易？青春有限，年轻人在选择就业的行业以及所在地时，当然要考虑这份工作的投入产出比。同样的付出与辛劳，如果放在中国这片急剧发展的庞大市场上，你的收获可能会比固守德国本土要显得有价值得多。

于情于理，新浩选择归国都是一次正确的决定。更何况，为了让顾蕙心安，新浩已经在回国前和她去中国驻德国领事馆登记结婚，他们已经是法定意义上的夫妻了。当结婚戒指戴在无名指上，这份沉甸甸的承诺已经向顾蕙表明了新浩内心对于她的所有心意。"老婆，放心啦，虽然有几个小时的时差，我还是会每天'早请示晚汇报'的。况且再过一年半你也要毕业了。好好在明斯特加油吧！"新浩忍住嘴角的抽动，不让自己哭出来。

挥手告别，通过安检，淹没在人群之中……所有的这些画面只不过五六分钟就——闪过眼前。回到住处的顾蕙顿时觉得整个房间十分空荡，刚刚结婚领证半个多月，连炕头都还没热乎，这新郎官就已经飞回上海，追寻事业去了。顾蕙翻看着手机通信录，很想找一个贴心的朋友出来聊聊，可是查找了半天，竟连一个合适的对象都没有。李恩惠早在三个月前因为婚姻和身体的双重打击，选择了退学返回首尔。而师姐韩雨也因为不想在明斯特大学睹景伤心，在上个月申请转学去了科隆大学继续深造。其他的中国留学生中该谈恋爱的继续享受两人温情，根本不需要别人叨扰；忙论文的继续在图书馆里垒着书墙，翻看着晦涩难懂的历史典籍。而顾蕙这时也下定决心，那就是继续奋战明天的研讨课，争取在接下去的两个学期把所有学分圆满拿到，然后洒脱地进入可能会脱层

皮的"毕业大考"阶段。

尾声

　　本来计划一年半完成的"最后冲刺"，结果还是拖成了两年才艰难结束，不是顾蕙不够努力，而是世间万事实在太难预料和琢磨。也许，青春的爱情和婚姻真是应该把它当作绣花瓷器一般温柔保护，任何的磕绊或是不慎都可能导致这只瓷瓶瞬间迸裂。即便有结婚证书一人一份当作爱的凭据，即使还有那双对戒每日每刻在左手提醒爱情的难得，可是这些物件都敌不过空间的距离与眺望，让所有情话、心跳无法跃过海洋送递体温。

　　就在陈新浩回国后的第二年，因为他和顾蕙夫妻两人相隔太久，两个人的内心成长无法相伴，以至于最后情感上的镂空越来越密，越来越失去原本的模样。最后，顾蕙累了，新浩也厌倦了这种柏拉图式的延续方式，他们在结婚一年后，和平分手。

　　婚姻失败的打击无疑是沉痛的，即便顾蕙拿出那时劝慰师姐韩雨的所有"心灵鸡汤"来疏导自己，这些所谓"规劝"都像极了"站着说话不腰疼"的街坊大妈，那种隔靴搔痒的语腔语调让她一阵阵反感。顾蕙的耳边仿佛又响起了当年作家三毛写过的一首歌，叫作《远方》。歌里唱道："远方有多远，请你请你，告诉我。到天涯，到海角，算不算远？问一问你的心，只要它答应，没有地方是到不了的那么远……"

　　既然 7 年前 20 岁出头时选择了远渡重洋的远方，我就必须要给自己的青春一份交代。即便求学这么多年来，受过学习的苦，挨过婚恋的涩，但是我依然还好好活着，并且依旧相信自己的潜能。这场婚姻的悲剧就当它是一种涅槃吧，正是有了这种切肤之痛，我才更要忍住不哭。眼泪，只是苦情的道具，它解决不了我任何难处。既然选择了远方，我就必须坚强！

顾蕙这样安慰着自己，同时也为了给内心透一透气，她选择在当年暑假拿出先前不舍得花的积蓄，用 2000 欧元坐火车游历了德国周边的很多欧洲邻国。从荷兰开始向南出发进入比利时，然后细细在法国的巴黎、马赛和里尔感受属于优雅的那份从容，再向西南进入西班牙，借助弗洛明哥的节奏挥扫心霾。再接着折向意大利，去捕捉在课本上闻到的"文艺复兴"的气息。最后，借道奥地利从维也纳这座音乐之城返回到德国境内。正是这一个多月的欧洲旅程挽救了内心城堡的崩塌，也恰好是这个暑假的旅途阳光，让顾蕙沉郁许久的心情得以彻底放晴。

终于在德国留学的第 8 个年头，顾蕙圆满地领到了印有自己名字的学位证书，它像一份迟来的礼物从秘书处那位和蔼的老师手中稳稳地递了过来。没有毕业典礼或仪式，甚至于来明斯特大学读书八载的时间里，顾蕙连一次校长大人的面都没有碰到过，但是那又何妨？即便当年顾蕙本科那些没有出国的同学，如今薪资早已经是她现在薪水的 3 倍以上，甚至她还错过了在杭州买房最划算的时段，可是那又怎样？顾蕙的手中握着在德国8 年的酸甜苦辣，百般滋味和菁华早已经赠给了青春最为丰满的羽翼，剩下的就看这位浙江姑娘如何乘着隐形的翅膀用心翱翔。这篇用青春浇筑的留德生涯如同碑刻，镌写了属于顾蕙的远方故事，而这份满满的"独家记忆"定将会让她回味终生。

德国是一个文化、艺术气息十分浓郁的国家，留学生可以充分利用休假时间到当地的博物馆、展览馆、美术馆去参观感受。德国人在建筑、交响乐、美术、文学上的丰硕成果一定会让你大开眼界。此外，留德之前请一定要留意你所心仪的学校相关专业的报读时间，尤其在夏季学期 Sommersemester 是否开设。千万别像我那样，到了德国想转专业时，因为开学时间不对，结果只能退而求其次选择教育学专业，其实我骨子里还是喜欢和文学、文艺学有关的科目。

因为现在每年申请德国留学的国际学生非常多，因此，你需要在出国前尝试申请学校宿舍。每个学校的学生管理处 studentenwerk 都有自己的网页，可以网上申请。学校宿舍对于咱们这些国际学生来说真的是安全便宜又有保障。

当你在德国驻中国大使馆审核部通过了 APS 审核并且拿到大学录取通知之后，还有一小段时间，你就可以多准备一些所选专业的相关中文资料或书籍，提前学一点专业知识，以免刚去德国学习专业课时会碰到"一头雾水"的尴尬。此外，德国各个城市官方网页都制作得十分便民，如果想了解这座城市最新的文化活动、旅游资讯等，都可以登录它的城市网页，了解当地信息。

在留学德国前，还有两个网站推荐给大家浏览，分别是"德意志学术交流中心"的官网（https://www.daad.de/en/）以及"留学在德国"网站（https://www.study-in.de/en/study/）。这两个网站对于留德程序、赴德学习和生活等信息都有详尽的介绍，网页有德文和英文版面，方便大家阅读、检索。

关于德国的 diplom 学位，其实它是德国旧式教育体制的学位，在德国相当于本硕连读。该 diplom 学位在中国一般被认定为硕士学位。随着德国学位授予方式与国际惯例的接轨，当前德国绝大多数的大学均已实施了学士学位与硕士学位分别授予的形式。国际学生可以登录想要申请的大学官方网站查看学位的设定、入学要求以及授课语言等详尽信息。

德国的留学生活是紧张而又有惊喜的，期待大家在德国能有更多美好的遇见！

第三站 / 法国篇

法兰西，
一道流动的"盛宴"

不论你是否去过巴黎，在与别人谈起她时，你的耳边、眼前总能立即升腾出和巴黎有关的种种印记。留学和旅行最大的不同就在于，你有长达数年的时间可以静静地从细致角落真切咀嚼什么才是"法国味道"。这份真味不仅仅是舌尖上的"盛宴"，这也是属于视觉、听觉的华丽相逢。留学法国，更是在青春时节的一场"真人秀"，没有彩排只有比赛，而每一个参与其中的你我，都需竭尽全力，才能在法兰西的"秀场"上亮出那份自信的答卷。

给**理想**加点**糖** 留学，
你有更多选择

第一节

　　地铁门刚一打开，一位身穿燕尾服，手擎小提琴的男子便风度翩翩地走了进来，车厢里的乘客们饶有兴致地把目光聚焦在这位"特殊访客"的身上。地铁在人流上下后，车门关闭，而这位小提琴手则开始微闭双眼，开弓拉弦，袅袅的音乐声就从他点颤的手指间流泻了下来。

　　这里是巴黎，她的地铁历史超过一百年，19条市区及大区线路如同缎带将整个大巴黎区优雅地延展贯通。而洋溢着小提琴音乐的这条 RER（巴黎大区快速地铁）车厢里，宋蔚和戚琪两位刚到巴黎留学的上海姑娘正拎着从巴黎13区华人超市购买的蔬菜、肉食赶往位于巴黎三圈的大学城[①]。今天晚上，来自中国的师兄师姐要在学校公寓里欢迎他们十多位从上海赶来巴黎留学的同学们。

　　就在今天早晨，宋蔚和戚琪终于在位于巴黎四圈的行政机构那里领取到了有效期一年的学生居住证。看着这两张让她们几乎崩溃的证件，两位姑娘算是第一次领教到了什么叫作"法国速度"。说到这次让人抓狂的经历，还要从三个月前说起。

　　作为上海外国语大学

注 ① ：巴黎实施分圈公交收费制度，"大巴黎地区"共分六圈。其中，一圈二圈为巴黎市区，三圈四圈为巴黎近郊，五圈六圈为巴黎远郊。

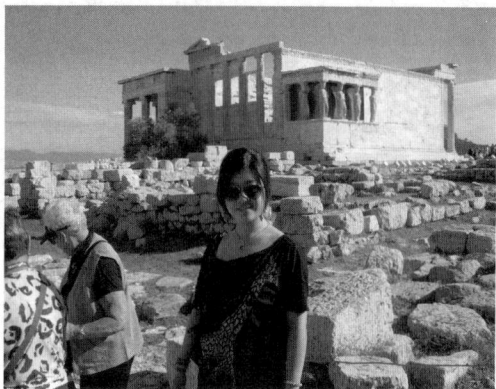

"中法在校交流生"选派队伍中的一员，宋蔚和戚琪这两位上外法语系的大三学生顺利通过 TEF（法语水平测试）的考试，拿到了 B2（第四级）的成绩之后，便经过一系列的手续申报、公正、审核，然后再加上法国领事馆的 CELA 面试。整套流程全部走下来后，这才让她们的赴法留学迈出了第一步。

对于本科专业不是法语的中国学生来说，即便你是法语零基础，只要能够在国内经过一段时间的密集型培训（一般 500 学时至 650 学时），基本上都可以达到 TCF（由法国国际教育研究中心组织的考试）或 TEF（由法国工商会和法国法语联盟主办）的第三级或第四级[②]。再加上 TCF 和 TEF 都是以选择题作为考试类型，比起雅思、托福以及德语的德福考试，法语的这两类考试中都没有把"写作"列为必考题型，这就在一定程度上减轻了中国考生在笔头作文上的压力。对于非法语专业的大学生而言，他们只需要把更多的精力集中在法语的听力、阅读、词汇以及语法上，就足以应对这场法语的"硬仗"了。

这两位上海姑娘在抵达巴黎戴高乐机场的第一天开始，就伴随着阵阵的失落与黯然。也许是当初在国内的媒体上看到了太多关于香榭丽舍大街、凯旋门、罗浮宫、埃菲尔铁塔等等具有显著标识性地标物的介绍与专题片，

注 ②：该两种考试为随机抽考，只需考其中一种即可，它们都共计六个级别，分别是 A、B、C 三个档级，每个档级分 1 和 2 两级。最低分为 A1，最高分为 C2，当前在中国申请法国大学时一般需达到 B2 级，如果分数在 B1 级，则需先进行预科类课程。

以至于在女孩子的心目中都有一幅充满了浪漫、温情、奢华、富丽的都市图景。可是，当她们从上海这座同样具有国际范儿的"魔都"一路向西飞到法国，从机场高速出发，坐在不停跳表的出租车上，瞅着窗外灰突突且满目凋敝的初秋郊外，那种怅然与反差还是会给她们刚下飞机时的兴奋泼了半盆冷水。

50 欧、60 欧、70 欧⋯⋯怎么还不到呀？！

出租车里的计价器没心没肺地更新着价格，这可不是人民币，而是当时汇率在 1:11 的欧洲法国。宋蔚和戚琪考入的这所大学是位于巴黎三圈的巴黎十二大。作为 20 世纪 60 年代法国政府兴建的 13 所大学之一，巴黎十二大以其在经济、法律等专业上的绝对优势长期在法国的公立大学中享有赞誉。在法国，众多大学之间并没有所谓"大学整体排名"，而是根据各个专业或领域水平进行的专业类排名。例如，巴黎四大的文学、神学类专业，巴黎五大的计算机专业，巴黎十三大的数学专业都是在法国境内排名前列的。

"两位小姐，你们到了！"这位法国老司机颇有礼貌地提醒着："总共是 86 欧元，谢谢。"对数字比较敏感的宋蔚在心里快速地将 86 欧兑换成人民币的金额——946 元[3]。没办法，作为留学生唯一能做的就是"入乡随俗"，这"随俗"的事情不单单是生活习惯，还有花钱的心态。经过两个人的一番折腾，终于在 ALJT 这间政府机构负责的公寓房内安顿了下来。

这间只有 16 平米的小屋子里只有两张床，一张桌子，一只电磁炉和墙边一台不到 1 米高的迷你电冰箱，其他再没有任何可以入眼的东西了。"知足吧，能有地方住就不错了。"戚琪提高声调故作乐观，其实宋蔚心里明白，这位在上海家里被众多亲人捧着的小公主肯定是无法马上接受"落难"这个现实的。不过，在赴法留学前，法国大学的学生公寓确实十分紧俏，

注 ③：当时汇率 1:11。

如果不熟悉它的流程和预约时段，在中国国内期间你几乎无法抢到学校附近的房子。恰好这些姑娘们通过老师帮忙在法国 ALJT 的官网上进行预约，从而有机会能在开学之前把"住"这件大事先搞定了。

当下如果选择去法国留学，可以在国内搜索"新欧洲战法"的网站（网址：http://bbs.xineurope.com，曾用名：战斗在法国），这个发布着众多法国留学生吃穿住行等各类信息的论坛型网站在赴法留学的同学们之间流传很广。当然，在这些纷繁多样的信息中肯定会有鱼龙混杂的现象，所以，例如像租房等环节，还是要先鉴别清楚真伪后，才能给对方支付定金。不然万一被不法分子欺骗，损失一两千人民币是小事，关键是你孤身一人到了法国之后才惊呼自己被骗时，你会耽误大量的时间在找房子、租房子这些琐碎的事情上，确实会让受骗人得不偿失。

到了巴黎的第一件事，就是要赶紧去所住行政辖区内找到当地的行政机构（一般是警察局）申请留学生必须要办理的"学生居住证"。这个居住证一般有效期是一年，只有拿到这个居住证之后，才有资格申请法国政府专门给所有大学生每月发放的住房补贴（法文缩写 CAF），每个月大概能领到月房租总额 30% 到 40% 的补贴。

经过路人细心指点，两个小姑娘好不容易搭着 RER 找到这所警察局，领到预约号码后她们才被告知，即便拿到了这个预约号也不能当天申请办理，必须要在指定日期才能来办。于是，她们又等了五天，到了指定日期的上午赶到办理大厅时，门口的保安义正词严地说："今天的 50 个名额已经发放完了，你们重新预约再办吧。""这才十点半，怎么就没有名额了？我们的学生签证还有 10 天就要过期了，能不能……"宋蔚急匆匆地用法文给保安解释着，连"通融"两个字还没有冒出口，保安已经开始拦下另一位试图进来办理居住证的申请者。

又是一个星期，当她们再次在预约当天早晨去排队时，柜台里的行政人员冷冷地说："你们的学生签证马上就要过期了，我没有办法立即给你居住证。根据规定，我只能先给你三个月的短期居住证明，你们下周就会拿到。拿到短期居住证明后再重新走一遍程序吧。"听着这位法国妇女轻描淡写的解释，宋蔚和戚琪沮丧到极点。这短期居住证没有丝毫用处，不能申请交通卡，不能申领房补……既来之则安之，她们只能选择在法国这繁文缛节式的规定前继续遵守。

经过这一来一回的反复折腾，终于到了第三次预约的这天清晨，宋蔚和戚琪凌晨四点半起床，简单吃了碗麦片后就搭着 RER 步履急匆地赶到警察局那扇熟悉的大门前。秋天的巴黎昼夜温差很大，清晨六点时天还没有全亮，室外的温度只有五六度的样子，在那扇门口早已有七八个申请者在一边裹紧大衣来回晃着身子，一边和旁边的陌生人低声攀谈起来。

填表、递交、签收……一番手续之后，她们终于可以放心回到住处等候在下一个指定时间过来领取学生居住证了。本以为这场"证件持久战"就此收场，皆大欢喜了。可是，在地铁车厢里，接下来戚琪的这句话几乎让刚刚采购完毕身心疲累的宋蔚一下子绝倒过去。

"蔚蔚，让我看看你的居住证。是不是我法语退步了……为啥我的国籍这个地方写的是 VIETNAM？"戚琪紧锁眉头，有点切切地问着宋蔚。"怎么可能，咱们的国籍应该是法语词 CHINE，让我看看。"宋蔚把斜倚的身子坐正，从包里也把自己早晨新领的居住证拿出来给戚琪比对。远处的小提琴声还在飘散，如同空气清新剂般让人心扉敞亮。

"咱们俩的确实不一样，你的是对的 CHINE，而我的是 VIETNAM。这个国家应该是 ..." "越南！"她们俩异口同声地回忆了起来。看来法国人做事也会这么乌龙，一份代表政府颁发的居住证件竟然把申请人的国籍都弄了一个张冠李戴。这事情如果放在别人身上，两个小姑娘肯定要笑作一团，但是作为留学生在法国学习期间最重要的凭证，倘若国籍错误的话意味着这个证件依然是无效的。

戚琪开始急得流眼泪，她扫了眼手机，还不到下午两点，这个倒霉的姑娘决定当天就去四圈的警察局找办理人员理论。在宋蔚的脚边、怀里分别有两个大购物袋，里面塞着萝卜、大青菜、牛肉等等一大堆本打算晚上留学生聚会做饭时可以大显身手的食材，可是好姐妹现在遇到尴尬事，她肯定要陪伴到底，拎着大包小包去警察局就权当作是锻炼身体吧。

RER 大区地铁还算争气，不到两点半就已经赶到了四圈的地铁站。只见两个中国姑娘在出站的人流中发足小跑，购物袋里的萝卜缨、菜叶子仿佛鼓掌似的冒在袋子口外面为她们加油。

就当两人快要到出站闸机口时，远远的一个男声传了过来："两位小姐，请出示一下你们的车票。"宋蔚和戚琪怔了一下，回头一看，在两米开外的地方，一位头戴帽子，身穿深绿色制服的法国男子一脸严肃地看着她们。"我是地铁检票员，这是我的证件，麻烦抽查一下你们的车票。"他把胸前的工作证亮出的同时又用慢速法语解释了一遍。宋蔚先急匆匆地掏出车票，交给这位检票员核查。虽然有点不情愿，戚琪还是把兜里的那张长方形单程车票交给了他。

"小姐，你的车票只能到巴黎三圈，这里是四圈，你的车费不够。"检票员的表情仍旧铁一般的凝重，就像是一个警察顺利抓到了潜藏已久的"逃犯"。"请交纳 25 欧元的罚款。"检票员把目光钉在了戚琪的脸上。"怎么又是我？！你们法国人把我认成越南人就已经够让人窝火了，现在又要罚款，我又没有故意逃票。本来我们是要去三圈的，可是我的居住证错了，我要到四圈找他们……"戚琪这时的情绪开始有点失控，几乎是表情扭曲地在解释着。检票员并不为之所动，依然站在那里，一副不交钱休想离开的模样。

在别人家的屋檐下，你还是不得不低头。就算再解释，宋蔚也明白根本是行不通的。可是两人摸遍全身也凑不齐25欧元的现钞，加上一直没有居住证，她们到现在也没有信用卡。末了，两个可怜兮兮的姑娘只凑到了14欧元，然后说了各种可怜话给这位看似铁面无私的检票员。"那你们下不为例吧！"这位执法者突然"法外开恩"顿时让她们一直紧绷的神经松弛了下来。拿到钱之后，检票员把现钞往兜里一揣就翩然消失了。这个不太职业的动作虽然刹那间让宋蔚觉得有点怀疑，但是因为居住证事关重大，她也就没有多想，赶紧和戚琪冲往那间她们已经去了不下四趟的警察局。

一阵狂奔赶到目的地后，虽然那位颇有门神护卫感觉的行政人员一再拦阻说下午不受理居住证业务，但是戚琪早已经受尽了先前的"折磨"与等待，她根本不顾那人的劝说就径自闯了进去。窗户里面的办理人员没有丝毫愧疚，只是面无表情地解释："我们会给你进行更正，大概需要一段时间，我再给你一张三个月的临时证明吧。"瞧，这就是"法国速度"。宋蔚的记忆里，在法国办理业务她听到最多的句子是"已经在预约了，你需要再等一周"，"已经在申请了，你还要再等一段时间"等，成了宋蔚在法国三年半的时间里最频繁碰到的常态。

第二节

和生活当中的"崩溃事件"相比，来自语言和学业上的压力更是排山倒海。与一般的交流生不同，宋蔚和戚琪是在国内本科大三时申请来法交流一年，之后她们选择放弃国内的本科学位，并计划在法国继续攻读硕士学位。即便初到法国，各种生活上的不顺与不适应也一度让她们两人内心沮丧，但是，法国这个国家扑面而来的人文环境以及盛誉在外的"法式生活气质"还是像磁铁一样吸引住了两个小妮子的心。

上海外国语大学是中国外语院校当中的一面"金字招牌"，假如宋蔚和戚琪在法国交流一年镀金之后，回国拿下上外的学士学位也是一样可以在上海的外企里谋求到一份待遇不错的工作。但是，这种"小家碧玉型"的生活显然不是她们碗里的菜。当世界的大门刚刚在眼前豁然开朗，她们期待能够在法国这片沃土上汲取到青春的养分，从而让祈愿已久的"国际化视野"可以真正得以实现。什么是视野？一个决定性的因素就是高度，你的青春落脚点定得越高，你所能看到、听到、学到的东西才会越有前瞻性和全球性。而法国这方地处西欧的国度，有太多的文理学科在遍布南北的高等学府里绽放。为了更具"国际化思维"，宋蔚决定让自己沿着"国际贸易"专业的方向潜心学习。

法国的本科是三年制，硕士则是两年，因此，对于类似像宋蔚这样选择大学三年级出国的中国学生来说，到了法国之后，如果继续选取和国内一致的专业，则可以根据申请人在中国大三时的平均分来衡量他是否达到了法国大三的学习标准。倘若国内大三时的成绩（或最近一年的成绩）不达标，法国的大学会要求申请人重修一遍法国的大三课程，然后参加毕业考试，通过的话方可进入法国的硕士阶段攻读。而如果申请人是本科在读跨专业申请的话，则一般情况下也是需要降级学习的。例如，一个在中国国内学新闻专业的本科大三学生，如果申请的是法国本科国际贸易专业，则他同样需要到法国重读该专业大三的课程，以免在学业内容上出现知识断层④。

值得注意的是，不论是申请法国的本科还是研究生，申请人在中国国内的高考成绩是申请法国高校的必要条件之一。因此，如果打算赴法留学的话，中国的高中毕业生以及大学在校生都是可以从零开始集训法语并且事先规划好留学步骤的。加上法国低廉的留学费用，每年只收取200至400欧元的注册费，这就更使得在过去的十年里中国中产及工薪阶层的孩子赴法留学人数呈几何倍数增加。当然，如果是在法国先读预科的话，还是会有额外的学费产生，半年期大约是4000至5000欧元（约36000元至45000元人民币），一年期则会达到7000欧元左右（约63000元人民币）。

和很多留学生一样，摆在宋蔚和戚琪面前的第一道难关仍旧是语言。

注④：根据法国的教育制度，学士至硕士阶段共计五年，分别称之为"BAC 1至5"，因此，本科三年分别是BAC+1、BAC+2、BAC+3；研究生两年分别是BAC+4以及BAC+5。在中国国内做学位公证时，因为中国的本科是四年制，所以该本科毕业生的学位公证在法语翻译时会称为"BAC+4"，但一般而言，这并不意味着该申请人可以直接赴法从研究生二年级开始读起，多数中国本科毕业生申请者仍会被法国的大学要求降级，从研一开始重新学起。

法语号称是世界上最美的语言，婉转、优雅、温润、有度。但是它的语法之复杂，词性转化之麻烦也是在众多外语语种中数一数二。作为国际语言的英语，它的时态上只有16种，而法语里要多达22种，加上动词变位、名词阴阳性这一系列比较烦琐的词法、句法规定，这也就决定了法语必定是一门比较严谨且语法规则森严的语言。虽然在法国有很多的高等商学院为了吸纳更多国际留学生，特意开设了英语授课的专业，但是，它们一般都要求申请者的雅思达到6分至6.5分左右。倘若想申请到世界商科排名前列的巴黎高等商学院，申请者的英语成绩更需要在雅思7分以上。除了硬性的语言要求，这些商学院的学费标准也和法国公立大学体系收费完全不同，一般而言，在高等商学院一年的学费需要7000欧至17500欧元不等（约63000元至160000元人民币）。对于这些在法国读英语授课专业的商科学生，他们在研二的第二学期依然要面临实习的难题，因为在法国一些大型企业，它们都要求实习生的法语水平至少达到B1的级别，也就是说，在法国留学，如果无法娴熟地掌握法语，那么他的处境将会是寸步难移。

中国考生会考试，这在全世界是很出名的，而且，随着TCF和TEF"考试机经"⑤在网络的泛滥，很多考生通过临时抱佛脚的方式也能"幸运"地在法语考试中拿到B1、B2，甚至C1的成绩。不过，即便拿到了B2也不能高兴得太早，因为法国领事馆在签发赴法留学签证前是需要进行CELA面试的，倘若面试中申请人无法用符合他考试成绩应具有的法语水平应答的话，面试官依然有权拒绝签发该申请人的学生签证。当然，也有一些中国留学生为了能先适应法国的实地环境，便选择了来法国就读语言学校，可是他们忽略了很关键的一点，那就是法国的语言学校几乎都没有对口的接收院校，这也就意味着一旦该学生的法语考试依然不过关，他将只能继续就读于语言学校，而法国政府有规定，任何一位留学生他在法国就读语

注⑤："机经"一词是网络用语，一般是指参加过该考试的考生通过临场记忆将真题重现，并进行归纳总结的内容，简称为"机经"。

言类学校最多不能超过两年。如果过了两年期限还是不能考出合格的 TCF 或 TEF 成绩，这位可怜的留学生就只能灰溜溜地选择回国，从而白白浪费了两年宝贵的青春。

从这些实例看来，不论选择去哪个国家，我们一定要在国内就尽量完成语言水平的达标工作，即便不能做到熟练无障碍，但是至少要用考试的方式真实测评自己的实际水平，以防果真到了国外反而成了无依无靠的"文盲"和"聋哑异乡人"。

对于宋蔚而言，即便她在上外已经学习了近三年的法语，同时还有法语考试 B2 的成绩，可是刚进巴黎十二大的课堂，她还是被老师上课时"快进式"的语速以及"稀奇古怪"的用词折磨得欲哭无泪。

虽然她也用了大多数留学生都会想到的录音笔，可是法国大学的课程安排十分紧凑，有时一天要上五六个小时，就算把教授们的课全都录了下来，回去宿舍你还是需要反复听写才能把白天落下或没弄懂的知识点稍微看出点门道来。于是，班级里的中国留学生又一次发挥了"人多力量大"的优势。七八个中国同学结盟成学习互助小组，大家进行工作划分，你晚上听写"国际贸易法"课堂上老师的笔记，她负责听写"法律案例"的课堂解析，然后第二天大家把各自负责的那部分笔记复印好之后彼此交换，这就基本上把前一天的学习内容规整清楚了。

刚来法国留学的第一年，宋蔚觉得生活是有点干瘪和苍白的，因为除了每天奔战于不同的课堂之外，就是每晚在台灯下一遍遍反复摁着录音笔还原老师上课的笔记，这种烦冗的工作不忙到凌晨两三点是根本无法完成的。时间就像是被拨快的钟表，滴滴答答就到了研究生一年级时的百人阶梯教室。

第三节

"这么一所现代化的法国大学竟然连个投影仪都没有？"每次提到大学里的硬件，宋蔚都会嘀咕很久。因为在中国，几乎所有大中院校的阶梯教室至少都会有个投影仪或幻灯机，用来方便多媒体教学。而在法国的百人教室里，只见身穿素色衬衣，系着花色领带的法国老教授一丝不苟地念着手中的讲义，足足近二十分钟，一条板书都没有。早在入学的时候，校方就已经把本学期要学习的课目时间表全部都发给学生，让大家明白上课的时间、地点以及授课教师的基本信息。有时看着课表，最让宋蔚百思不得其解的是，上一节讨论课结束的时间是中午 12:00，下一堂"欧洲经济学"竟然是 12:15。法国人难道不吃午饭吗？只有 15 分钟，而且是从三号教学楼跑到九号教学楼，安排这时间表的人太不厚道了！更让宋蔚和戚琪哭笑不得的是，在研一上学期的课表上赫然写着："经济学原理"15:00 至16:30，三号教学楼；"商业案例实务"16:30 至 18:00，七号教学楼。

"哪有这么排课的——'鱼咬尾连轴转'，连一分钟课休时间都不给呀？看来法国人认为大学生的膀胱应该足够大，他们在课间根本不用上厕所！"

戚琪一边收拾书包，一边披了羽绒服就向外冲。宋蔚早已经拎着午餐盒急促奔在了小径上，她回过头朝着骂骂咧咧的戚琪高喊："大小姐，我们还剩49秒了，赶紧百米冲刺，跑呀！"

即便是紧赶慢赶，像这样一堂课紧挨着下一堂课的情况还是延续了半个学期。其实，巴黎十二大当时部分的课程如此安排，并不是为了故意让学生体会"天将降大任于斯人也，必先苦其心志，劳其筋骨，饿其体肤"的刻苦，而是由于国际贸易专业的很多课程都是邀请了商界或金融界的高管来担任客座讲师或教授，而这些精英人士的时间都是需要事先预约的。当他们的时间只能是如此安排时，校方也只好将就了讲师，委屈了学生。于是，在那个"特殊时期"，几乎所有这种"前后咬合"的课程总是会有一批学生先后迟到，他们进了教室后，窸窣着找到位子，然后坐下听课，以免打扰到早已经进入上课状态的其他同学。

法国的冬天还是会卷裹着刺骨的寒风，零度附近的气温让宋蔚感觉十分难熬。在这么紧凑的课业缝隙间，她几乎没有任何时间跑到学校的学生餐厅去买一份意面或汉堡。而每天早晨出门前做一份简易三明治就成了她和戚琪每日的固定家务活。两片面包，一片厚火腿，一只荷包蛋，再加两片番茄，一份午餐三明治就做好了。因为在法国的大学以及公寓里几乎很难找到微波炉，冬天的时候，如果只是吃冷的东西，中国人的胃肯定是不舒服的。于是，宋蔚就发现了一个绝妙的办法来给午餐还有随身带的白开水加热，那就是教室旁边的暖气片。

在法国，一般的公共场合以及家庭住宅都会事先安装好暖气片，用于集体供暖。严冬时节，宋蔚每到一间教室都会优先选择靠近暖气片的位子就座，然后便把需要保温的食物或水杯放在暖气片上烘着。这个好方法很快就在班里的亚洲学生群体间相继效仿，因为不论是日本人、韩国人还是中国人，大家的生活习惯还是相近的。

在法国读大学，不论是本科还是研究生阶段，它的成绩计算都是使用"学分群"的制度（MODULE），校方会要求学生只有所有学分群都通过了才能准许获得学位证书。通常情况下，一个学分群内会有两到三个学分（UNITE

DE VALEUR）简称 UV，在同一个学分群里的学分是可以平均计算的。宋蔚主修的国际贸易专业就是采取这种计分方式，她的一个学分群里一般要同时修四门课，每门课程采用20分为满分的打分方式。其中，10分以上是"及格"，10分至12分是"通过"，12分到16分是"好"，16分到20分是"优秀"。有些大学采取每门课程都要过10分才算通过，而巴黎十二大的国际贸易专业则是采取的"平均分"统计方式。例如，四门课程里，如果其中有一门不小心只考了9分的不及格分数，但是其他三门的课程都在10分以上，而且四门课程的总分平均计算后又高于10分，那老师就会默认该学生这个学分群的成绩为合格。一般而言，两年至两年半的法国研究生阶段要通过四到五个学分群的考验才能顺利毕业。千万不要小看了每个学分群的分数，因为在最后的法国学位证书上，该名学生的成绩将会直接印在学位证上。试想一下，当你拿出一本印有"优秀"的证书或是掏出一本印着"及格"两字的学位证书给面试官时，对方审度你的第一印象肯定是天壤之别的。正是因为此，很多留学生在全力钻研必修课的同时已经没有太多闲余功夫去挑选自己喜欢但不计学分的选修课了。

第四节

提到北京城，人们会想到城区的一环到六环，不一样的环数意味着房价和身份也随之升降。说到巴黎城区，它则是以巴黎圣母院为核心画出了一团如蜗牛般形状的区域，如果一圈一圈的螺纹从内到外依次延展开来，所谓"巴黎市中心"、"小巴黎"和"巴黎郊区"这三重关系也在一圈到六圈之间划割得清清楚楚。在地道的巴黎人看来，除了一圈可以视作是真正意义的"巴黎城"之外，其他的地方都叫作"外省"⑥。

从二圈到三圈就进入到"小巴黎"的范围，在这里有从属于市中心的地铁线路，有贯通二圈至四圈的 RER 大区地铁，加上富人们扎堆的 92 省，华人百姓群居的 94 省，二圈、三圈仍是可以窥探到巴黎的优雅范儿和那种随着历史沉淀而来的文艺范儿。从四圈到六圈基本上就是恬静悠然的巴黎郊区，例如路易十四的凡尔赛宫就坐落在距离巴黎市中心约 20 公里的 78 省。

在巴黎待了快到一年左右的时候，宋蔚和戚琪才从学业的重压中稍稍解脱出一些时间，作为女孩子，她们迫切地想了解真正的巴黎，而不仅仅满足于那些在画册、电影里截取的种种浪漫镜头。当她们一年前从戴高乐机场一路由六圈向四圈开去时，宋蔚看到的只是巴黎郊区的秋色残景。巴黎十二大坐落在三圈，这片广袤的大学城里虽然流淌着来自世界各地的青春热忱，但是校园不能代表巴黎，更无法替那座以香榭丽舍大街、协和广场、凯旋门荣登世界时尚之都的 PARIS 代言。自从以学生半价优惠购买了三圈至一圈的巴黎交通卡（法语称为 IMAGINER）之后，宋蔚和戚琪终于有了节假日无限次乘坐除出租车之外几乎所有巴黎交通工具的权限。而真正的巴黎仿佛久久蒙纱的美女正等着外来者一点点地发掘她的美好与魅力。

谁说学习只能在校园里完成？整个巴黎城区就是一本厚重的教科书。

注⑥：法国人用当地邮政编码的前两个数字来代表某一个省的代号。例如，巴黎十二大所在的 Créteil 就被称之为 94 省。

当这两个姑娘真正放下手头的超市购物袋不以采购为己任，而是带上自己的眼睛、耳朵与感官去赏析这座城时，你才逐渐醒悟，为何会有这么多的文豪名流将笔墨献给巴黎，为何会有那么多的精英政要会选择在巴黎举办各类会议、各种世界级别的发布盛典。巴黎城，也就是当地人眼中的75省共分为20个区，而人们最经常去的是1区和8区。其中，1区之内涵盖了举世知名的罗浮宫博物馆、皇室宫殿以及杜伊乐丽花园等游览胜地，而在8区里更是拥抱着长约两公里的香榭丽舍大街，记载着法国革命的协和广场以及屹立了两个世纪的凯旋门。

法国政府也一直以法兰西文化为傲，它们有很多的惠民以及学生优待政策，使得来自全世界的人们都可以亲身感受着法国荣耀的历史和人文。例如，在每个月的第一个星期日包括罗浮宫在内的所有博物馆都是免费向游人开放。而宋蔚的学生身份更是可以买到一个月（约14欧元）或一整年（约300欧元）无限次的电影优惠卡（法语称为ILLIMITE）。此外，在巴黎城区几乎每个月都有各类的节庆或大型文娱活动，包括遗产节、音乐节、电影节、时装周、歌剧会演等一系列的丰沛演出。当你眺望那沿着香街灿然闪烁的车灯霓影，还有路边被裁剪成立体形状的大棵梧桐树列时，虽然这条远负盛名的街道间只有四条车道供川流不息的车辆来往，虽然她的路边基本上看不到任何高过埃菲尔铁塔的雄壮楼宇，但是，香街传递的是一种巴黎味道，这种温软的精致味道正是通过每一位巴黎人的衣着举止、生活品位以及路边一间间或雅致或奔放或奢华或独创的橱窗、店铺潺潺然渗透出来，它弥散在空气里，默默笼罩于整个巴黎城的漫漫上空。

早在来巴黎的第一个暑假，宋蔚为了能够快速提升法语的听说能力，她强逼着自己申请了一个位于巴黎二圈的服装店导购的职位。就是那个暑假，让宋蔚对于"巴黎式自信"有了初步的感知和认同。也许是出于女孩子对于时尚敏锐的天性，宋蔚发现，很多巴黎年轻的女孩子并不热衷于爱马仕、古驰、路易威登这样的大牌。当中国很多城市的女生为了攒钱买一只香奈儿的限量版女包，竟能委屈自己长达一年省吃俭用时，巴黎的女生早就洒脱地扔掉了这种"虚荣式的道具"。在她们看来，一件衣服或包具的材质、品相、设计细节才是巴黎女孩关注的焦点，而那些所谓的 logo 大不大，会不会没人认得出这是"迪奥"之类的"俗人自扰"，一般不会发生在一位注重品质的巴黎女孩身上。也正是那次暑假服装店的导购经历，让宋蔚学会了涂画至今还十分中意的"法式指甲"——这种只在指甲前端画出好像微笑般圆弧形轮廓的美甲图案被戏称为"微笑线"，它可是很多法国本地女孩子都会争相涂抹的法式创意。

　　很多时候，你只是住在一座城市，而不是真正生活在这里。如果每日的活动范围缩窄为"三点一线"，每天的行事历里只有奔忙与应酬，那你几乎很难有时间透过这座城的风土与地标来重新发现都市的美好。巴黎就是这样，倘若你在求学之旅中每日仅仅困囿于校园的范围之内，巴黎市区的美好与积淀你从未身在其中的话，这趟旅法的留学肯定是缺损了很大一块珍宝。没有大包小包，更没有一间一间的扫荡购物，宋蔚和戚琪在这个周末选择用从容的步履重新发现巴黎的精彩。

　　香榭丽舍大街是她们的第一站，两边林立的店铺几乎涵盖了所有你能想到的一线大牌。不论是箱包、化妆品还是咖啡馆、精品店，在这里都异彩纷呈地逐一临街而立，那份稳稳的自信从装修、设计还有店员的衣着上就能立马体会到。

　　"小姐，是留学生吗？我要买路易威登的包包，给你 50 欧元，能否借你的护照让我用一下？"突然，一位面带笑靥的中年阿姨兀自地站在宋蔚身边对她说着中文。从这句流利的普通话还有阿姨的妆容判断，很明显，这就是一位"中国大妈"。这位大妈出现在香街可不是为了"广场舞"而来，可她主动地向路人搭讪，仍会让宋蔚心里猛地紧张了一下。

在香街上，其实你很容易就能碰到类似这样的"代购买手"。由于很多欧洲一线品牌在本地的售价和国外比起来有较大的价差，特别是随着中国等发展中国家网络海外代购风潮的涌现，很多中国女孩们选择通过法国本地的私人网络电商购买比较划算的奢侈品牌。因为很多奢侈品店都有规定，一本护照最多一年期内只能购买三或四只手袋，这就促生了一种新的生财之道——以有偿借用的方式利用留学生的护照来进行代购。向来不喜欢和陌生人打交道的宋蔚自然是断然拒绝，不过好奇的戚琪倒是愿意尝试。只要护照不交给倒卖者，戚琪觉得还是比较安全的。她和这位"阿姨"一同走进路易威登的门店，里面人流攒动，能看到很多东方人的面孔在各个展架前驻足，挑选。经过等待，排队，付费，戚琪竟然轻松地拿到了50欧元的现钞"酬劳"，前后不到一刻钟的时间。"以后还是别为了这点小钱冒风险，毕竟是人生地不熟的！"宋蔚看着戚琪得意的神情，真不知道该是羡慕还是担心。

对于这些一线品牌，宋蔚并没有太多兴趣，因为在上海、香港的商业街上基本都能找到它们的身影，而且品类相似，店铺内饰几乎一致，所以这些奢侈品连锁店并不能抓住宋蔚的眼睛。她更愿意去看香街上流动的人群，在里面你能去暗忖到底何为"法国气质"。根据宋蔚的观察，法国的女士一般不会大红大紫或者花哨俏皮地打扮自己，在秋冬时节，黑白灰三色占到主流，一件裁剪贴合的布料或呢料大衣，一双皮质上等的高跟靴几乎是很多法国成年女性的首选。如果非要从她们的身上发现一些别致的东西，那么就是丝巾还有胸针这些能够在细节处体现装扮用心的地方。

此外，宋蔚从法国女性身上学到的另一点就是站姿、坐姿的挺拔。如果你有心纠正自己的形象，可以先请朋友把你日常行走、坐立的姿势用手机摄像功能记录下来，然后在回看时，你就会发现很多中国的女孩子都会自觉或不自觉地出现佝背、塌肩的不良习惯。而法国的女孩从小开始就被父母教育着要主动纠正生活中的错误姿势，要用最为挺拔、优雅的形象给别人传递出她们的第一张"气质名片"。法国男生也是如此，虽然他们不会刻意的学习如何配色和打扮，但是最起码的形象常识还是会深深地烙刻在日常的习惯里，例如衬衣与领带的搭配，西装三件套缺一不可，个人指甲、鼻毛、体味的检查都会是他们每天都要例行的生活功课。在法国人心目中，"法国"两个字代表着一种荣光、一份自信，他们要始终从形象细节着手，来统一捍卫"法国式品味"这个传承了几个世纪的美誉。

第五节

当然，即便"人靠衣装"的古训让宋蔚和戚琪时刻提醒自己不能输了中国女孩的面子之外，一日三餐的食物和饭菜才是最为实际的生活环节。在法国这三年多来，两位从前在上海娇滴滴的女孩子自打来了法国之后，越发地明白没有谁能代劳生活中的琐事，必须得亲自动手才行，如若不然，这一切生活起居都想着用花钱的方式解决就实在是太贵了！

拿吃饭为例，一般在巴黎，随便吃一顿主食就要 15 至 20 欧元（约人民币 135 至 180 元），而如果你要在餐厅里吃一份所谓的"全套"西餐，就是加了餐前汤、餐后甜点、软饮的套餐，大概需要 30 至 40 欧元左右（约人民币 270 至 360 元）。这种昂贵的饭菜直接吓退了宋蔚和戚琪，于是学习做饭、改善伙食成了她们在法国期间另一项"爱自己"的必备工程。

巴黎市内的"13 区"是中国人聚居最多的地方，虽然它也在巴黎的"一圈"，算是真正意义上的"小巴黎"区域，但是步入以意大利广场为中心的放射形街道时，身为中国人的你顿时会感觉到一种骨子里的亲切感：整齐的繁体方块字，鳞次栉比的高层楼房，有些餐厅门前还会挂出帆布的"幌子"用来招揽生意。在 13 区，普通话、广东话、潮州话甚至上海话都能听到，当你步入一间华人杂货店，老板会先亲切地用普通话道一声"你好，欢迎光临"。有时经过一番攀谈，你会惊喜地发现店主或售货员是自己的同乡，进而用家乡话交流，那种"同族同胞"的亲近感会让你在那一刻忘记自己是在欧洲，身处与中国遥遥相望的法国境内。

有华人的地方生意自然兴隆不少，每天会有大量的中国观光客以及在法留学的中国学生赶来 13 区购物、休闲、聚餐。当然，中国人多了之后，这里的物价特别是中国超市的货品定价自然也要有中国"特色"，那就是必须物美价廉，。一般而言，像柴米油盐酱醋茶这些东西，宋蔚和戚琪都会在位于 13 区的唐氏兄弟超市内购买。这家超市在整个巴黎已经开设了多个连锁门店，而 13 区的这家算是当地规模数一数二的。走进唐氏兄弟超市，你可以方便快捷地买到曾在中国吃到的几乎所有东西，从老干妈辣酱到王致和豆腐乳，从北京二锅头到康师傅方便面，你能在这儿轻松买到一满车的"中国味道"。不过，想在超市里买一些蔬菜，它的价格还是要看看清楚再决定。比如有次，戚琪特别想吃鸡毛菜，她没有多看抓了就买，结果在结账时才发现这"鸡毛"比"孔雀毛"都贵，要 12 欧元一公斤（约 110 元两斤）。这种鸡毛菜在上海也就一两块钱人民币一斤，没想到翻个山越个岭之后竟然身价暴涨近 30 倍。当然也有划算的蔬菜，比如大青菜一把是 1.2 欧元左右（约 10 元人民币），大白菜一颗大概在 1 欧至 2 欧元（约 9 元至

18元人民币），此外还有茄子、包心菜、西兰花等都是留学生常买的家常蔬菜。

此外，既然身在巴黎，那就不能不提一下总部设在法国的大型连锁超市"家乐福"了。和我们在中国看到的卖场不同的一点是，在法国大型家乐福超市的货架旁，你会经常看到很多身穿制服的工作人员他们踩着溜冰鞋在各个区域来回穿梭。这些年轻人可不是单单为了耍酷，而是切实的工作需要。为了提高添补空缺货架商品的速度，规模较大的家乐福卖场里都会有溜旱冰技术较好的工作人员专门负责检查所辖区域的货品售卖情况，一旦发现展架物品存量不足或是顾客有其他特殊需求，这些工作人员就会风一般驰骋于仓库和货架之间，第一时间帮顾客解决需求。

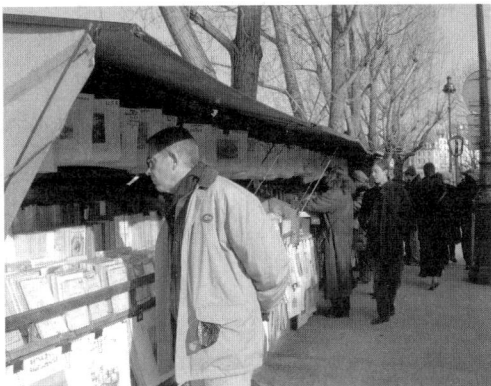

这种"冰鞋"速度让宋蔚感受到了巴黎超市的快捷与高效，可是在生活的其他方面，宋蔚又觉得巴黎人似乎并没有把"高效率"当作自己工作的首要任务。一次申请电话和网络的经历让她和小伙伴戚琪真正领教了什么才是"蜗牛速度"。

由于从中国国内拨打法国境内的电话费用仍是比较贵，每分钟一块钱人民币左右，精打细算的宋蔚还是决定从法国打回国内。可是留学生常用的方式是去买电话卡然后跑到电话亭打国际长途，这就显得不够便捷。而且大冬天的时候，冷飕飕地躲在电话亭里连声音都会走调，更别说跟爸妈聊天的心情了。于是，宋蔚和戚琪决定 AA 制在公寓里申请一根电话线，然后用购买网络套餐的方式享受一个月 30 欧元（约人民币 270 元）可无限次拨打中国国内座机，同时享有拨打法国境内所有座机免费以及不计流量无限次上网的服务。此外，因为法国的电话线和电视收看是绑定的，即便没有电视机，如果开通套餐后还能使用笔记本电脑收看到中国中央电视台的多个频道，甚至还有包括湖南卫视在内的中国各知名地方台节目。这么划算的套餐确实让人心动，宋蔚和戚琪通过法国国家电信公司（France Télécom）的热线电话咨询到应该带的证件和资料，第二天就兴冲冲地跑到电信公司营业大厅，开始了漫长的"申请之旅"。

法国人的服务意识还是相当点赞的，态度和蔼，语言用词礼貌而不失周到，大概不消二十分钟宋蔚和戚琪就办理好了所有的申请手续，缴足了费用之后开始回公寓安心地等待。安装电话线还算比较顺利，前后等了工程师傅一个月的时间也便成功开通并且激活了[⑦]。

随后，按照法国的惯例，用户在拥有了一根激活的电话线之后就可以从多家电信运营商当中选取一家进行网络套餐购买以及设备配置了。看着诸如像 Orange，SFR，Free，Alice 这些运营品牌的名字，宋蔚选择了听起来比较温柔可人的爱丽丝电信运营公司（Alice），结果这家公司的名字和服务简直是判若两人，让宋蔚一度开始怀疑这位"爱丽丝"是否真的去漫游仙境忘了回来。

法国的部分电信运营商出于成本和人工的考量，一般只是通过"电话卖场"的形式进行电话服务，然后进行邮寄材料、缴费、寄送上网设备、指导调试等流程从而帮用户顺利开通上网及免费电话服务。宋蔚是一个细心的女孩，从第一次给爱丽丝公司的客服拨打电话开始，她就一边听一边用纸笔记录下来开通手续、流程和寄送时间节点。一周过去了，半个月过去了，爱丽丝公司竟然没有丝毫的动静。

"也许是慢吧，巴黎的地图形状不就像一只蜗牛吗？说不定咱们的申

注⑦：在法国一般安装电话线和激活线路时都要收取费用，如果租房内已有电话线则用户只需要支付激活线路的费用即可。

请还在排队呢！"戚琪打趣说道。可是到了第二个月的时候，还是没有任何反馈。这下子一贯很有耐性的宋蔚也急了，她又一次拨打了客服热线。还是一个慢悠悠的声音，当宋蔚说明来意，让客服去查询的时候，客服很肯定地说："小姐，您的申请文件我们没有收到。"什么？都一个多月了，蜗牛爬都能爬到了，怎么会没有收到呢？"是的，小姐，这个你要问问当地的邮局了，至少目前我们没有看到关于您的任何申请。"

随后，宋蔚和戚琪便开始了长征路一般的奔波与忍耐。先是去邮局查邮寄情况，然后多次致电"爱丽丝"查证是否收取。终于，在第二个月快结束时，"爱丽丝"亲切地说："您的申请开始进入排期状态了，请再等一段时间。""一段时间是多久？"宋蔚不敢再让"蜗牛速度"糊弄自己，她问。"下周吧！"对方答。

从第三个月开始，伴随着一句句"下周吧"，足足又拖延了四个星期。在临近第四个月的时候，慢性子的"爱丽丝"终于寄送来了一个包裹，里面装着整套的上网设备还有操作指南。由于这份操作说明书内容本身和实际操作不符，宋蔚按着流程捣了一上午还是不能上网，更无法打电话。如果"爱丽丝"有实体店的话，宋蔚真想冲进店里当面领教一下这位披着美丽名字的运营商到底是何种模样。只可惜，"爱丽丝"只有电话服务，没有任何店铺可以让用户去冲去质询。忍着胸口的怨气，宋蔚又开始了一轮接一轮的电话问询，一来二往，终于在第八个月顺利通过"爱丽丝"的电信服务接通了远在上海家里的电话。

也许在中国国内，我们会经常提及那句名言："走慢一点，不要让你的灵魂跟不上你的躯体。"可是在法国，有些领域的办事效率还是让宋蔚想说一句："公事公办的时候还是请走快一点，不要让你的用户等的连身体都睡着了。"

第六节

　　戚琪早在来法国留学前就是有男朋友的，这位外号叫"大熊"的男生在一家上海的外企公司工作。自从公寓里安装了能随时拨打中国号码的电话之后，戚琪便每天晚上肆无忌惮地开始了"煲电话粥"的生活。由于法国和中国还是隔了6个小时的时差，往往巴黎是黑夜，而上海还是清晨，即便有电话粥的滋养浇灌，但是生活的交集一旦减少，能"煲"的话题就像快要煮干的稀饭一样，又涩硬又难吃。三个月后的一天，当宋蔚深夜回到房间时，发现戚琪一个人躲在毯子里抽泣。还没来得及问，戚琪就哇地一下扑在宋蔚肩头开始大哭："大熊在上海'劈腿'了，他不要我了！"

　　跨越国界的恋情就是如此，它脆弱、它娇嫩，它更需要恋人双方共同且共通的生活与相伴。从那晚开始，戚琪不再和宋蔚抢电话了，先前每晚的那幕"温情电话粥"就此剧终。也许是为了故意向前任"示威"，也许抚平失恋伤口最好的方法是用下一段恋情填满缺口，不出一个月，戚琪再度热恋，对象是一名当地的法国同学。为了渲染自己的幸福，戚琪更是和她的法国男友拍摄了N多张亲密的照片放到微博、QQ空间里秀恩爱。她多次在人人网的朋友圈子里大声疾呼："我找到了这辈子最想嫁的人！"不管是真是假，这段突发的恋情竟然火烧火燎地持续了很长一段时间，一直烧到硕士毕业后他们两人在巴黎甜蜜地举办了结婚典礼。

　　至于宋蔚，一位落落大方、长相温文秀美的上海女孩，从她搬进ALJT公寓宿舍开始，就陆续有很多的倾慕者主动接近她，想与她热络。只可惜，在宋蔚的心里始终有只天平，她知道自己到底要什么，她很明白自己三年半毕业后的去向一定是返回上海。不是她不留恋巴黎的生活，而是她潜意识里对西方男生就没有太多地缘上的亲近感，即便法国男生的儒雅与贴心早在一次次同学聚会、社交晚宴上都能通过主动帮女生推门、拉椅还有礼貌的谈吐细节中感受到他们的用心和教养。可是，只要每次单独和法国男生交谈、出游，她就会腾地一下产生一种本能的抗拒与距离感。法国男生的话题很有弹性，加上他们从小就受到浓郁法国文化的浸泡，不论是艺术、人文、建筑还是电影、传媒、时政，法国男生如同一个博采众长的菁华体，每一个话题都能有收有放，交谈的轻松自然，不留任何做作的痕迹。

也许就是法国男生这种天生的优越感，让宋蔚觉得即便恋爱也会让她一直悬浮在空中，久久透不过气来。"托马斯真的很好！"戚琪又开始介绍她男友的好兄弟了："蔚蔚，你听我说嘛，他暗恋你很久了，并且还先后三次想请你出去吃日本料理，你就是倔脾气，一次都不配合。""我对法国男生没感觉啦，都是你，把我平时的喜好还有起居时间告诉他，害的我经常莫名其妙收到一些花呀，杯子啊之类的礼物。"女孩子能够被男生主动追求当然是心里甜滋滋的，不过当甜蜜成为一种打扰，宋蔚还是觉得托马斯这个法国小帅哥费的心思有点多余。

托马斯是戚琪男友的"死党"，两个人同属一个篮球队，同修一个专业，正是在一次戚琪组织的"火锅会"上，托马斯结识了话语不多的宋蔚。其实所谓的"火锅"是戚琪从上海带去巴黎的全自动电饭煲，在临近元旦的时候，戚琪突发奇想从华人超市买了川味火锅锅底还有火锅蘸酱，然后召集包括男友在内的三五好友，大家围着这台电饭煲，待伴着锅底浓香的汤水沸腾的时候，戚琪和宋蔚就负责把事先准备好的蟹肉棒、牛肉片、鸡胸肉、还

有青菜叶一股脑地全扔进煲里，然后再合上盖子等待汤水的二次沸腾。就这样托马斯平生第一次尝到了"中国火锅"的麻辣味儿，也是在这次特殊的聚餐中，这位二十岁出头的法国小伙儿对宋蔚一见倾心。

有心思的法国男生在追女孩子时一定不会俗气地选择送香水、包包之类的东西，他先是会侧面打听这位女孩的品位和喜好，然后根据节日、生日或是其他特殊的时间段，把自己精心准备的小礼物亲自送上或通过好友转送的方式，呈现在女孩面前。短短一个月里，宋蔚陆续收到了三支郁金香，一只马克杯，还有一张《卡门》的歌剧票。即便托马斯如此用心，他的心意还是在宋蔚一而再再而三的淡漠回应中逐渐被冷落。法国男生还是识趣的，当他看到两个月过去了，而心仪的女孩依然没有任何动静时，他也明白再多的付出仍是枉然，只能就此收住，怅然离场。

几百年来，巴黎就是一座和"爱情"丝丝相扣的城市，不论是小仲马的《茶花女》还是雨果的《巴黎圣母院》，就连近现代的无数电影，都是把巴黎作为它们故事的发生地，让关于恋情的爱恨情仇都在这里上演，都在这里聚散。《午夜巴黎》、《巴黎我爱你》、《巴黎恋人》、《情归巴黎》……一幕幕人与人之间的"爱之切，伤之痛"都在巴黎的每个日夜里轮番发生。也许，不到巴黎，你难以领略"浪漫"的真容，没去过巴黎，你更难以品味这浓得化不开的"巴黎情结"。

第七节

早在出国前，宋蔚就曾听过这样一个桥段：话说法国人对于自己的母语是倍感骄傲的，即便有高达百分之七十的法国人都会说英语，但是如若有路人用英语向一位法国人问路，就算他听得懂英语，但是这名法国人还是会用法语予以回答。

果真如此吗？宋蔚其实从来法国的第一天开始，就会特别留心身边的一些法国同学，她想从这些法国人身上印证中国的传闻是否空穴来风。一次，乘坐巴士在去往戴高乐机场的路上，一名美国人用英语问司机这辆大巴是在一号航站楼停靠还是在二号航站楼，结果这位中年的法国司机理直气壮地用法语回复道："不要给我说英语，我听不懂。"那语气仿佛是在嘟囔着"不会法语就不要打搅我"。后来还是车厢里的一名懂英语的法国乘客好心回答了这位美国旅人的问题，当时的尴尬气氛才算得以缓解。

除了语言问题，其实在法国留学的三年多时间里，宋蔚自始至终不太习惯那种"法国式的礼貌"。例如在学校的餐厅或是某个咖啡吧里与法国同学交谈，这位法国人一般都会认真聆听并且恰当地做出语气或表情的反应。可是他们也只是如此，即便与你结识几个月之后，大家谈论的话题也依然是蜻蜓点水，浮在表面，话题的触角一定不会像中国朋友那样能自如延伸到你的家庭，你的过去，你的囧事，甚至一些不伤大雅的隐私故事。他们会微笑，而且一定是表情真挚地与你互动，他们也会因为一些趣事和外国人笑倒成一片，并且举杯撒野。可是，他们的热情是克制的，他们的举止也是中规中矩的。也许，法国人到了任何一个时候都不忘自己是"优雅"的代名词，他们早已经把这份风度与礼貌融入了血脉，并且代代相传。

不过，即便看到了这么多的风和日丽，人善景美，宋蔚仍要说巴黎不能代表"完美"，一些在别处会发生的缺憾也同样能在巴黎的某个拐角碰到。

记得有一天，宋蔚乘坐巴黎地铁中转 RER 去三圈的 94 省，也就是巴黎十二大主教学区的所在地，就在换乘的过程中，她无意间路过一个铁门的背后，看到身穿深绿色制服的检票员正在从兜里掏出一沓欧元零钞和一名法国警察在分钱，检票员一边数钱一边暗笑着。这个场景让宋蔚一下子回忆起她和戚琪刚到巴黎时被检票员拦下罚钱的情景，她噗的一下明白了，原来有些检票员收到罚款后并不会上缴，而是与同他一起"演戏"的警察分享这些"战利品"。"怪不得当时那个检票员在没有开具任何收据的情况下就让我和戚琪离开了，那十几欧元的罚款想必也是直接进了检票员的口袋吧。"宋蔚恍然大悟。

后来经过学姐的介绍宋蔚才明白，如果是正规的检票员现金罚款，一般都会出具罚金收据，或者他会当场记录下被罚人的家庭住址，直接将罚单寄往家里。也会有一些当场拒绝接受罚款的"赖皮"，这个时候，检票员会呼叫地铁警察前来协助。先后想来，刚才目击的那对检票员和警察"分赃"应该就是属于在联合"执法"时将罚金填入私囊了。

如果不是倒霉的戚琪又发生了一件悲催的惨事，宋蔚还不至于对一些法国人的冷漠有这么直观的感受吧。这是宋蔚在法国留学的最后一年，那天是炎炎酷暑的周六，刚刚吃过午饭的她突然接到戚琪的电话，还没吱声就听到了戚琪哭泣的声音。"蔚蔚，你快来我打工的批发城找我，我被……抢劫了！"抢劫？在巴黎？这可是出大事了。宋蔚攥着手机就赶紧向她周末打工的服装店老板请假，急匆匆地赶去戚琪打工的那个街巷。

见到戚琪的时候，只见她的左手臂上全部都是一道道的擦伤血痕，虽然贴了好几条创可贴但是深红色的血迹和擦痕还是如针刺一般扎进宋蔚的眼睛。就在 20 分钟前，刚吃完午餐斜背着包的戚琪匆匆赶着想在开工前回到打工的门店里，结果半途中接到男友打来的邀约电话，为了能多聊几句同时也怕被老板撞见，她就自顾自地绕进了一条人流稀少的小巷。结果，就在她全情投入地畅聊电话时，一个黑影腾地一下从戚琪背后抢过那只挎在肩上的女包，然后麻利地跳上早已停在路边的摩托车，开足马力就往前逃。可是由于女包带子很长，虽然包已经被拽走了，但是还有一半带子缠在戚琪的左肩上，又有惯性使然，她的身体随之顺势就倒在地上，然后摩托车在向前死命冲的时候，也把戚琪拖在地上拉出七八米远的距离。

作为一名穷学生，包里的钞票倒不是很多，让戚琪最为绝望的是包里装了她几乎所有的证件和银行卡。也许是被刚才的一幕吓傻了吧，这个自从来到巴黎就没碰上多少好事的女孩儿只是嘤嘤呜呜地哭，其他的要紧事只能丢给宋蔚这位好姐妹来代办了。冷静的宋蔚先是致电银行卡的开卡行申请冻结账上所有资金，然后又第一时间拨打了报警电话。

根据戚琪回忆，当时在临街的路边其实有很多辆正在等红绿灯的车辆，零星也有几位路人。可是，即便如此，一个柔弱女孩被抢匪拖拉在地，并且在光天化日之下轻松逃逸时，竟然没有一个当地人或热心人跑来协助。最后，还是戚琪自己挣扎着从地上坐起来，一瘸一拐地返回店铺，通过老板的帮助才打通了宋蔚的手机。

随后，宋蔚又平生第一次进警察局陪戚琪录口供、做笔记。壮实的法国警察一脸凝重地问查情况时，一肚子怨气的戚琪显然很不配合。不论这位男警察提出什么问题，戚琪都是冷冷地回答"不知道"。最后，警察也不耐烦了，他憋着气说："那你找一个懂法语的人再来！"就这一句话，如同瞬间点燃的导火索，一下子把戚琪的倔脾气引爆了。说也奇怪，平时说法语磕磕绊绊的戚琪在盛怒之下竟然变成了另外一个人。只见她唾沫横飞，先是用流利的法语志气昂扬地数叨法国路人刚才是如何的冷漠，警察的态度如何糟糕，然后接着用上海话以更加铿锵的音调把她这两三年在巴黎碰到的倒霉事、晦气事都倾泻而出。"原来人在愤怒的顶点是完全可以瞬间进化成一个语言天才。"事后，当戚琪和宋蔚把这场经历当作笑话来回忆时，两个人笑成一团，而且脑海里能马上浮现出当时那个壮汉警察一脸诧异的表情。

最后，这件插曲般的"抢劫惊魂"案就在报案后不了了之了。被地面划出很多条10多公分血痕的左胳膊也成了戚琪的心病，大夏天出门免不了要穿短袖或无袖衫，而她的左臂就仿佛一个残忍的"暗示"。只要她一走进拥挤的地铁，身边的乘客马上像躲避瘟疫般刹那散开，给戚琪留出足够的空间。"可能是他们把我当作打群架负伤的小太妹吧！"戚琪这样自嘲着。"你就把这个'场景'权当作是法国人的善意呗，他们怕弄疼了你的胳膊。"宋蔚打岔道。"你们还是对法国人有成见，"戚琪的男友在旁边颇有点伤感地解释说："世界上任何一个城市都有安保不太好的区域，巴黎也一样啊，比如巴黎的13区、18区还有19区，因为外来人口比较多，自然治安就不是很稳定。还有巴黎北郊的93省是我们法国人公认的最乱区域。你们平时出门就要多多留心，不能往这些很乱的地方跑。你想想看，在那些偏僻的地方或者是容易发生不良事件的时候，有些法国人确实会先寻求自保而不敢在手无寸铁的情况下强出头呀。""知道啦！又没有说这件事代表了所有法国人的素质。再说还有你在呢，以后你要做我的私人保镖！"戚琪瞧着自己逐渐消肿的左臂，又一次恢复了她先前的生龙活虎。

第八节

　　法国的硕士第二年，根据专业不同，一般都会有将近 70% 的学分比重压在毕业论文和答辩上。上半个学期顺利通过 30% 的考试之后，宋蔚在随后的下半个学期便开始了毕业实习以及论文的写作。整整半年时间，宋蔚一边在法资商贸公司实习，一边奔忙于图书馆的不同区域为即将开题的毕业论文查找资料。由于读研二的时候，宋蔚根据自己的兴趣与发展方向选择将主修专业从"国际贸易"方向更换到了"市场战略"，为了能够完成专业所需的课业任务，她就必须在临毕业的这一年更加拼命，这样才能如期拿到等待了三年多的硕士学位。

　　在实习过程中，这家以布料进出口为主要经营项目的公司由于中国客户的增多而日益繁忙起来。在这位法国老板的眼里，中国市场的蓬勃就仿佛是他生意的强心剂，让这家贸易公司能够有更多订单从中国的各个省份接踵而至。加上宋蔚又是精通中法英三门语言的销售精英，这更让老板对她在工作上呵护有加。

　　经过两个多月的熬夜撰写，宋蔚这篇关于"苹果手机在中法两国市场策略异同点"的分析论文得到了导师认同，通过一对一的论文答辩后，终于在这年夏天顺利领取到苦心换来的硕士学位证书。和部分欧洲的大学一

样，巴黎十二大也是不搞形式主义，没有所谓的毕业典礼和欢送仪式。"不弄这些场面的事情也好，至少我可以轻轻松松地来，又静悄悄地离开。"宋蔚如是说。

也不是没有想过长久地留在巴黎，可是，她总觉得作为一名女孩子，家人和亲情会比那些浮云般的事业要显得更弥足珍贵。一般的留法学生特别是女孩子如果想要继续长期待在巴黎的话，会从事类似售货员、厨师、导游这样的职业，基本上都是体力活。而如果是想要申请正规的法国大公司，你除了法语要足够过硬外，你的能力和学识需要比你的法国籍竞争者更强，你的入选可能性才会变大。而法国政府并不会主动招揽外来移民，在这里，政府还是会先考虑本国大学生的就业问题。至于我们这些外国留学生在毕业后就只能靠自己的实力，有时还需要一点运气来继续找工作，谋求一份薪水不错的职位。中国的父母有时也是讲面子的，即便他的女儿是在巴黎的"香奈尔"专柜做营业员，收入也比一般的法国公司职员高，但是在中国父母的眼中，不管它是如何的"香"，如果只是一名售货员，他们总会觉得这份服务人的工作不够体面，留学这么几年最后还靠体力谋生实在太不划算——当然，这其中肯定也有中国父母一辈固有"成见"的思维定式在。

就算排除"家人"的考量，单从工作的角度，宋蔚觉得，和法国的平凡工作相比，中国当前的"北上广深"以及各大省会城市的机会与平台明显要更为辽阔、更赋有实现青春价值的想象力。经过一番深思熟虑的权衡，宋蔚还是婉拒了实习时那家贸易公司老板的正式工作邀请，选择在学生签证到期前，返回中国。

尾声

　　在离开法国前的最后两个月，宋蔚决定和死党戚琪一同踏上"欧洲毕业之旅"的行程。对于戚琪来说，这也是她结婚前的最后一次单身旅行。最开始，她们先从巴黎出发前往法国境内的布列塔尼、诺曼底，紧接着还有里尔、里昂。在巴黎以外的这些地区，让两位首次脱离学业重担的姑娘再次领略了法国腹地的风光和山水。之后，她们的脚步越来越远，意大利、西班牙、希腊、比利时……宋蔚向来拒绝浮光掠影的观光，她选择在自己情投意合的城市住上几日，像当地人那样去菜市场、博物馆还有颇具特色的私房菜馆。行至威尼斯，她会在夕阳斜照的傍晚和街边的一位流浪艺人攀谈，即便只能用简单的英语单词交流，宋蔚还是可以从星星点点的故事里回溯生活馈赠给这位艺人的满满记忆。在罗马，站在竞技场的入口处，看着廊柱残损的弧形围墙，还有气势恢宏内凹型的下沉广场，那一刻，宋蔚终于在意大利找到了可以让她值得"哇"一声的所在。

　　旅程结束后，两个在法国患难与共的"姐妹淘"在机场拥别。戚琪留在巴黎，继续和她的未婚夫打造属于二人世界的甜美。当宋蔚乘坐着卡塔尔航空的航班飞离戴高乐机场后，她凝望着午后的云彩不断幻变，忽然，美国作家海明威的那段文字又一次跳脱在耳边。那抹声音静静地说道："假如年轻时，你有幸在巴黎生活过，那么你此后的一生不论到哪里，她都与你同在——因为巴黎，就是一场流动的盛宴……"

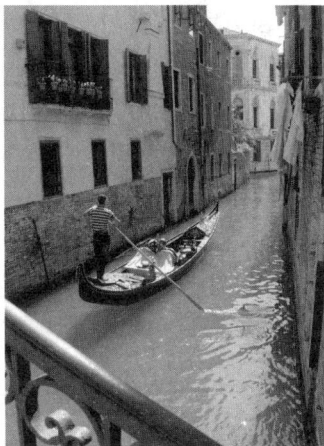

1. 第一次去，行李里带什么

说到巴黎的气候那可是相当的怡人，夏天不太热，冬天不太冷。某年巴黎的夏天，温度相比往常异常的高，达35摄氏度。你看到这里必定心疑，35度算高温吗？在中国大部分城市，35度当然不算高温，对于上海、武汉的夏天，甚至都算低的。但是巴黎，35度就能把人热上西天去（例如2003年，当时的这个"高温"就热死了超过3000人）。可想而知，巴黎人长期处的，必定是不太热的夏天。其实巴黎的夏天一般在30度左右，由于天气干燥，早晚温差大，所以一般巴黎人的家里连个电风扇都没有，更别提空调了。巴黎的蚊子也十分少，就算偶尔出现一两只，也是蠢蠢笨笨的，飞都不太会，也别指望它叮人了。所以，我们理行李时不必带扇子、清凉油、"蚊不叮"这些在巴黎用不着的东西。

巴黎的冬天当然也下雪，但对于习惯了阴冷冬天的江浙沪孩子们来说，因为巴黎那里冬季干燥，所以体感不冷，一件厚薄适中的呢大衣就够了。大衣里面也不必穿太厚，薄薄一件T-shirt即可，因为不管到哪儿，只要是室内，就有暖气。所以大冬天，图书馆里穿着吊带衫的性感女孩儿在奋笔疾书，图书馆外簌簌地下着大雪这一场景，也就大概只能在巴黎看到了吧。

法国的衣服那真是又便宜又时尚，去了再买才给力，既可以给行李箱省下一大笔空间，又能跟上时代潮流，何乐不为？

吃那些事儿

"老干妈"带不带？麻油在法国肯定没有吧？胡椒粉、味精、淀粉、冰糖、方便面……恨不得把厨房都想带到法国去。如果你妈妈没有这么做，她可能不够爱你。吃不饱可是妈妈最担心的事儿啊！

但是你呢，你要跳出来，把这些瓶瓶罐罐全都从行李箱里剔出去。因为，在法国的中国超市里都有！别提"老干妈"了，就连春卷皮、泡椒鸡爪你都能找到。所以，你的行李又轻了5斤。

那我们的行李箱到底放什么好？我的意见是，书！法语词典、专业书籍，能放多少算多少。因为法国的书价和中国是一样的，只是后面的货币变成欧元。试想一下，75元人民币的法语词典，在法国就是75欧，那得多少人民币啊！所以，能带就带，不能带，就只能开学前大出血了。

2. 关于咖啡那些事儿

法国的咖啡虽比不上意大利的那样赫赫有名，但他们的咖啡文化也远远领先中国国内很多年。所以喝惯了星巴克里各种花式咖啡的我们，到了那里也必须入乡随俗了。

在学校，热情的法国同学一定会邀你喝一杯。这里的一杯，不是酒，而是咖啡。

"拿铁"、"摩卡"、"卡布奇诺"这类花式咖啡，在一般家门口的咖啡店里是没有的。"给我来杯咖啡！"你这么说着，他们就给你送来小小一杯咖啡，和我们的白酒杯差不多大小，他们不是小气，他们也流行"一口闷"。

这种浓缩型咖啡，如果是第一次喝，千万不要学当地人一口下去。苦是一回事，喝完后心跳的快蹦出喉咙是另外一回事。建议你撒下一整包糖，用勺子舀化了，再喝第一口。勺子用完记得别扔进杯子里，也不要放嘴里去，就在杯子旁放着就对了。喝的时候更不能像喝汤一样舀来喝，这些小细节可能决定了他们愿不愿意和你做朋友喔。

3. 面签的一些小技巧

语言水平

首先是你的法语一定要和你的考试成绩相符合。中国学生普遍语法能力高于听说实力，再加上"机经"遍地，考试成绩达标是十分容易的事。但是面试时，法语能力才是实打实的，没有机经，没有提问规律，面试官问什么你答什么，没有任何人能帮你。在这一点上毫无捷径可取，只有你的语言能力真的那么好了，你才能说的那么顺溜。

出国动机

虽然法国人常常不按常理出牌，但有一个问题，是他们肯定会问的，那就是你的出国动机。

"你为什么选择法国？""因为我喜欢法国。"

"为什么你喜欢法国？""因为法国浪漫。"

"法国为什么浪漫？""因为埃菲尔铁塔和薰衣草。"……

这样的对话往往面试官要进行一整天，你不累，他可听得烦了。准备一些符合常理但又带有你自己个性的回答才是比较妥当的。比如，因为音乐剧"巴黎圣母院"而爱上法语，才选择去法国；或者，只有法国才有真正意义上的"奢侈品管理"专业。这些原因既特别，又间接地表扬了法国的文化和教育水平，面试官听得舒服了，签证自然不难。

了解你自己的专业

面试前，往往学生已经拿到了学校的录取通知书。面试官理所当然会对你的专业和学习计划进行提问。所以，了解自己的学校、自己的专业，这点是必需的。提前准备好回答，临时抱佛脚可能会浪费你一次签证机会。

　　"学业完成后一定会回国！"

　　在对你的学习计划提问完毕后，面试官有可能会问到你学业结束后的打算。最好不要堂而皇之地说"我想留在法国"，这样你就被冠上"移民倾向"这顶大帽子，脱也脱不掉。"回国照顾父母"，"国内我的竞争力比较强"，"报效祖国"这类，才是应有的回答。再说，中国国内现在发展势头这么好，很多法国青年还想来咱们国家大显身手呢。

第四站／挪威篇

那些年，我记得

挪威是一片让人"身未动心已远"的童话花园。不论是作家村上春树还是歌手伍佰，他们都不约而同将内心对于"想恋"的情愫寄托于这里的森林、湖水，还有北欧雪国不变的纯粹。留学至此，你才发觉，除却一份久违的惦念之外，每位求学于斯的朋友都会记得很多很多。就让时间飞驰，在它的电掣之中，这本厚厚的"记得"，开始为你朗声讲述那些年的过往篇章。

给**理想**加点**糖** 留学，
你有更多选择

第一节

重重地，李凯华关上了503的房门，他的身边是两只行李箱，还有执意要送他去机场的爸爸、妈妈。尽管已经工作了5年，但在父母眼里，凯华还是一个孩子，一个会让家长牵挂、担心的独生子。这一次，凯华选择的是远在万里之外的北欧挪威，一片在媒体上承载了太多夸赞之词的富裕国度。当然，它的教育之所以能够在欧洲乃至世界上让人尊敬，其中有大半的功劳来自于这所世界知名学府——奥斯陆大学。

如果在1946年之前，只要你在挪威提到"大学"一词，挪威人只会指向一所大学，那就是奥斯陆大学。在传统挪威人的心目中，上大学，就是去"奥大"读书，别无其他。当然，随着挪威政府在过去的半个世纪里对于高等教育的不断投入与建设，从1946年建成了第二所知名学府卑尔根大学之后，挪威又陆续有了诺尔兰大学、挪威科技大学、阿格德尔大学等一批重要的公立大学。而在这众多的"后起之秀"中，奥斯陆大学仍旧保持着她超过200年的学术优势以及国际化的科研视野，在欧洲备受推赞。

而这一次，凯华将要乘坐汉莎航空途经法兰克福，中转后前去的城市就是挪威的首都奥斯陆，而奥斯陆大学正是他将要投入的第二所大学母校。说起凯华的本科学府，也是他的家乡乌鲁木齐市的骄傲，那就是"国家211"重点大学新疆大学。不论是大学本科时期，还是凯华随后的5年工作阶段，他都用自己的实力与才华赢得了很多喝彩。从首届"CCTV杯"全国英语演讲大赛到第五届"外研社杯"全国英语辩论大赛，从第二届全国青少年英语口语大赛再到新加坡第24届"世界大学生辩论赛"，凯华都用自己的实力取得了优异的成绩。也正是凭借着这身"真功夫"，凯华大学毕业后选择了来到上海发展，在一家知名的私立学校担任英语课程讲师。

相传，在古希腊德尔斐的阿波罗神庙里刻有一句传世箴言——"认识你自己"。这句警言其实就是在提醒后人，要时刻保持自省的能力，发现自身的长处，规避内心的短处，并且能够把自己的才能安住在一个合适的地方。而凯华，就恰恰是一个懂得适时自省，并且对自己的青春有着清晰规划的年轻人。由于他极强的语言模仿能力，以及对于英语听说读写娴熟地把握，以至于在很多公开场合有许多朋友甚至英语是母语的人士都会惊诧地问："你是不是从小在国外长大的？"正是因为对于语言非常精准的学习与掌控，使得凯华在上海的工作如鱼得水，不论是会议翻译、广播电台的主持人大赛，还是单位里举办的各类文艺演出，朋友和同事总能轻易地找到凯华的身影。而唯独在关键时刻提到学历时，他的脸上会出现些许的不自在。凯华自己明白，这种不自在其实就是对于当前学历的不满意。

这份"不满意"倒不仅仅是"面子"的问题，而是在北京、上海这样的一线城市，但凡能够在公司或单位里担任到一定级别的同事，他或她的学历肯定是硕士以上。在凯华看来，某些竞争者的能力和自己相似甚至根本不如自己，但是他们手持的国外知名大学学位证书让"国际化视野"这个标签自动地贴给了竞争者。和这些有着更高、更好学历的群体相比，每当有好机会出现时，凯华的竞争力总是显得稍逊一筹。

"凭什么？！"每每遇到这种遭遇，凯华就气不过。可是，这就是现实。我们即便才华过人，但是当公司高层需要竞聘人拿出"真枪实货"的时候，学历和资格认证才是响当当的"敲门砖"。再加上上海落户政策有规定，如果只是"国家211"或"985"这些重点大学的本科毕业，必须要经过严格的打分考核，才会有机会获颁上海户口。而那些从中国认可的国外大学毕业回国并在上海就业的应届硕士生，则可以优先申领上海户口。在中国尚未完全取消户籍制度之前，一本北京或上海的户口，它的背后其实牵连着接下来成家、买房、生子、孩子入学、医保养老等一系列的民生问题。

就在工作到了第 5 年时，那年春节，凯华下定决心用出国的方式给自己的青春一个交代。其实早在凯华还在新疆大学读书时，他就多次萌发了"出国读书"的念头。可是每次当这股想法在脑袋里抬头，凯华看着家里爸妈的收入和处境，他便只能被迫摁压下这个在那时看来"不合时宜"的规划。对于中国的学生留学，首选肯定是美、加、英、澳四个国家，但是只要一查这几个国家的大学学费，那一长串的数字"0"就像是一条铁链，无情地捆绑住凯华的脚步，让他一步都无法迈开。

"你太不理性了！"当听到凯华为了能够解决出国费用问题竟然想把上海的房子卖掉时，好友小缪紧张地把眉头都揉成了一团。"你这间房子才刚刚贷款买了两年，虽然它不是很大，但是在上海市区的房子，保值增值的功能在过去五年你也眼见为实地经历了。现在为了出国，你砸锅卖铁把房子卖掉，那我问你，以后你就算回国，你住哪里？到你回国那时候，你反而变得'无家可归'了！"小缪说得有理，一旁的凯华自然是嚓声思忖。这间面积不到 50 平方的公寓房在当初买进时一平方米的价格不到 15000 元，而仅仅过了两年，它已经涨到了每平方 25000 元。因为房子紧靠轨道交通，旁边又有大型商超以及知名医院，没有意外的话，这套房子还会以缓慢向上的方式继续渐涨。"可是如果不卖掉这个房子，我拿什么出国呢？去德国、法国？我学语言还需要一年，但我现在眼看着就要二十六七岁了，再这么折腾下去，只会是贻误了自己最后的'黄金出国期'。"面对着好友的一盆冷水，心灰意冷的凯华有点坐不住了。

凯华的话语不无道理。

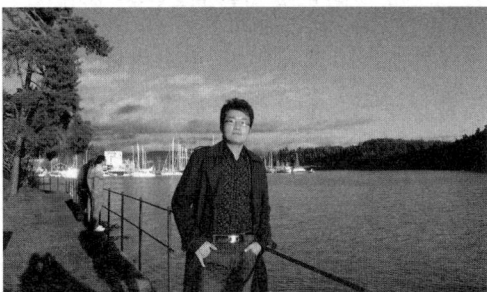

按照当下年轻人较好的出国年岁，大学本科期间或毕业后直接选择出国是比较常见的规划方式，一方面可以在专业知识上有一个延续性，另一方面，大学本科毕业后，一般在二十岁刚出头，不论是学习劲头还是适应度，都会比年长后再出国显得更能适应外在环境的转变。也有部分大学生选择先工作几年，然后根据社会或工作领域的实际需要来确定要去的国家以及所攻读的专业方向，这种情况常见于管理类或行政类职业。很多公司或大型企业的中层管理干部，在遇到职场"天花板"或想有更多精进之处时，会选择出国攻读工商管理等专业的学位，用以给自己的学识"充电"。而一般情况下，工作后出国的年岁也是在 28 岁之前为宜。毕竟在中国，你工作得越久，你的人脉、工作阅历、丰厚的工资待遇等"客观因素"都会成为出国前不得不权衡的"馅饼"。当然还要考虑的一个重要环节就是"家庭"，因为在"而立之年"后，一般成年男女都会逐渐步入婚姻的"两人世界"，紧接着会有孩子的出生与照顾，这些人生美妙的时刻，都需要我们的陪伴与怀抱。当一个有家有口的职场人士到那时候再选择放弃一切，毅然出国时，他所要牺牲掉的"事业成本"和"家庭幸福成本"就不只是用金钱可以衡量的了。

可是，想要出国就需要红艳艳的钞票打底。例如，想要赴美国或加拿大读取硕士学位的话，时间一般为两年左右，而学费加日常生活费合计在一起，在没有申请到奖学金的情况下，倘若家里不准备一个四五十万元人民币，这个"美加梦"基本上是遥不可及的。而在大洋洲，澳大利亚的学费加生活费两年大约是四十万人民币左右，新西兰稍微便宜一些，两年预计在三十多万元人民币。欧洲地区的话，英国留学即便只有短短的一年时间，但是家里也要准备约三十万人民币的现金才能确保顺利入学。这下看来，"钱"就成了横亘在凯华与"留学梦"之间的巨大磐石，即便让他使尽力气，也无可奈何。

也是一个偶然的机会，当时凯华在一场国际交流会上无意间知道了挪威这个国家的留学政策。其实在欧洲大陆的多个发达国家中，对于国际留学生都是不收学费或象征性收取少量学费的，诸如德国、法国这些国家只要申请者的德语或法语成绩达到一定标准，加上中国大学期间的相关资证以及所学专业的背景就可以到这些国家以极其低廉的费用前去攻读本科或硕士学位（详见本书的"德国篇"、"法国篇"）。而对于李凯华这样英语水平几乎已经接近母语标准的"英语人才"来说，不充分利用这份英语优势确实有点可惜。恰恰是在这个时候，挪威的留学优惠政策真切地激发了凯华沉潜已久的求学热情。作为北欧最重要的四个国家，除了挪威和芬兰之外，丹麦和瑞典已经修改了留学政策开始对国际学生收取学费。虽然芬兰当前也是暂不对留学生收取学费，可是与挪威的教育质量比起来，肯定是后者的学术声誉在欧洲更加响亮一些。而且挪威最重要的公立大学奥斯陆大学本身就是以英语成绩作为招收国际硕士学生的统一语言，所以，奥斯陆大学这个名字的出现仿佛照应了辛弃疾的那句诗词"众里寻他千百度，蓦然回首，那人却在，灯火阑珊处"。可以说，这也是一段凯华和奥斯陆之间的千里"缘分"。

第二节

如果要回溯凯华申请挪威奥斯陆大学的过程，其实是比较简易的。由于凯华的英语能力很强，他选择了自助办理的方式进行申请。首先，凯华登陆了奥斯陆大学的官方网站（http://www.uio.no/english/），这是一个有挪

威语、英语双语版的学校网页，上面从院系介绍、学校设施到国际学生申请、入学向导等一系列的专栏，供全世界的学生可以全方位地了解奥斯陆大学申请过程以及在校情况。根据学校的规定，凯华开始了长达两个多月的资料准备，从大学学位、大学成绩单、高中毕业证等个人信息的公证到个人简历、动机信（motivation letter）的撰写，凯华都进行了详尽的准备。与英美国家大多数学校要求的个人陈述信（personal statement）这种漫谈体的自我表述内容比较相似的是，动机信中也是需要申请人用真情实感的方式陈述出你的优势，你为何愿意来读这所学校，你在这个所申请专业中的优势素质或所做过的工作是什么，如果来这所学校就读，你的学习计划和步骤如何规划等主体内容。准备好这些资料，加上雅思考试均分 7.5 分的不俗成绩，凯华就开始了为期近 6 个月的等待期。

关于雅思成绩，各个国家都有不同的入学基本成绩线。一般而言，如果想申请挪威、芬兰、瑞典、丹麦这些用英语授课的北欧大学本科或硕士课程的话，雅思成绩一般需要在均分 6.5 左右才比较有希望被录取。而倘若要就读于文科类的专业，建议雅思成绩在 7 分以上才比较有语言上的优势。拿凯华的切实经历来讲，当他真正到了奥斯陆大学开始学习时，国际留学生几乎没有太多的时间再去温习英语本身的知识，因为每天的课业压力以及身边各色各样发音的英语早已经会把英语基础薄弱的同学打击的七荤八素。出国留学就是为了能让自己有更国际化的知识疆土，如果寄希望于去国外后有了英语环境再提高语言水平的话，已经是知之晚矣。因此，建议想要出国留学的朋友们，一定要积极提升自己的各项语言技能，争取在国内彻底攻克语言关。

目前，从中国国内出发如果前往挪威的话，一般都没有直飞的航班。凯华通过预先订票的方式选择了德国汉莎航空的联程航班。先从上海浦东机场9个小时飞往德国法兰克福，以中转的方式再乘2个多小时的短途航班飞抵挪威的奥斯陆机场。那天是8月10日，上海当时是炎炎烈夏，气温直攀39度，而8月11日当凯华提着行李刚一出舱门时，一股凉飕飕的冷风就瞬间让穿着一身加厚版运动装的他连打了几个哆嗦。"这是挪威的夏天？！"凯华虽然早就查了天气预报，但仍是被这种浓郁的凉意勾起了身体的错觉。作为北欧的挪威，虽然也有四季轮转，但是由于地理及气候的客观条件，在挪威即便是到了盛夏，它的最高气温一般也不会超过25摄氏度，而凯华刚到奥斯陆感受到的"过分清凉"就是挪威最常见的夏日温度。

从奥斯陆Gardermon机场提取了托运行李后，如果要去往预先在国内通过网络预订好的学生公寓的话，就要先乘坐火车达到奥斯陆市中心的Jernbanetorget中央车站，转乘地铁后才能到达。大包小包的凯华通过指示牌找到了售票处，因为不赶时间，他选择了价格相对比较便宜的慢车车票。即便如此，单程成人车票也要约170克朗①。如果是选择出租车的方式从机场去往市区，价格更是昂贵，大概需要人民币700元以上。在挪威等西方国家，诚信制度非常完善，其实当时，即便凯华还没有办理学生证件，因为他一看面相就知道是一名国际留学生，凯华购票时完全可以告诉售票员自己是学生身份，要购买学生火车票。通常情况下即便对方无法出示证件，售票员也都会选择相信购票人的诚信度，卖给对方半价的车票。

"……心中那片森林，何时能让我停留？那里湖面总是澄清，那里空气充满宁静，雪白明月照在大地，藏着你最深处的秘密……"当火车开始从机场驶离，当眼前的葱茏绿色大片大片地涌入眼帘，凯华的脑海中马上浮现出了这首《挪威的森林》。真是一片由绿色拼接而成的世界，茂密的

注①：挪威克朗是该国货币，国际简称NOK，与人民币的汇率约为1:1左右。

参天大树已经无法用"棵"来计量，它是如绿毯一样地铺展开来，没有穷尽。而在树木枝叶如华盖般遮蔽的地方，一定有什么精灵一样的人物在其间生活吧？

如果要说到这种流动的风景，其实真正的亮眼景观是从坐上奥斯陆地铁开始的。这哪里是在北欧的繁华都市区建造的线路？当地铁驰骋在顺滑的轨道上，两边的奇景一下子捕获了坐在车窗边很多乘客的注意力——窗外有奔流的溪水，油绿色的草坪，颇有古韵的巨木，掩映其中的竟然还有或红或黄的独栋别墅。满目生机的盎然夏日让凯华想到了一部电影的名字《开往春天的地铁》——真希望这辆开在夏天的地铁没有终点，就这样一站一站行驶下去，让久违的自然图景来得再猛烈些吧！

"这些郊外的别墅大多都要 1000 万克朗呢，就算在奥斯陆城区，它们的商品房均价也要 4 万到 5 万克朗。没有钱的话，这些房子也就像童话一样，看看就算了！"坐在凯华旁边的一位挪威当地人用英语自言自语道，可能是他看到了凯华脸上陶醉的表情，这些话仿佛也是在说给这位初到挪威的学生听的。当梦想与现实或者金钱挂钩，原本想象中的美好刹那就能"石化"成僵硬的断壁残垣。这些看似美好的郊外房产，确实是需要有相当厚实的经济实力才能支付得起它的"纯真"。

想想看自己账户上仅能维持一年的生活费，还有上海房贷中每个月3000 多元的本金和利息要还，那一刻，凯华把目光稍稍从窗外收回，再次打开行事历，确认一会儿下了地铁后的日程安排。

大约半个小时，拉着行李的凯华就来到了这座由众多楼房组成的Kringja "学生公寓村"。洁净的路面与楼宇外观，加上完备的日常生活设施，让你很难想象这整片公寓还曾是 1952 年挪威冬奥会"奥运村"的所在地。经过了半个多世纪的风雪考验，如今的这些房屋和设施依然如新，就仿佛是驻颜有术的美女即便经历"沧桑"却仍旧没有半点岁月的痕迹。

这间大约 16 平方带独立卫生间的学生公寓房是凯华在来挪威前登陆 SIO 这个学生福利组织的官方网页申请到的（网址：www.sio.no）。在这个网页上包括学生住所、健康服务、运动饮食等凡是涉及挪威学生日常所需的服务内容在该网站上都可以查询到。凯华居住的这层学生公寓其实是一个走廊式的大套间，内有七个独立的卧室以及公用的开放式厨房。而这间大大的厨房其实还兼做客厅和活动室，里面有沙发、电视机、冰箱。灶台上则整齐放着四台电炉子用于日常烹饪，在灶台的下面还配有烤箱，供喜欢烘烤点心或饼干的学生使用。最有特点的要数厨房的一面大大的"相片墙"，上面早已经不规则地或贴或挂着几十张曾经在这里居住过的学生留影。如果没猜错的话，历年的学生住户都有往这面墙上贴照片留纪念的"传统"，你甚至能够在一些照片的右下角看到诸如"1995"这样很多年前的派对合影。照片上的主角来自世界各地，他们共通的表情就是笑容，不论是大笑、微笑，还是互相打闹时的欢笑，看着那一张张富有感染力的笑颜，凯华在这一刻对接下来的留学生活充满了期待。

第三节

不到三天，这套有着 7 间独立卧室的公寓房已经住满了来自世界各地的留学生，经过大家一同的交谈和聚餐，凯华很快就爱上了这种多元的生活氛围。奥利威亚来自莫桑比克，玛格特来自荷兰，还有来自巴西的雷欧，来自塞浦路斯的莱昂……虽然大家有着迥异的文化背景，但是由于年纪相仿而且热情大方，短短几天的朝夕相处很快就让他们如同兄弟姐妹一般熟络友爱。

由于凯华是提前五天抵达了奥斯陆，所以，他有充分多的时间用来熟悉学生公寓附近的交通路线、购物地点，同时凯华也会到"家具回收点"遛弯，看看是否有自己缺的小家具，然后把它免费搬回公寓。是的，你没有看错，真的有许多别人放置不用的家具或电视机你可以挑挑拣拣后直接抬回家去。为了能够充分达到旧物利用的目的，奥斯陆政府在居民较多的街区都会辟出一个区域，专门供当地人把自家闲置不用的家具或电器放置到专门的地点，然后其他人可以根据自己所需再把这些别人眼里的"废物"重新拿走再用。很多经济比较拮据或只是短租的学生和当地人都会尝试去这些地方找到"变废为宝"的物件。

"你这个床头柜不错嘛！"巴西人雷欧很直率地夸赞道。凯华这时有点不好意思地解释："正好路过一个家具回收点，看到这个柜子七成新就被搁在那里了挺可惜的，恰巧我缺这么一个晚上放台灯的床头柜，所以就抬回来了。""在挪威的街边捡到还能用的东西是很平常的事情，你瞧咱们厨房里的那台二手电视机，就是前几天我从路边的回收点搬来的。等到咱们将来离开这套公寓房的时候，最好还是要把原本不属于这间房子的东西全部都清理掉，不然，添置了新物件的学生公寓房反而在临走前还要加收我们这些房客的房租呢。"这么听下来，这些被搬回来的二手物件终有一天还是要回到街角的那片回收区。

说到每月开销最大的版块，自然就是这间公寓的房租了。如果单单是房子的租金，就需要每月 3170 挪威克朗，而通过 SIO 网站预定的租房价格每年都会有 6%~10% 的涨幅。假若要加上水费、电费、网络费的话，每月总共需支付 3770 克朗（因挪威货币统称为"挪威克朗"，以下均简称为"克朗"）。乍一看费单，每月还没出门就直接要准备近 4000 元人民币的硬性支出确实有点昂贵，但相对于奥斯陆市区房屋的租金来说，这个价格已经是相当优惠了。此外，在奥斯陆的学生公寓里，这笔租金还意味着直饮水、日常用电、互联网都是无限量供应的。也许正是因为这些日常资源的"得来全不费工夫"，所以凯华会经常发现一些浪费资源的现象在身边发生，例如很多学生公寓房的走廊灯、房间灯都是彻夜不关的。看着深夜阒寂无人的厨房里顶灯依然开着，路过的凯华还是会随手把它关掉，以免这些电能白白损耗掉了。

解决了日常起居问题之后，在抵达挪威的第五天时就是学校报到和新生入学向导的日子了。在学校的一间能容纳四五百人的会议厅里，凯华所就读的教育科学学院举办了专门针对国际留学生的新生见面会。致辞中，学生事务处的负责人幽默地说道："首先，我要很骄傲地欢迎你们来自世界各地的同学们今天可以相聚在奥斯陆大学。你们是从全球近7000位申请人当中精挑细选出来的200多位优秀青年，你们理应把掌声送给自己！此时此刻，正是我们奥斯陆的夏天，今天的气温是18度。没有T恤衫，没有超短裙，在你们的国家，这样的温度算是夏天吗？呵呵，不论怎样，这个温度在我们奥斯陆就算是正式的夏天了！"

在每年的新生入学时，校方都会组织一个"向导周"（Orientation Week），就是在这将近一周的时间里，由校方的"校友互助制度"（Buddy System）牵头，在奥大的师哥师姐或是校区志愿者的带领下，十几个人为一组一同前往各校区以及奥斯陆城区参观，用这样的方式让国际学生可以短时间内知晓奥斯陆大学的整体地理环境，院系设置，学生设施及服务中心的所在地。同时，因为师哥师姐都是不同专业的过来人，这些新近入学的国际学生可以通过"前辈"的介绍更为详实地了解专业课设置，学习要点以及日常生活当中应该注意哪些重要的细节。人的缘分有时真是妙不可言，也正是在这次的"校友互助"活动中，凯华结识了在挪威期间最觉得亲如一家人的师姐李丹。同为西北人，又是和凯华同姓的李丹师姐来自宁夏，比凯华早一年到奥大就读"国际比较教育"专业。作为奥斯陆大学在欧洲的知名研究方向，"国际比较教育"专业一直是该所高校最为受外界肯定的热门研究方向。而凯华凭借着自己扎实的英语成绩，在上海私立学校 5年左右的教学实操以及在跨文化教学领域的实践，使得他在众多的国际申请者中脱颖而出，成了"百里挑一"的那个幸运儿。

和中国国内的"教育学"专业不同，奥斯陆大学的"国际比较教育"专业更偏向于社会学的研究范畴。比如，在该专业中，导师强调三个"教育学"的核心研究方向，分别是"教育公平性研究"、"教育质量研究"以及"教育相关性研究"。说到前两种研究，单单从字面上也是比较容易理解的，不过说到"相关性研究"，相对而言，当前在中国国内类似的钻研还是比较少的。事实上，这个"相关性"的探究范围相当广博，例如，凯华的一位师哥就是在研究"艾滋病与教育的关系"，还有一位挪威籍的教授，他把毕生的精力都用来考据"气候与教育"的关联性。

说到"比较与国际教育"相关课题的研究方法，一般分为"质性研究"、"量性研究"以及"混合性研究"三种。所谓"质性研究"，它的研究主体是"人"，通过大量的个案收集以及个体反馈的实例规整，从中纵向研究教育与人的互动关系；而"量性研究"顾名思义就是与"数据"打交道，大部分的研究都是基于对大批数据的统计、计算和定量分析得出的；对于"混合性研究"则是把前两种研究方法交互结合的一种钻研手段。出于对自己性格和兴趣的把握，凯华在第一个学期就确定了要把与人沟通较多的"质性研究"作为自己硕士课题的主攻方法。

"凯华，这两本和'质性研究'有关的参考书你拿上，它们对你以后的课题研究肯定有帮助的。"当李丹师姐知道凯华恰好也和自己先前一样有意选择"质性研究"时，当即从书架上抽出了两本精装版的英文书塞进凯华的怀里。"这怎么好意思呀，你还要用呢！我自己去买就行。"凯华忙推却道。"咱们都是北方人，你还和我客气呀！这两本书我都看过了，你拿去吧。要知道在挪威这种欧洲国家买本书，贵得吓死人，一本要将近三四百块人民币呢。快拿着！"不由分说地，师姐硬是把这两本总价值将近一千元的参考书送给了凯华。两年后，当这对亲如一家人的"姐弟"回忆起初次见面就觉得似曾相识的亲切感，师姐笑着说："缘分呗！我第一次碰见你就觉得，我如果有个亲弟弟，就该是你这种感觉，又懂事理又谦虚。"

　　常言道，在家靠父母，出门靠朋友。对于像凯华这样孑然在外的留学生来说，他人的一份热忱与帮扶就似沙漠踽行中的一碗清茶，如此甘甜又是那般难忘。

第四节

　　作为挪威"国宝级"的高等学府，奥斯陆大学一直都是全国学子孜孜以求的读书圣地。由于建造时间以及校园合并等历史原因，奥斯陆大学共有三大主校区，分别是位于城郊的主校区 Blindern 校区；医学院的所在地 Ulleval 校区以及位于奥斯陆市中心的法学院所在地。而凯华所就读的教育学院就位于奥大最核心的校区 Blindern。

当 8 月时节步入奥斯陆大学，趁着夏末的阳光与绿荫，你可以轻易地捕捉到各种大自然的踪迹。鸟儿在草坪上闲适地散步，湿润的微风轻柔拂面，澄澈的蓝天上云朵如絮，当凯华跟随着"Buddy System"的师哥师姐在校区参观时，透过图书馆偌大的落地玻璃窗向外静望，你会觉得这面足足有一层楼高的巨型玻璃窗就是一块 IMAX 电影屏幕，在它的上面每天如实地记录着奥斯陆大学一天的风景流变，人文沉淀。

奥大的研究生课程一年分两个学期，在通过了所有专业课的考核和论文写作后，一般两年就可毕业。凯华就读的国际比较教育专业全部课程共计 120 个学分，其中，论文学分比重较大，有 30 个，而其余的 90 个学分则需要在两年时间内选修大约十门左右的课目，并通过课堂陈述、小组讨论、报告撰写等考核途径才能获得。由于挪威的官方语言是挪威语，学校本身为了推广母语，并且让国际留学生能够更为真切地了解挪威，校方特别开设了免费的挪威语公修课供国际学生选读，而这门语言课本身也会给选修人额外的学分加分。出于对语言本身的好奇还有李丹师姐的强烈建议，凯华在开学之初选课阶段就第一个报名了挪威语语言课程。

"你在奥斯陆读书，挪威语还是很重要的。"在当地已经生活两年的师姐恳切地说："虽然挪威人几乎百分之九十九都会说英语，但是，任何一个国家肯定要首推母语的。如果你接下来在奥斯陆打工，想要赚取比别人高的时薪，那么挪威语肯定是一个交流的工具。你想想看，在奥斯陆市区打工的留学生，不懂挪威语的学生只能找那些不用开口的工作，比

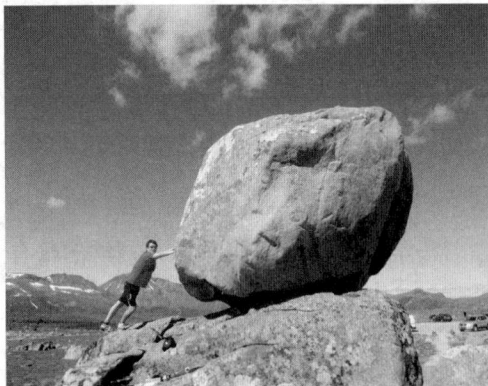

如刷盘子、搬运货物，而那些懂点挪威语的人就可以顺理成章地在餐厅里做服务员，除了固定工资还有客人的小费，你还能通过挪威语拉近与本地人的交流距离。于情于理，挪威语课程你都'值得拥有'呵！"

翻开第一年的挪威时光，凯华觉得是"日日有发现，时时有好奇"。即便在出国前凯华也曾到国外旅行，但是，果真如当地人一样长期久居在一个国外的城市，这对凯华来说仍是新鲜的经历。奥斯陆大学的学期划分和很多国家都是相似的，每年的 8 月下旬是开学季，一直到 12 月圣诞节前才会结束上学期的课程。紧接着是圣诞节、新年假期，这段时间，挪威人会选择尽情地享受"冰雪时光"。作为现代滑雪运动的创始国，挪威人在冰雪运动上可谓是天生的好手。一到了冬天，只要能够待在户外，挪威人一定不会选择窝在家里甘心当一枚"沙发土豆"。雪地摩托、冰雪垂钓、滑雪……挪威人真是用足了上天赐给他们的冬季瑞雪。只要是雪后初霁，不论男女老幼，大家都会一身雪地装备，在城郊的滑雪场撒了欢儿地肆意释放着挪威人对于白雪的挚爱。

喜欢体育的朋友应该还清晰记得，在历届冬季奥运会的奖牌榜上，挪威这个人口只有 400 多万的北欧国家在榜单上基本都是位列前三甲，而且在很多项目上曾多次刷新世界纪录，成为全世界冰雪运动的楷模。

第二个学期会在 1 月的下旬开学，一直到 6 月份才能结束这学期的专业课学习。在整个从冬季过渡到春季的时节里，奥斯陆大学的教授们可不理会"春天不是读书天"这样的结论，而是继续在课堂作业、小组辩论及研究陈述、结业笔试或口试中让学生们继续度过忙碌但又充实无比的研修生活。

说到"奔忙"，在凯华的记忆里，很多片段到现在仍旧历历在目。由于租住的学生公寓距离 Blindern 校区需要乘坐地铁半个小时才能到达，而凯华十分看重的挪威语课是清晨的 8 点就在语言文化学院的主楼教室里开始，这就意味着他至少需要在早晨 6 点多起床然后洗漱，即便能简单做个夹着荷包蛋和生菜的三明治也是顾不上吃，必须要踩着地铁到站的点赶往站台去乘坐开往校区方向的列车。拎着装了昨晚备好的午餐饭盒，凯华便一路小跑地冲向地铁站的方向。"你一定要吃早餐，不管有多忙！"李丹师姐的话像警铃一样，时常在耳边冒出来："我身边好几个留学生因为不愿意费工夫吃早餐，结果都陆续得了胆结石、胆囊炎什么的，到最后耽误学业不说还自己遭罪受，何必呢？"师姐是过来人，她的话肯定没错。凯华这个听话的小师弟早已经把师姐看作是自己的亲人，她的每一句叮嘱凯华都认真地听进去，并且照做了。

早餐是在课间休息的夹缝里解决掉的。夏天吃饭比较容易搞定，可冬天时要经常吃冷的三明治，凯华一开始真觉得很不习惯。如果钱袋子稍微宽裕一点的话，凯华也很愿意到教育学院教学楼一楼的学生餐厅就餐，可是，挪威的物价确实让凯华每次进去点餐时都举棋不定，实在是舍不得花掉每餐均价大约在 50 克朗至 70 克朗的昂贵费用。学生餐厅的环境优雅整洁，即便你不买任何餐点，餐厅也是允许带饭的学生进入并且在这里就餐的。于是，每天晚上凯华除了要做好晚餐之外，还需要多做一份次日的午餐，然后放入冰箱里，以备第二天早晨出门时拎在包里。

虽然到了一个陌生的地方就该学会"入乡随俗"，但是挪威人的很多习惯，凯华到现在还是无法完全进入他们的"境界"，那就是——喜欢生冷的饮食。

可以想象一下，外面是零下十几度的冬季奥斯陆，鹅毛雪花漫天飞撒，室内的挪威朋友打开冰箱，把冷冰冰的鲜奶倒入杯子，然后直接咕咚咕咚地一气喝下。这种大冬天里的爽气好几次把凯华吓得合不上嘴。在中国的传统养生理论里，冬天是要温补进食切忌生冷之物的，可是挪威人举国上下在严冬的这种"肠胃极寒大挑战"都会让刚到奥斯陆的东方人吃惊不已。

有几次，凯华也略带好奇地尝试了一下冬天早晨喝冰牛奶，结果当天中午就开始胃疼难受。看来真的是"一方水土养一方人"，咱们中国人到了北欧之后，不见得所有的生活习惯都要生硬模仿。

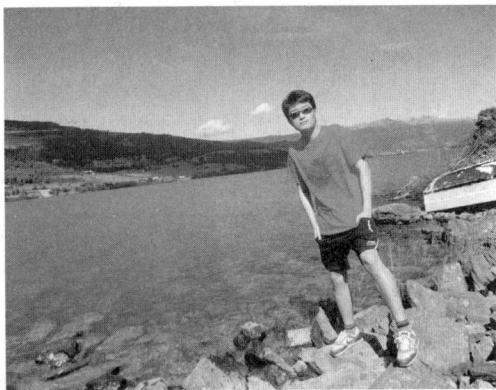

虽然生活方面无法与挪威人"看齐"，可是在学业方面，凯华却有十足的信心要和来自世界各地的同学们竞赛一把。凯华就读的专业归属于奥大的教育学院，其实如果把这个学院的全称完整翻译的话，应该是教育科学学院。换而言之，在这个学院的专业设置中，它不仅需要学生对于常规教学流程、教学法有较为详尽的研究，同时它还要求学生有较强的科学思维能力以及用数据计量的手段来对教育现象、教学案例、抽样内容做定量分析，从而得出有理有据的教育学结论。因此，在凯华的两年专业课列表中，就包括了"国际比较教育概论"、"社会学调研方法论"、"比较教育核心课程"等门类齐全的课程设置。

也许因为挪威是高福利国家，年轻人根本无须费尽心思通过获取研究生以上的高等学历来谋求职场的更高发展。在凯华所读的教育学研究生班级里，27 位同学当中挪威人只有三名，而来自中国的留学生也只有凯华以及另一名来自云南的同学，剩下的则是来自于韩国、美国、墨西哥、加纳、越南、德国、澳大利亚、巴基斯坦等其他国家的留学生。不过，之所以挪威的年轻人并没有把考研、考博作为本科毕业之后的首选，还有一个原因在于挪威是一个教育制度十分发达的国家，除了类似像奥斯陆大学、卑尔根大学这样中央级的学府之外，还有遍布全国 17 个教育行政区的 130 所州立学院。这些学院绝大多数都是针对不同领域的专科类院校，例如师范学院、艺术设计学院、工程学院、音乐学院等，挪威各地的年轻人在升入大学时可以选择就近的州立学院，他们同样也能习得相关专业知识，并在毕业后找到对口的企业或公职。在挪威人看来，很多工作并不需要学历过高的毕业生，如果一份车床的技术工作还招聘一位工科硕士的话，这反而是一种人才的浪费。

第五节

在中国国内的传统教学当中，以教师为主角的"填鸭式"教学模式已经深深植入中国学生的脑海。不过在奥斯陆大学，如果还寄希望于老师在讲台上侃侃而谈，然后考试前划定范围的话，那你的这份"盼望"一定会被"失望"击碎。

在凯华就读的班级里，很少会和其他专业或班级的学生混在一起上百人大课，那种常见的大型阶梯教室"宣讲式"的讲课模式虽然存在，但是极少会出现在可以拿学分的课程当中。在两年的研究生学习过程里，九成以上的课程都是在普通教室里完成的。全班的 27 名同学经常会在不同课程的课堂上主动聚合为若干小组，然后以组别或个体为单位进行某一个主题的研究陈述以及个人自述。而任课老师就如同"达人秀"的裁判，他或她会对这个小组的成员进行分数评定，并提出修改意见进行二次的调整。

这样的课业考查方式要求学生的英语听力和口语能力达到准确、流利的标准。有些中国学生会存在着"到英语环境后语言能力自然会提升"的盲目乐观，而切身处地到了国外，你才惊呼，原来会说英语的同伴们并不会总是用慢半拍的语速来迁就你一个人。你可以试想，在班级小组陈述中，六七名同学正在就"东方儒学教育思维"展开激烈的观点论述，他们的语速一般是每分钟 140 词左右，加上大量的连读、弱读、失去爆破，很多的词语都是一带而过，如果你在国内都没有锻炼好十足的听力水平，应对大量的语言信息时你就无法达到"即听即懂"的程度。而对于崇尚"团队力量"的西方理念来说，每个小组成员都应该奉献自己的心力。可是往往那些英语不是太好的学生，就会抓耳挠腮不停地说："I think ... in my mind..."却没有半句落在点子上。时间一长，下次再自由分组时，那些语言不灵光、表达拖后腿的同学自然就成了别人"避而不及"的人物。

在奥斯陆大学的课堂讨论中，就连一位教授的助教都偷偷地问："凯华，你是在美国读的中学吗？"每到这个时候，凯华就会笑着回答："当然不是呀，我从小到大都在中国。""那你的英语口音怎么会有这么正宗的'美国味儿'，而且我很确信你刚才说的很多俚语还有当下的流行表达，这都是只有美国本土的年轻人才会用的啊！"

每每提到如何升级英语的听说能力，凯华总会说到自己的"宝藏"——英文原版电影和美剧。早在上高中的时候，凯华就把一些原版电影和美国热门剧集作为练习英语听力和口语的素材。从奥斯卡经典之作《阿甘正传》、《人鬼情未了》等杰出影片再到诸如像《成长的烦恼》、《老友记》这样长达百集的电视剧都曾是凯华英语学习道路上的"良师益友"。在看这些影视剧的过程中，凯

华会通过"暂停"或"回放"功能把一些好的台词抄下来精心研习，对于一些经典的段落还会进行模仿训练。尽管学习的过程并不轻松且充满了重复的"劳动"，但凯华却乐在其中，对英语的兴趣也是与日俱增。通过不断的积累，凯华的英语词汇量有了大幅提升，英语的发音和流利度也有了长足的进步。正是这样的一份付出，在刚上大学时凯华的英文能力便足以让其他同学仰望。正是凭借着语言能力上的突出优势，这也让他读大学期间获得了许多机会能够代表母校或中国在国内外的英文大赛中崭露头角。

对于当下的大学生来说，凯华仍是会建议他们选择优质的美剧进行观摩、学习。看美剧不仅仅是为了故事情节诱人，更是因为"美剧"就像是一部部写真版的"美国生活实景全录"，从里面的人物对话、日常起居习惯，还有与时俱进的台词设定，这一系列浓缩度极高的英语精华只需要每天 50 分钟就可以一并掌握。随着中国知名视频网站大量引进正版的美剧还有英剧，例如人气颇高的《纸牌屋》、《伊顿庄园》、《生活大爆炸》等，在每集的中文字幕下方还会配上英文字幕，这就很好地解决了"经典台词抄录"的难题。你在观看时假如遇到了好的句子或是充满了"美国式幽默"的对话，就可以轻松地把这些灵光乍现的好短句抄下来，并且放入自己电脑的"英语段落收藏夹"，每天复习巩固时能够拿出来进行记忆。

中国学生很小就明白"集腋成裘"、"积少成多"的道理，但是很多人都是浮于表面，只是在"知道"的层面。而很多事情，特别是语言能力的提升，更重要的是"知行合一"，只有扎实去做，你才能收获英语能力

的丰富回报。凯华也正是在经历了漫长的看剧、学习、总结、操练的过程，才有了日后令人艳羡的英语综合能力。凭靠着这份实力，他每次在研究生课堂进行陈述时，都会有好几位其他国家的留学生投来赞许的眼光，各位教授也总是会频频点头。然而，有些来自亚洲、非洲或拉丁美洲国家的同学一直受到母语发音的影响，很多单词或语调总是无法达到准确、清晰的表述要求而常常会羞于在众人面前陈述。这就进入到一个"死循环"，越是不愿意表达，操练的机会就越少，进而他或她的语言能力即便在英语环境里待上数年还是不会有质的变化。

频繁的课堂口头陈述以及即席回答问题已经成了在奥斯陆大学读书的"家常便饭"，你随时都要做好语言表达和观点罗列的准备，而这些随堂口试以及结业陈述都是会被计入个人分数的。任课老师就如同一位随时随刻的观察员，他的心中有一把尺子，用来衡量每位学生的学术实力。而这样的教学模式也同时颠覆了先前中国学生心目中的"教师核心制"，没有选择题、完形填空题，没有必考章节、略讲章节，有的就是"参考书目列表"以及课程进行过程中的报告写作或结课时的闭卷论述题考试。

由于挪威针对各类版权保护十分严格，并且对于创作者的收入保障也相当周全，这就直接决定了在挪威不论你购买图书还是唱片、影碟，它的费用至少是中国国内的五倍甚至十倍。凯华还记得自己第一学期因为要修挪威语的额外学分，他需要购买挪威语教材。结果，到了学校书店按照老师写的挪威语单词找到那本只有100多页的语言教材时，上面贴的价格数字一度让他以为看错了。是的，这本在国内最多不超过20元人民币的薄本教材在挪威的售价是450克朗。"该不会就是教材贵吧？"凯华十分纳闷，他接着用眼睛扫视图书架上的其他书籍价格，199克朗、279克朗、350克朗……就连书店里写着"打折促销"标识的角落里，那本书打折后的价格还是需要200多元人民币。

书可以贵，但贵到让人心惊肉跳的地步，凯华还真是第一次领教。于是，他决定在挪威法律允许的情况下通过打印或复印的方式，把自己需要的少部分内容在图书馆里进行整理。也正是在读书的这两年，图书馆成了凯华最爱的地方，不仅仅是因为书籍齐全，各楼层阅读大厅安静舒适，更是由于图书馆的借书还书相当便利，使得凯华能够通过馆内发送的手机短信第一时间知晓自己预定的图书是否到馆，何时可以去借阅。而当他把这本书阅读完毕后，只需要在图书馆的一楼通过"自助还书箱"，以扫条形码的方式就能几秒钟内把书归还。除了这些便利，奥大的学生每年只需要缴纳600克朗左右的费用，就可以免费使用遍布在图书馆各个楼层的多媒体设备，其中还包含了120页免费打印的费用。

奥斯陆大学的学风也是以严谨著称的，她在学术上的精益求精就必然会要求来这里就读的各国学生都要达到一定的专业水平以及自我思考的标准。教授们在班级里上课时基本都会选择用PPT的方式来进行展示、陈述自我观点，但是他们不会强求学生一定要遵循这个观点，而是让他们自己通过研读前人的论著、论文、学刊文章以及实体调研等方式来逐步得出自己的结论与研究成果。而这些有着学生自身特色的观点、成果就会构成该门课程中论述报告的主题内容。一篇20页左右的报告往往要求两周内完成，按理说写论述报告本身不难，难就难在你不能只是为了凑字数、无观点，如果是这种"注水"的报告摆在任课老师面前，那么这门科目很可能就会被要求重修。

对凯华而言，一篇20页左右的中型报告至少需要阅读超过200页的专著或论文才能有思路和自我观点。然后再通过精炼，凝结出符合常理和逻辑的论点、论据，从而能够让这篇报告凸显出这位学生他自己的研究水平和实力。此外，有些学生先前以为可以在论文或报告里大量引用他人的学术观点，然后或半篇或段落地复制粘贴，这种没有根据且随意而为的引用也是奥大教授们极力反对的"学术不严谨"。倘若这种敷衍式的观点引用被任课教师发现，这个同学很可能还会被标上"学术欺骗"的名字，重者甚至会被要求自行退学。

此种严肃的学术氛围客观上就要求学生们懂得自行研究并要带有观点的探索，而不是人云亦云"混出"一张文凭。

第六节

"阳光柔和地、温暖地照在冰冷的泡沫上。因为小人鱼并没有感到灭亡。她看到光明的太阳，同时在她上面飞着无数透明的、美丽的生物。透过它们，她可以看到船上的白帆和天空的彩云……小人鱼觉得自己也获得了它们这样的形体，渐渐地从泡沫中升腾起来……"丹麦作家安徒生在童话《海的女儿》结尾处这样写道。对于北欧四国，中国青少年心目中一直都把它们看作是"童话的发生地"，那里有森林掩映间的古堡，王子和公主完美的爱情，和善无争的百姓，还有属于这个世界永恒的安宁与富足。在现实生活中，凯华也深切地感受着这种童话般的美好与喜乐。

早在凯华抵达奥斯陆的第二天，当他走到街上就能感受到这种扑面而来的真诚。不论是认识或是不相识的人们，大家碰面时都会微笑或轻声道一句"你好"。凯华清晰地记得那天是周日，是他刚到奥斯陆的第一个周末，因为学生公寓里日常的必备品以及食物还是需要去大型超市购买，于是他就约了租住在同一间公寓来自巴西的雷欧一起去超市采购。结果，最让他们诧异的是，几乎所有的商店都仿佛约定好了一样挂出了"休息"的牌子。"周末这么好做生意的时间，商家怎么都不营业呀？"提着购物袋的凯华瞅着一长排闭门谢客的店铺，有点觉得不可思议。

凯华没有看错，因为在挪威，人们相当看重节假日和周末的休息时间，所以他们的超市、便利店基本上都会选择在星期日、圣诞节、复活节以及5月17日的国庆节闭门歇业，从而有更多的时间可以陪伴家人，并趁着整块的假期能够出国游玩，尽情享受生活的乐趣。在挪威，你能学会一个道理，那就是"工作真的只是生活的一部分而已"。

可是刚到挪威，凯华先前并不知道"逢周日超市歇业"的规矩。当想到洗漱用品、日常食品都没有着落时，他和雷欧还是有点急了。"有什么需要帮忙的吗？"一位金发碧眼的美丽女生在路边摇下车窗问道。凯华像看到"救星"似的向这位开车的女孩说出了他们的"购物"难题。"奥斯陆是这样的，所以下次还是在周五的时候就把东西全买齐，这样也省得周末的时候再出门。"女孩儿说着就推开车门准备下车，打算帮凯华他们想办法。如果是在女生没下车之前，你说不定会猜想，这次的"偶遇"该不会是凯华浪漫爱情故事的开端吧？不过就在这位看起来二十岁出头的热心女孩下车之后，你的各种猜测可以就此打住了，因为她腰部隆起的那个大大的圆形足以说明一切了。

由于凯华和室友都是刚到奥斯陆，手机卡也还没来得及办理，女孩就用自己的手机拨打了朋友的电话。一连串听不懂的挪威语对话之后，女孩告诉这两位高大的男生，在几公里外的地方，有一家土耳其人开的杂货店，那里能买到日常所需的东西。"上车吧，我正好顺路，带你们过去吧。"女孩主动对他们说。这语气很明显并非点到即止的客气，而是很真诚地希望能帮到这两位异乡的男生。你可以想象，一位临盆待产的年轻孕妇，两名和她素不相识的陌生男子，这位善意的年轻准妈妈在路人需要帮助时，首先想的根本不是"他们会不会是坏人"这样的问题，而是"如何能帮到他们"。这种骨子里带来的友好，让凯华对这个还有些陌生的国度和她的百姓瞬间充满了好感。

随后不消几分钟，那家只有一个门面的便利店就出现在眼前。一番道谢后，女孩潇洒地驾车离去，留给凯华和雷欧内心的则是对于挪威人的一份感动与记忆。类似这样的友善，在凯华两年的留学生涯中不胜枚举，例如大街上不知道路该怎么走，随便询问一位正在赶路的当地人，他们即便在匆匆然前行，也肯定会停下脚步帮你指路。甚至有时候，他们自己也不太清楚路线该怎么走时，这位当地人会直接拿出手机帮你用 GOOGLE 搜索最佳的路线。

正是老百姓们普遍把"我为人人，人人为我"的观念深入到社会价值观的内核，作为外来人的我们才会在挪威的各地都能感受到这种"热心肠"带来的生活愉悦。

帮助他人可以获得内心的快乐，而挪威人生活中更多的欢乐是需要自己和家人来共同找寻的。这就是为何在挪威，上班族都很珍视休假的时光，甚至在奥斯陆等大城市很多公司会在初夏时节就挂出一种叫作"夏日工"的短期职位。而这种职位之所以空缺出来，就是因为很多上班族或中产阶级要趁着挪威的旖旎夏日好好享受属于这个季节最为灿烂的阳光、海景。由于挪威特殊的地理环境，一年虽然也有四季，但是春秋两季依然低温，就算到了 6 月至 8 月的夏季，那种凉飕飕的体感还是时常会让人觉得这是秋天的"节奏"。挪威的夏天是一年当中最为宝贵的时节，没有炽热的日头，没有恼人的汗腻，人们可以去海边度假，去山区郊游，去湖边垂钓抑或去峡湾观光。在挪威语当中专门有一个词组用来形容盛夏对于当地人的馈赠，那就是他们从小到大都会不断提起的"夏日时光"。

夏季的到来对于留学生来说，却是最为忙碌的时刻，因为他们需要在这难得的近三个月暑假时间里在城区打工，赚取下个学期的生活费用。凯华作为国际学生族群的一员，他也需要在6月至8月间运用自身的特长和技能来谋求一份短工。最为好找的工作无疑是餐馆里的小时工，很多留学生由于不会挪威语，他们只能在餐厅厨房做些刷碗、择菜或在酒店做些客房清洁等体力劳动。而凯华凭着他在挪威过去10个月所积累的挪威语词汇和日常口语，很轻松地找到了一份在泰式餐馆做服务员的工作。

"凯华是我这么多年所教的中国学生中语言能力最强的一位！"这是奥大挪威语老师凯特在班级结业时，听完李凯华用挪威语所做的5分钟个人陈述后由衷的评价。有时候语言的模仿能力真是相通的，凯华对于外国语的学习一直都没有间断过，大学本科期间的第二外语是日语，他很快就达到了当时的三级水平，而挪威语作为很多学生学了一半就想临场放弃的小语种，它却成了凯华在挪威学会的另一门全新的技能。正是这份学一门爱一门的专注与恒心，才让凯华在硕士阶段的课业门门都能高分通过。

根据挪威政府的法定要求，全国最低的时薪不得少于110克朗，再加上凯华待客热情周到，并时常会根据顾客的特殊要求细心叮嘱厨房师傅，所以经常会有回头客再度光临这间餐馆。在外工作其实就是一种"将心比心"，你善待每位顾客，这些食客自然也会用他们的方式来感谢为自己服务的工作人员。在餐厅里的10位侍者中，凯华的时薪和小费是最多的一位，即便最开始他也会羞怯，也会觉得服务员的工作上不了台面，但是做了几天就会发现，没有任何一位顾客会轻视这些从事"服务"工作的人员，大家都是平等的，只不过各自所做的行业和工种不同罢了。虽然政府有一周只能合法打工 20 小时的规定，但是除了暑假，凯华几乎也没有任何多余的时间可以用来挣钱。挪威的高物价从他到达奥斯陆开始就始终像一朵乌云时常笼罩在头顶，牢牢不肯离去。为了省钱，凯华几乎不会一个人在外面下馆子、打牙祭，但是为了维持身体健康，除了每日会自己做饭，按时起居之外，他唯一能为健康做的事就是保持锻炼身体的好习惯。

挪威人天生是喜欢运动的，不论是冬季的冰雪运动，还是夏季的水上运动、极限运动，挪威各个年龄层的人们都会选择一种或几种自己身体适合的方式让血脉跃动开来，让四肢活动起来。

每天清晨或傍晚，只要不赶着上课，凯华都会在离学生公寓不远的 Sognsvann 湖边慢跑。戴上耳机，放着自己钟爱的流行歌曲，每次半个小时的跑步运动确实能够祛除内心的不良情绪，并且让身体随着双臂的摆动而呈现冲刺的劲头。有时候，当凯华正在跑着，就会有一两位白发苍苍、身躯挺拔的老人家从他身边轻松超过，然后以持久的耐力沿着湖边丛林继续向着远方坚定地跑去。迎着朝阳，每个人都是生命的主宰者，正是这抹律动的身姿，再一次提醒着年轻人，生命本身除却长度之外，还有它的宽度和厚度都同样重要。长度是寿命的长短，宽度是生活阅历的丰富度，而厚度则是人们内心对于生命起落的担当与坦荡。

第七节

时间要拨回到第一学期的那个冬天。

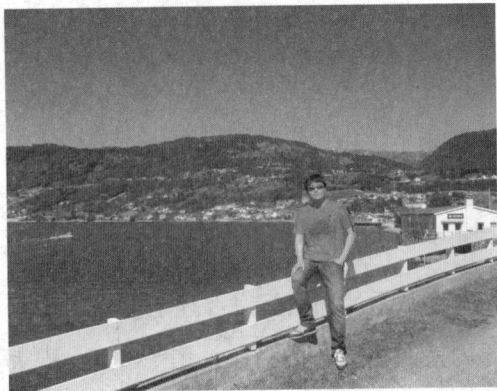

当凯华写完"方法论"笔试的最后一道论述题，教室外的天空已经是漆黑一片。虽然手表上的指针明明是下午不到三点，但是阳光的熄灭就宣告着夜晚的到来。这是北欧国家的奇特现象，由于受地理方位和日照时长的影响，从 11 月开始挪威就要进入到"夜长日短"的昼夜轮转中，而白天的时长则被缩短为可怜的 5 个小时。正是这场"方法论"考试，它也成了凯华迄今为止所参加的最长一次的结业大考，足足前后 6 个小时。从早晨不到 9 点进入考场，一直到下午 3 点结束，一套由论述大题组成的试卷需要考生根据要求不断地阐述观点，提供论据。虽然校方对于此类考试一般允许开卷作答，但是你即便拿了书来也基本上毫无用武之地，因为题目都需要联系实际，即便你引用相关论据也必须有确切的根据，不是随便摘抄就可以应对的。

毕竟有 6 个小时的跨度，开考前考生允许携带食物和饮料进入教室，凯华怕写到一半血糖不足，特意买了三块巧克力和两只面包补充热量，可是在答题的时候，因为题量很大，而要写的文字量也有要求，所以，整整半天的时间里，凯华一门心思锚定在试卷上，准备的食物和水一点都没有时间碰。一直到下午三点交卷那刻，他才突然意识到自己的身体有些许虚脱的症状。

"伙计，考完试，你打算去哪儿？"和凯华同住在一所学生公寓楼的美国同学雷米塞尔拍了一下他的肩头，问道。"回公寓吧，我今天已经累得走不动了。"凯华没精打采地说。雷米塞尔神神秘秘地"嘿嘿"笑了两声，接着说："好呀，我正好也要回去。不过我得先去教学楼拿一封挂号信，要不你陪我一起，咱们待会儿顺路一起乘地铁回去。"兴致不高的凯华也没多想，就跟着朝学院的教学主楼走去。

刚刚步入一楼的教学楼大厅，在左手边的学生餐厅门口，竟然贴着一张大大的手绘海报，上面用英文写着"凯华，生日快乐"。生日？我的？是呀，天蝎座的凯华突然想起来今天是自己的阳历生日呵！这时，只见刚才还在同一个考场里奋笔疾书的班级同学们都陆陆续续赶到教学楼的中厅，先到的几位女生已经站在餐厅的门口做出"请进"的手势。原来，刚才雷米塞尔就是为了能引着凯华来到这间餐厅才谎称要去教学楼拿挂号信的。

凯华的眼睛有点湿润，刚才绑在身上的那种疲累感早已经消散不见。此刻的他，有种被"众星捧月"的激动。在餐厅的一角坐定，班里两位挪威本地的姑娘用托盘端出她们昨天晚上烘焙好的生日蛋糕，上面用字母写着"生辰快乐"。餐厅的灯光暗了下来，只剩下近20名同学团团围住蛋糕的身影，以及蛋糕上的生日蜡烛在随着空气婷婷起舞。"许个心愿吧。"挪威女孩郎妮尔轻轻地说。于是，凯华闭上眼睛，为自己许下了一个坚定的心愿："希望自己不负家人的期待，在奥斯陆顺利完成学业，30岁之前给自己的青春一份踏实的交代。"

凯华永远都忘不了同学们帮他过生日的那天下午，虽然在家乡，爸妈更多是为凯华庆祝农历的生日，但是，这场在奥斯陆大学的庆祝聚会却是他一生中最为难忘的。那天下午的夜幕繁星缀闪，初冬的冷风摇落一树的枯叶，但丝毫感觉不到任何的悲凉与忧愁。生日歌的欢畅，分食蛋糕的快乐，大家在一起像唠家常一样讲述着各自民族的风俗和趣事，那种心底的契合让这些蓬勃的青春有了交集，让奥斯陆大学整晚的星光为年轻而鼓掌。

研究生阶段的第一年时光就在图书馆里的翻书声，课堂研讨时的争论声，笔试考场上的沙沙写字声中缓缓流淌而去。过了暑假，在奥斯陆大学的第三个学期很快就翻开了新的篇章。刚刚上了一个月的短期课程，导师就开始安排班级里的同学到世界各地推进自己教育类的实地调研和数据收集工作。对于挪威本地的学生，导师要求他们去挪威邻国或其他国家进行实地考察，而对于国际留学生导师则建议他们可以回到自己的国家，去熟悉的地方针对某一种教学现象或人群进行案例收集。这项实地调研工作以及后续的数据分析将直接关系到这 27 位同学是否可以如期按照要求撰写出长达 60 页的毕业论文，当然，论文的质量也会直接和能否如期毕业紧密挂钩。

因为这次实地调研的机会，凯华顺理成章地在时隔一年后第一次回到了家乡乌鲁木齐。在过去的一年里，凯华和父母的联系主要是通过 QQ 视频，虽然也隔着六七个小时的时差，但是那份亲情的挂念并不会因为昼夜的跨度而受到阻隔。在凯华当初准备留学前，为了能随时通过网络看到儿子的近况，父母特意给家里的电脑重新配置了高清像素的摄像头，并把卧室的 2M 宽带网加钱提速为 10M。然而，再方便的高科技也抵不上儿子本人回到家里，经过将近 20 个小时的辗转飞行，凯华终于坐在了家里熟悉的饭桌旁。虽然这次中途回国有长达两个月的时间，但是凯华一刻都没有停歇，他的研究课题需要和大量的当地学生进行访谈、交流，从而才能去逐个印证自己当初预设的观点。那段回国的时间，凯华吃着家乡饭，嚼着新疆甜到牙根的瓜果，看着一张张熟悉亲切的笑脸，他更加坚定了自己要如期回国的想法。

作为挪威最高学府奥斯陆大学的硕士研究生，如果凯华想在半年后留在奥斯陆发展是完全可行的。他的师姐李丹也是在毕业后选择了留在挪威继续从事教育工作，并且逐渐开始参与中国和挪威两国跨文化交流的工作。奥斯陆大学的学子就如同中国北大、清华的毕业生一样，属于企事业单位优先录用的优秀人才。因为挪威的大学本身就是"宽进严出"，一张奥大的学位证已经足够证明这名毕业生的优良素质和厚实功底。

家乡的调研结束后已经又是 11 月份，凯华再次飞回奥斯陆，并开始了繁忙的数据分析、案例整理以及毕业大论文的写作、修订工作，在奥斯陆大学的"最后冲刺"逐步迈入倒计时的紧张节点。

第八节

"请大家一定要按照 APA 的格式要求进行论文写作以及论据引用，作为一名奥斯陆大学的研究生，校方对于毕业论文的质量要求是相当严格的。祝大家论文写作一切顺利！"这是在毕业论文开始正式进入写作前，校方专门为研究生开设的论文写作指导课。而教授所提及的 APA 论文格式其实是指美国心理学会（American Psychological Association）在 20 世纪初期所发布的"刊物准则"。因为 APA 格式对于引用、参考文献、注脚、附录编排等方面有严谨的规定，因此随后被世界各国高校的教育学、心理学、社会科学等领域的论文写作当作"标准格式"在广泛使用。而在比较文学、文学批评以及文化研究等学科的论文写作格式中，它们也会选用 MLA 格式（The MLA Style Manual）来作为论文撰写的规范。

论文的总长度大约是 60 页的容量，但是作为一篇硕士论文，导师的标准一定是要"言之有物、论之有据"。为了这毕业前的最后一搏，从 1 月末到 5 月中旬，凯华开始了长达四个月的"图书馆生活"。查找资料，翻看文献，倘若要引述一位教育学人士的观点还得去专门有针对性地细读他当年的论文与案例集。一向不爱喝咖啡的凯华在那段时间基本上每晚都要靠咖啡提神。也许是"精益求精"的念头给自己施加了太多压力，有时候，凯华躺在床上，明明很想入睡，但是始终无法进入到熟睡的安然状态。就算好不容易滑向梦乡，过不了多久又会进入到辗转反侧的思虑阶段。

尽管是"有压力才有动力"，可是一味地给自己加压很容易会耗损掉很多的精力。就在这个阶段，李丹师姐发现凯华整个人瘦了不少。那时候，师姐刚刚和姐夫在市政厅举行了简单的结婚典礼，而在他们婚礼前姐夫就以贷款的方式在奥斯陆的城郊购买了一套两室一厅的公寓房。凯华在他俩结婚那晚"闹洞房"的时候，曾经和几位中国朋友去过那套新婚房。如果不是师姐主动介绍，他们简直难以相信这套装修和外观看起来十分崭新的房子竟然是 1960 年建造的。

"走，来姐家住几天，我给你改善一下伙食！"师姐不由分说，抓起凯华的手让他赶紧收拾简单行李。"这不太好吧。你和姐夫才刚结婚一个月，我过去住怎么行呀？"凯华心里热乎乎的，但是他知道师姐刚刚新婚，正是"热炕头"的阶段，这时候去打扰人家太不合适了。"你姐夫也不放心你呀！看你现在腮帮子都瘦下去了，来姐家，我给你熬鱼汤，吃点咱西北菜，身体要紧！都快毕业了，你总不能在最后这个关头倒下去吧？"师姐说的铿锵有理，凯华心里也是明白。

耐不过师姐的盛情邀请，凯华收拾了简单的物品后也便坐上她的车子，赶去几公里外的新婚公寓。在师姐家暂住的那一周，每天清晨，凯华和姐夫吃着李丹姐精心准备的西式早餐，然后拎着师姐同时准备好的午餐饭盒，乘坐地铁赶去学校的图书馆。晚上 6 点半，忙碌了一天的凯华刚一进家门就能闻到熟悉的中国菜香味。师姐知道凯华喜欢吃三文鱼，她还跟着食谱尝试做刺身，着实给这位亲如一家的师弟增添了舌尖上的惊喜。

经过数月的奋战，毕业论文如期上交，奥斯陆大学的校方十分贴心，学院还专门为每位毕业生免费打印了十份毕业论文，并且精心地装订成册，便于毕业生答辩和资料保存。一切的付出都会是一枚枚有生命的种子，虽然不见得"只要付出一定能有回报"，但是，那撒播出去的种子都会带着主人的讯息，在合适的时节，破土而出。

6月，又是挪威人眼中的"夏日时光"，凯华终于如期毕业！在他就读的这个由27名同学组成的班级里，最终像凯华这样顺利拿到硕士学位的学生只有三位，而剩余的24名同学需要向校方申请延期半年，重新撰写论文并再次申请提交。而每位学生最多只有两次延期毕业的机会，如果两次后仍旧无法通过校方的论文审核和答辩，那这位学生就只能不得不选择肄业。

毕业典礼那天，晴空万里，阳光如洗，凯华身穿正装在典礼上接受校方颁发的学位证书以及一朵象征着幸福的玫瑰花。由于考虑到签证以及费用等实际问题，最终，凯华的父母没有能来现场见证儿子骄傲的时刻。李丹师姐和姐夫以及几位凯华在奥斯陆最要好的中国朋友作为他的"亲友团"来到了校园，他们用欢呼和拥抱庆祝凯华能够在挪威求学圆满。

在大家拍完合影后，师姐突然哽咽了起来，她把脸庞用手掌遮住，不肯让凯华和丈夫看到自己落泪的样子。"姐，你怎么了？"凯华不解。"没……没什么，姐是高兴。"师姐用手指擦着眼角的泪花，接过姐夫递上来的纸巾。"你姐呀，昨天晚上其实已经在家里哭过一次了。"姐夫是个老实人，他没有半点含蓄地接着说："因为你一毕业肯定过不了多久就要回国了，你姐是舍不得你，不知道下一次啥时候才能再团聚……"姐夫说到这里，语调也一下子黯然了。

面对缘分的聚散，每个人都曾亲历。

因为不舍，因为牵挂，所以才会在临别前一句句叮咛，一番番嘱咐。奥斯陆，这个距离乌鲁木齐超过12000公里的城市，会因为有师姐一家人的惦念而倍感留恋。当然，在奥斯陆还有这所凯华就读了两年的大学，这里的一草一木，一房一舍都能勾起他在这里的种种点滴。

谁说挪威只有森林，除却伍佰和村上春树眼中的挪威，对于凯华而言，挪威这方狭长的土地更是由亲情、友情、同窗情氤氲出的一整片图景。而在这张图画中，凯华看到了依稀的过去，更能望见即将在脚下铺展开的晴朗未来。

尾声

在离开奥斯陆的前一天，凯华用摄像机绕着Blindern的校园进行拍摄，他想用自己的视角记录下这两年的读书片段。虽然是工作多年后再次回归校园，但这份学子的赤诚之心依然还在，这脉汩汩流淌的青春热血依旧未冷。

那天，凯华再次来到了奥斯陆著名的维格朗雕塑公园，她也是世界上最大的雕塑公园。在里面，游览者可以略带震撼地看到雕塑家古斯塔夫·维格朗在长达37年的时间跨度里分别创作的近200座雕像作品。这些雕塑描绘了一个人从生到死的所有场景，从蹒跚学步到青春盎然，从热恋相爱到为人父母，再从人生的喜怒哀乐直到耄耋阶段的或喜或悲。这一组组栩栩如生的人体雕塑正是在印证着同一个深刻的主题——人生。

我们会随着歌曲感慨"时间都去哪儿了"，但是，当此刻的时光就在

我们掌心逐渐融化时，你，
开始珍惜了吗？

提着行李箱临离开这间
学生公寓时，凯华把先前洗
好的几张照片贴在了公共厨
房那面大大的"相片墙"上。
一张是凯华生日那天同学们为他惊喜庆生的场景，一张是他和师姐、姐夫
以及好友们一同在毕业典礼上的合影，还有一张，是从凯华那间房的窗户
向外眺望时，才能看到的湖景与森林。如果说梦想是从远眺星空开始的话，
那么现实中的理想，就让我们从眺望远方重新出发吧！

●李凯华：关于留学挪威的小贴士▶

回首两年的留学生活，幸福美好的同时其实也很辛苦。对于我
的专业来说，每一门课都有长达数百页的学习资料需要仔细研读，
更不用说大大小小的各种论文和考试。尽管课业负担很重，可我还
是会抽时间打工，一来为了贴补开销，二来也为了积累自己在国内
不可能有的人生经历。在挪威留学期间，我做过寿司师傅，餐厅服
务生以及体育用品公司的出货员，可以说每份工作都是一段不同寻
常的难忘经历。当然，学习和打工之余，为了让自己的留学生活不
留遗憾，我也会尽可能多的抽出时间参加各种文体活动，广交天下

朋友，并用打工赚来的钱游历挪威各地以及一些欧洲主要国家的美景。

如今，作为一名海归，同时也作为一名英语教育工作者，我想告诉那些有志去通用英语的国家或地区接受高等教育的广大中国朋友，要想使自己的留学生活有品有质，则必须具备良好的英语综合能力，可以说听、说、读、写样样都不能差，其中听说方面的能力更是尤为重要。因为国外大学的很多课程都会采取口试或口笔试相结合的模式。对于不少中国留学生来说，任何的笔试都不是大问题，但是一旦碰到口试时就会容易发怵。在奥斯陆大学，我有一位来自四川成都的纳米材料学专业的校友。可以说他的专业能力非常强，在国内读本科期间成绩也很优秀，但就是由于其英语口语能力十分有限，所以每每在专业课口试时成绩都会比较糟糕。因为很多他能够用母语流利表达出的内容换成英语表述后就会大打折扣，考官们听得云里雾里的，自然不会给他好的分数。他经常抱怨说，如果某门课程只采取笔试的话，他的成绩一定会非常理想。

说到留学生活的质量，学业成绩的好坏只是其中一个方面，一个人置身海外，如何丰富自己的课余生活对于每位留学生来说都是十分重要的。要想使自己的留学生活丰富多彩，你可以积极参与各种社会活动，并不断拓展自己的社交圈，尽可能多地结识一些来自不同国家和地区的留学生朋友。然而，在我身边也有不少中国留学生因为对自己的英语不自信，所以时常封闭起"朋友圈"，对各种社会活动都鲜有兴趣，而且也不愿意主动去和来自其他国家或地区的留学生接触，从而让自己的留学生活变得单调乏味，既影响心情，也影响学业。另外，还有不少中国留学生大把地将课余时间浪费在了网游和网聊上，在我看来相当遗憾，这真不应该是美好的留学生活该有的节奏。

第五站／英国篇

我若盛开
清风自来

选择英伦，到底是奔向都会投入繁华，还是觅寻安宁踏入乡郊，不同的大学所在地也会给予你迥异的留学体会。牛津城、剑桥市、巴斯小城，这些距离伦敦并不太远的城镇却孕育出了英国历史上诸多留下印记的智慧人士。到底是这里优渥的环境成就了个人，还是原本就有优秀潜质的个体成全了名校的美名？我想，世间所有的"成全"都是交互的，在英国的校园里，让内心原有的"固化程序"全部删除，用一弯开放的心怀重新绽放，静等风来。

给**理想**加点**糖** 留学，
你有更多选择

第一节

　　大概是深夜一两点钟的样子，睡梦中的鲁雯茜迷迷糊糊间觉得宿舍门被人狂锤，密密麻麻的脚步声在走廊里杂乱无章，高低起伏的刺耳警报在窗外鸣响。所有的一切都仿佛战前逃难，让雯茜根本分不清到底是在梦里还是挂在现实的边缘。"雯茜，快起来，火警响了，着火了！"门外有女声焦急地喊着，嘶哑的嗓音把"着火了"拖出长调又带有哭腔。

　　"出事了？！"发癔症似的雯茜这下终于从梦境里跳了出来："一个月前刚做过'火警逃生培训'，这下真发生了……"果然，刚才听到的那些吵闹都是真的，楼道里继续有人推搡着往楼梯方向撤离，而隔壁宿舍的赵子淇正在门外死命地催雯茜赶紧出来。打从出生到本科毕业，类似这种着火、地震之类的突发事件雯茜是从来没经历过，没曾想才刚到英国第二个月就要先感受一下"逃命"的危机感。来不及多想，慌慌张张的她披头散发，将床边的睡袍披在身上，来不及系上带子就匆匆然趿拉着拖鞋跑去开门。"哎呀，你急死我了，快走！"不由分说，子淇拉着雯茜就跟随人流的尾巴往楼梯冲，这种紧急的场面顿时让眼前的一切有点失真的感觉。

　　就在一个月前的清晨伦敦时间7点多，从香港出发飞行了11个小时的维珍航空班机顺利抵达英国希思罗机场。雯茜和江西同乡赵子淇一身劳累地迈出了机场的大门，紧跟在她们身后的，是重重的行李箱，还有一腔忐忑的情绪。除却大学毕业旅行曾经跟团去过泰国外，这是雯茜第一次远渡重洋，来到一个陌生的国度开始自己的求学之行。而在国内选择航班时，两个姑娘还特意找到了夕发朝至的航程，尽量避免不必要的"时差之苦"。

　　从机场打车去火车站，购买了当天赶去巴斯的火车票，大约两个小时

也就到达了这所建在山上的知名学府巴斯大学。由于学校为了方便本科大一新生以及海外研究生就近居住，在校区住宿资源有限的情况下特意允许给这两类人群提前预留学生公寓，好让他们更便捷地适应即将开启的新生活。可是没想到，才刚刚过去大约 30 天，这会儿耳边的警报声彻底拉响了"校园新生活"的又一个黎明。

也许是英国人从古至今对于火灾是充满了警惕，早在雯茜刚刚入学的时候，校方就专门针对全体新生进行了校区防火培训以及火警逃生方位指引，用以最大限度减少人员伤亡。此时，已是 9 月初秋，早晚温差较大，凌晨时分气温会骤降至 15 度左右。当一阵冷风吹过，雯茜那件绸质的睡衣还是有种透心的凉意。身边抢先赶到"逃生聚集点"的学生们开始七嘴八舌地议论着刚才的一切，等了半晌，大家并没有看到消防车驶进宿舍区，雯茜和子淇这才意识到刚才那一幕只是巴斯当地的"火灾防范演习"。

早在 1666 年英国的首都伦敦就曾遭遇"灭城火灾"，熊熊火焰吞噬了整个伦敦六分之一的面积，烈火整整嚣张了四天，造成一万多间房屋彻底被毁。也正是这种"以史为鉴"的态度，在过去的一百多年来，特别是二战之后的半个多世纪中，英国政府对于火灾的防备与演习更是成了全民齐动员的"通识培训内容"，几乎每家每户的厨房等地都会备有消防设备，而不定期举行的消防演习更是会让百姓们 24 小时全天候提高警惕，参与演练。

对于雯茜来说，这种演练显然太过突兀与狼狈，只见她凌乱的长发如"贞子"一般遮住了半边脸庞，冷的有点发抖的身体像弹簧般上下晃动。下意识地，雯茜借着路边的灯光斜睨了一下身边同学的打扮，这一看更是让她差点扑哧笑出声来。只见，一两位亚洲女生身穿睡衣很明显是刚回到宿舍正准备卸妆时，碰上这"劳什子"的警报就只能赶忙下来，结果假睫毛只摘掉一只，另一只则完好无损地挂在眼皮上，猛地一看真觉得是"大小眼"再世。最绝的是子淇前面的一位男生，可能是有裸睡的习惯，慌慌张张时也没抓到衣服，结果就直接披了毛毯光脚跑下来，因为这朵"奇葩男"的登场，也让本来相当发窘的雯茜顿时感觉轻松了很多。

那晚的"演习"大概 40 分钟后才宣告结束，公寓外的学生们全都冻得直哆嗦，大家听到"警报解除"后，也没有太多抱怨便依次上楼返回房间，继续先前的美梦。

这就是雯茜迎接正式开学时的一个夜晚，充满了惊吓和喜感的双重味道。也正是那晚的仿真火警演练，让这位来自江西抚州的女孩子正式拉起了自己战场般的留英生活。

第二节

决定去英国留学大约是大四上学期的事情，那时雯茜还是一位有点懵懂的女孩，对于接下来到底是就业、考公务员还是留学，她的心底也没有答案。雯茜有一个习惯，那就是当脑子里"纠结"于一件事时，她不会一个人苦思冥想，而是会及时找几个"姐妹淘"出来共同商量。有人说"你的真实收入或能力其实就是身旁最为亲密的五位好友薪水或智慧的平均值"，在这一点上雯茜是深有感触的。每当"闺蜜聚会"上，几位女生并不会闲聊他人是非、明星八卦或抱怨自己当前的境遇，而是会分别说说最近的心态变化、遭遇的挫折还有对于大四毕业后就业环境的预测。她们都是不甘心一辈子窝在家里的学生，对于从小就十分熟悉的生活环境内心也会眷恋，但面对这个茫茫世界，这些女孩子都想出去看看。即便也会惴惴不安、思前顾后，可是每每提到"留学"这个话题，她们的话匣子就一下子打开，兴致极高地讨论听来或看到的出国资讯，并仔细分析着留学后的利弊与前景。

经过持续多次的"SWOT态势分析"，这几位同样就读于南昌当地各知名高校的女生们一致认为在自己20岁刚出头的年纪还是应该出去看看，至少让困囿了十多年的眼界能够拓宽一些，这样才不会在将来陷入仅仅当"黄脸婆"的浅薄生活。"既然咱们都明白将来肯定是要回国，那就必须找一个既有国际认可的硕士学位又能确保短时间内可以完成学业的国家。"陈敏撂下手中的留学杂志，像下定决心似的将右手拍在封面上。

如果想"学制短"同时学位含金量又要高的话，那就非英国莫属了。作为历史上最负盛名的发达国家，英国坐拥约140所高等院校并且她还是近现代高等教育体制的发源地。正是在英伦这片人才辈出的土地上诞生了英语世界中最为古老的高等学府，更建造了一大批国际上最为顶尖的院校，并为世界各国源源不断地输送着大量优质毕业生。在学制方面，留学英国也能帮来自中国的学生节省时间。英国的本科阶段是三年时间，而硕士阶段则是最短一年就可以顺利毕业。根据该留学生对于未来学业或就业的规划不同，在英国的研究生课程设置上分别有授课型和研究型两种硕士类别供学生选择。一般而言，选择授课型的国际学生大多以就业作为导向，学制为一年至一年半，课程紧凑、实用性强；而选择研究型硕士的学生基本上都是会有后续读博士的计划，该学制为一年半至两年，课程难度较授课型会加大很多且以研究、学术作为钻研方向。对于中国学生而言，大多数申请人均会选择授课型硕士作为攻读首选。

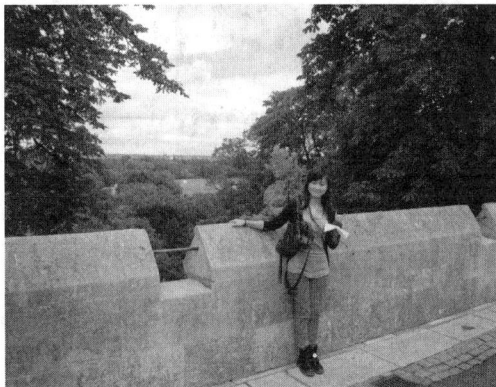

正是有了以上的背景了解，这些资料更加坚定了雯茜打算申请英国高校的决心。虽然本科阶段她就读的是国际贸易专业，但是真到了考雅思时，内心还是会有点紧张。毕竟，倘若要顺利申请到在全英文科类专业排名前十位的高校，雅思的均分必须在 7 分以上且单项分数不低于 6.5 分才有可能进入校方招生办老师的"法眼"。此外，在申请人的"软实力"方面英国的招生老师们也十分看重，例如该名学生是否来自中国"211"或"985"重点院校，他在本科阶段学习时是否有与所申请专业相关的社会活动及成就，另外，申请人本科在校课程成绩的平均分如何[①]，这些都会成为对申请人"软实力"进行衡量的标尺。从全英的高校综合实力来讲，提到"G5 超级精英大学"几乎无人不晓，那就是全球知名的牛津大学、剑桥大学、帝国理工学院、伦敦政治经济学院以及伦敦大学学院。这五所高校承载着英伦 800 多年高等教育的积淀，更是屹立在欧洲大陆上最为耀眼的学术殿堂。对于中国学生而言，想要申请到"G5"队列的高校除却语言成绩要求较高外，对于学生的本科阶段在校成绩平均分更是提出了接近 90 分的高要求，同时它们还需要申请人在所选报的相关专业领域内有自己独到的建树或实践，并能够切实地通过自述及学科计划来综合性地打动招生负责人的"芳心"。

注 ① ：一般不能低于 75 分，而对于排名较好的英国大学则需要该学生本科时平均分不能低于 80 分。

随着近几年申请赴英留学的各国学生持续增多，建议中国的本科学生提前一年做好申请英国大学的准备。根据历年申请截止时间的规律，往往排名越好的大学它们的截止日期越提前，因为申请人数众多，而每年的入学名额有限，所以就会出现招满即止的火爆情况。根据所选学校的不同，很多专业排名靠前的英国高校大概会在当年12月前就停止接受申报，留学生申请英国大学的资料递交高峰大多出现在9月至11月间，而特别顶尖的专业或学校甚至经常出现9月份时就已经截止报名的现象。相比而言，在英国排名较后的大学则会延迟至次年春天甚至初夏才会停止招生[②]。

最终，在经历了雅思考试的测评之后，雯茜拿到了总分7分的成绩单，初步符合可以申请英国排名较好高校的要求，但让她揪心的是雅思口语单项只有6分，距离入学标准仅差0.5分。

"怎么办？如果要再考一次雅思的话，所剩时间就明显不够了。我还要准备其他的申请材料，包括学位及成绩单公证，推荐人遴选，自述信……各种事情需要在一个月左右全部搞定，假如错过各学校的申请时段，明年肯定是赶不上好学校的秋季开学了。"越是浏览英国排名靠前的大学官网，雯茜的心底就越是像是火上浇油般地焦躁起来。正巧这个时候，通过赴英留学的国内QQ群，雯茜偶然结识了同在南昌读书的江西姑娘赵子淇，相似的大学读书经历，相仿的留学抱负让她们很快结成了"姐妹联盟"，打

注②：具体时间节点请登录该学校的官网进行及时更新、查询，由于所申请学校的不同它们的报名截止时间都有较大的差异。

算一同考出去。这天，子淇通过 QQ 视频拿着和雯茜遭遇相似的雅思成绩单给"难姐难妹"鼓劲儿道："我问过我家那位在谢菲尔德读书的表姐了，她说咱们完全可以用这个雅思成绩先递交相关材料，英国的很多学校都有一种'有条件'的预录取方式。只要先去读这个大学开设的语言课程，成绩合格了就可以在当年的秋季正式入学。"正是知道了这个"人性化"的留学方案，雯茜才放开胆量将自己的相关材料通过官网申请渠道发送给了她中意的多所大学。

果然，由于雯茜的本科在校成绩优异，商科类工作实践丰富加上所属母校是江西省唯一的一所"211"重点大学，随后她就收到了在英国商科类排名十分靠前的曼彻斯特大学、巴斯大学以及历史悠久的伯明翰大学等高校的"预录取通知"。其中，曼彻斯特大学和伯明翰大学同属素有"英国常春藤联盟"之称的"罗素大学集团"。该"集团"是由包括牛津、剑桥在内的 24 所英国研究型大学组成的高校联盟，这些大学的综合实力在英国乃至全球都是颇具威望的。不过，在抉择阶段时，雯茜决心抛弃所谓外人眼中"光环性"的名称，而是从自己所选专业，所在城市的人文风貌以及学院底蕴、校友口碑等综合因素进行考量，最终，她和好友子淇都选择了距离伦敦 100 公里的小城巴斯作为接下来一年的留学目的地。

之所以选择英国唯一一座入选世界文化遗产的城市巴斯，除了这座小城本身的英伦风骨外，更重要的是巴斯大学在英国众多高校中，她有 20 个学科位列全英前十名，其中更有包括药理学、商业和管理、建筑与土木工程等 15 个学科被英国官方给予最高评估的"杰出级"，与此同时，雯茜所青睐的巴斯大学管理学院更是在全英排名前四，全球排名前 20 位，加上该学院半个世纪以来丰厚的工商界人脉资源还有排名全英首列的"毕业生就业率"从而在欧洲备受学界推崇。

由于雅思成绩的原因，雯茜和子淇都需要先进入巴斯大学下设的语言课程中进行"英语回炉"，然后等成绩通过后，才可以正式步入到秋季的开学时节。如果只是雅思成绩某一个单项不够6.5分的话，校方会要求申请人在当地参加不少于5周的语言培训，而倘若申请人有两个雅思单项未达标的话，校方更是会提出不少9周的英语学习要求（具体标准因学校而定）。为了赶上9月底的研究生开学季，雯茜和子淇必须在8月初就抵达巴斯并且先行就读为期一个多月的英语课程，待通过主讲老师的考核后才能在9月末正式成为巴斯大学的一名学生。

第三节

就读语言课程的经历十分有趣，由于只是口语部分缺0.5分的微弱差距，雯茜更多是用一种提前适应环境的心态来读书。巴斯城的英文"Bath"和单词"洗澡"一模一样，相传还是公元前43年，罗马大军侵占英国，行军途中就在巴斯小城内发现了温泉，从而取名叫"Bath"，也就是"浴池"的意思。时至今日，如果到巴斯旅行，她最为有名的标志性景观就是"浴室博物馆"，让游人能够感受到罗马帝国时期露天浴池的华美与典雅。巴斯大学作为当地人心中的最高学府建造在城边的山上，每天上下课时学生都可以沿着山坡行走，同时能够将两侧的美景尽收眼帘。

在就读巴斯大学下辖语言班级的短短五周里，老师们为了能够让这批即将入学的留学生可以提前了解大学环境以及巴斯城的人文风情，他们几乎在每周都会举行各式各样的活动来增进国际学生之间以及对于周遭事物的熟知度。不论是风趣幽默的"校园一日游"还是促进同学友谊的"寻宝游戏"，甚至包括带领学生赴周边城市游玩等活动都是免费提供给留学生群体的。这种温暖且善意的安排让雯茜和子淇在还未正式进入巴斯大学的硕士课程时，就已经在心底里为这所"准母校"而感到欣喜了。

巴斯大学的整个校园都是依山顶而建，因而，在校园旁的特定角度还可以俯瞰到整个巴斯古城的风韵与美景。说到巴斯大学最为让师生们引以为傲的建筑物，他们肯定会兴奋地指向这栋由玻璃建造而成的全景观式图书馆，同时，这也是一间英国知名高校里较早实现 24 小时全天候开放的图书场馆，供全体学生随时随地在此学习、查阅资料。以该图书馆为中心，一条东西走向的道路基本上贯穿了整个校园。虽然没有想象中辽阔的校园城概念，但是在这片有着 200 英亩的花园式学术天地里，你能轻易地找到商店、银行、学生餐厅、咖啡店等任何在学习、生活上需要的软硬件配备。

经过了语言课程最后的结业陈述，雯茜和子淇顺利通过了考核并如愿地在巴斯大学注册为正式的录取生。当她们迎着 9 月的晌午阳光，躺在玻璃图书馆前方的大草坪上时，满心的喜悦让周围的一切都显得如此亲切。巴斯大学为了能够全方位解决入学新生在学业和生活上的困惑，特意为每位学生都配备了两位老师，分别负责该名同学在学习以及日常生活和心理上的帮扶。假如你在课程选择、学业疑点等方面有难处，就可以直接电邮给学校先前指派的"学业导师"，由该老师来进行后续解答或排忧解难；而如果你在生活上碰到了难言之隐或是由于学习压力太大从而产生了生活、心态上的失衡，你就可以及时联系另一位"生活导师"，由他来协助你进行生活难题的排查以及心态问题的疏导。其

至于，极个别在校学生因为日常生活不注意，出现了诸如吸毒、堕胎等不良现象，这些心怀负面情绪的同学还可以致电校方设置的"午夜热线"，将内心当中的负罪感、愧疚感告诉接线老师，并由该老师对这名同学进行规劝和心理辅导，以期能够让他们尽早地回归到阳光的常态生活当中来。

如此完备的学生服务工作，加上学校里各处崭新的教室及实验室装备，让置身于巴斯大学的留学生们自发地有一种要奋发努力的精气神。毕竟，只有一年的时间却要把在澳洲、新西兰用两年才能完成的课程攻读完毕，对于像雯茜和子淇这样来自于非英语国家的学生来说并不是一件轻松的事情。由于课程设置的紧凑性，常规而言，一年期的授课型硕士课程要分为三个学期。根据各个学校的规定不同，开学季一般放在当年的9月底或10月初一直读到12月22日前后，圣诞节期间会放约一个月的寒假，紧接着则是春季开学。从1月下旬至4月末就是春季学期，在这个学期之间还有英国人相当看重的"复活节"假期，往往会有约一个月的时间可以让学生稍微休整一番。复活节后，从4月末到6月底就是夏季学期，在6月末的时候基本上硕士阶段的所有课程都将告一段落，在各门考试均成功通过后，就可以在接下来的7月初至9月底进行论文资料准备以及进入到论文撰写、提交的"冲刺过程"。最终，当所交论文通过了院系前后两次的审核之后，那张含金量颇高的巴斯大学硕士学位证书才会稳稳地交到这名毕业生的手中。

既然下定了"早去早回"的留学决心，雯茜就要从9月末入学的第一天开始加足马力不能输于人后。由于本科阶段国际贸易专业的商科背景，因此在留学之前选择

硕士专业时,雯茜打算继续沿着"贸易"与"管理"这两条专业主线进行筛选。最终,她所申请的巴斯大学管理学院中恰好就有"国际管理"专业,这样雯茜正好符合了校方对于国际学生申请该专业时的基本要求,即该名学生必须在本科阶段有国际贸易或其他商科类专业的学习背景。而好友赵子淇因为偏好于"营销方向",因而她则选择了把"市场营销"作为接下来一年的主攻专业。倘若中国国内学生在申请英国大学时如果考虑跨专业的话,一定要先登录该校官网查询此研究生专业的入学要求,是否对于申请人在本科的学业背景有特殊规定。原则上,即便英国的大学会招收跨专业学生,但是,该名申请人的专业跨度不能过于"风马牛不相及",否则将给该大学负责招生的老师留下"不切实际"的印象,进而会怀疑该名学生抵达英国后的实际学习能力和研究潜力。

从上课形式上来看,雯茜所就读的专业也是分为大课和小课两种。所谓"大课"往往是整个专业或相邻专业的必修课,六七十人一间阶梯教室,大家彼此可能并不属于同一个班级但是为了一门相通的课程而走到了一起。课堂上,讲师一般会通过 PPT 的方式呈现自己的主旨内容,同时阐述相关论点。这种以"讲授"为主要手段的课堂主要就是抛出观点,罗列论据,进而告知学生该领域的最新动态以及过往的发展历程。为了能够让学生们在课堂上尽可能多地聆听加思考,而不是为了速记课堂内容只顾拼命写字,任课老师一般都会提前把本次上课的 PPT 邮件发送给学生们,同时还会配上"书单"让学生可以通过资料或文献的阅读提早做好相关知识的储备,以免出现"一问三不知"的常识性内容断裂。此外,在研究生入学时,校方就会为该名学生开通校内网上的个人账户,学生凭借该注册信息就可以在个人账户网页上下载或收听甚至收看该名老师最近的上课内容,以免由于笔记不详造成课堂知识点的缺漏。

另一种更为常见的课堂形式就是所谓的"小课",一个班级大约 20 人左右，而分组讨论及各组陈述就成了雯茜和她的小伙伴们最频繁吃到的"家常便饭"。因为小课的灵活性，加上授课老师一般只是在课堂上负责"穿针引线"的督导角色，从而每次上课的主体活动者都是各个组别的领头人以及接受分项任务的每位小组成员。在第一个学期刚开始的时候，由于还处在大家彼此熟悉的过程中，因而雯茜还是保持了一贯东方人的谦和、客气，结果，这样的"礼让"竟然成了自己小组表现中的软肋，一些气场比较强势的欧洲或美国同学凭借着英语语言的自身优势，加上他们从小就培养了直抒胸臆的表达习惯，这就直接导致了在 8 人一组的讨论中，雯茜以及另一位韩国小妹妹一直插不上话，进而有时候她刚说出自己的见解没两句就被另一位同学毫不客气地打了回去。这样的情境让雯茜觉得内心堵得难受，一种受挫感第一次像蜘蛛一样爬上了后背，一张无形的大网逐渐地把这个姑娘的自尊心给裹挟了起来。

"我该怎么办？再这样下去，肯定是不行的！"对着校园里的湖水，雯茜有些如鲠在喉，不吐不快。这种留学初期十分常见的"文化碰撞"现象一般都会在学业开始阶段频频出现，并且会引发国际学生内心诸多的不适应甚至是抗拒。由于留学生们来自五湖四海，不同的国度自然就有迥异的思维定式以及主体个性，对于从小就接受传统教育方式熏陶的中国学生来讲，我们早已习惯了什么都是授课老师安排好的"舒适学习"氛围。正是这种过于被动学习的环境，让很多同学都会有种类似"惰性思考"的习惯，但凡是重点、难点、考点，老师都会安排好，只要是班级重大事务，都会有班长、副班长、学习委员全盘搞定。加上中国学生一般对于个人观点表达时都会偏向于内敛含蓄、避免争端，甚而有时候连任课老师也误认为太过露出锋芒的学生是很无礼的"叛逆群体"。

"既然来了英国读书，我就已经不是个孩子了！如果还以一个'乖乖女'形象来衡量自己的话，显然在这里是根本行不通的。"雯茜暗想着，眼睛盯着湖面上刚刚游过来的两只鸭子。突然，她想到了在国内时，辅导员曾经在一次班会上说过的话："我们年轻人其实都应该学习游水的鸭子！表面上看，它们似乎毫不费力地在水里移动，充满闲情逸致，但是，假如潜入到水底就会发现鸭子的两只脚掌可是一直都在奋力地来回打水，促使自己的身体可以自由滑行。所以，咱们只有十分努力，你才能看起来毫不费力，这个道理是放之四海而皆准的。"

是呀，著名舞蹈家杨丽萍在回忆事业初期由于坚持自己的练习方法从而遭受上级的不满时，她曾经就说过："只要你足够好，他们（舞蹈团）还是要用你的。"而此时此刻，在巴斯大学的讨论课堂上，之所以那些母语是英语的同学没有给自己太多插嘴的机会，总而言之还是因为先前准备不足，论据论点不够站得住脚，这才使得自己被动沦为了小组发言的"配角"。"只要你足够好"，这句话就如同施了魔法的箴言，牢牢地拴在雯茜的心田，鞭策着这位不甘心言败的江西女孩又一次鼓起勇气，面对小组讨论以及分任务写作的另一轮挑战。

第四节

"雯茜，下次上课的时候建议你不要带笔记本电脑来记录了，这会影响授课老师的心情。"一堂"跨文化管理"的分组讨论课刚刚结束，小组组长威廉就一脸谨慎地对雯茜说，然后指了指她背包里的电脑。"别误会，这个电脑只是用来记笔记的，因为我写字太慢了。"雯茜没有太理解威廉的意思，耸了一下肩膀。"在英国的课堂上，如果学生随身携带笔记本电脑来课堂并在老师讲课期间使用的话，大多数老师都会觉得这个学生没有在认真听课，可能在玩电脑。所以，我们一般都是会拿纸质版的笔记本子上课，以示对老师的尊重。"威廉的这番解释让雯茜恍然大悟，怪不得全班只有她和一位香港来的同学带着电脑，其他同学全都是"清一色"的手写本。老师讲课时，教室里很安静，除了沙沙的写字声外就只剩下这两位同学的键盘敲击声，让人觉得听起来也不太舒服。威廉其实是比雯茜要年长至少 5 岁的"大哥级"人物，他的本职工作是巴斯当地一家国际酒店的项目经理，因为工作需要，才在工作之余来到巴斯大学攻读硕士。由于所学的专业课程与他的工作实际结合较紧，因此威廉一直都很珍惜这份学习机会，在班里也是一位分外努力的英国当地人。

在没有出国之前，雯茜也会受到很多"前置讯息"的影响，比如听说英国人拘谨且带有骄傲的心态，英国年轻人不太上进、不爱读书之类的传言。结果，当她和子淇到了巴斯，最直观的感觉就是英国同龄人都很阳光，他们热爱体育，并且会经常到巴斯大学室内或室外的体育场所参加各类体育项目。其实，早在 2000 年悉尼奥运会上巴斯大学体育队就曾派了 28 名运动员参加那场世界级的比赛，而在该大学校园里的"运动训练村"还被誉为是全英国高校中体育设施及场馆配备最为先进的专业级运动训练中心。更让人兴奋的是，巴斯大学的学生还曾获得过奥运会游泳项目的金牌，这里的游泳馆经常被专业选手当作训练场馆使用。除了英国年轻人身上的朝气与开朗，他们在班级里也是用功读书的典范，特别是在小组讨论课上，雯茜最为赞叹的就是他们的阅读量以及事先资料准备的齐全度，这也又一次地激发了身为中国人的鲁雯茜心底的那份"民族情结"。因为在这个只有 20 人组成的班级里，有来自包括美国、韩国、日本、坦桑尼亚在内 11 个国家的同学们，当你作为一名中国人在全班师生面前做陈述，如果因准备不足或出现纰漏而遭到老师指正时，你会觉得自己在给家乡人脸上抹黑。越是在这种国际范儿的"竞技场"上，雯茜越要用真功夫证明中国学生的能力与智慧，而不能让任何别国的同学低看了来自中国的年轻人的实力。

关于学业的问题上，分数的高低以及课堂表现的好坏确实能够作为别人评判一个学生专业水平的标尺。倘若出现极个别偷懒的同学，他以为可以混在小组里蒙出一个及格成绩的话，那他的"如意算盘"确实是会"聪明反被聪明误"。因为在英国的小组课堂上，同学们都会私下打听小组成员个人的"声誉"，他专业度如何，是不是不学无术，"团队精神"怎样……假如在第一个学期某位"惯于偷懒"的学生被其他同学察觉了，他的名字就会像瘟疫一样瞬间成为大家躲避的对象。到了下个学期的小课上，这位仁兄就会被彻底孤立，没有谁愿意让一个天天"打酱油"的闲人加入到自己的团队里，毕竟，老师留下的小组报告作业量还是相当惊人的。有了小组讨论课前两个月的"挫折期"，随后的雯茜就会做好万全的资料准备，并且会提前把老师发放的书单、文献目录进行先期查找，当肚子里囤积了大量鲜活的案例与论据后，你再到课堂上与组员们讨论时，别人才能看到你身上的"价值"所在，你随之摆出的那些有分量的话才能让别人"听懂"而不只是"听见"。

能够让雯茜在第三个月的课堂上逐渐有"开窍"的感觉，除了自己的拼劲儿之外还要感谢班级里很多位像威廉这样"资深"的同学。在英国的大学课堂上，你能轻易地看到许多年岁早已越过了青葱年华的中年人在积极地学习。雯茜这个以"国际管理"为导向的班级里，很多同学都是当地或临近城市公司的中高级经理或国际团队的带头人，他们有非常深厚的"商

战"经验，为了能够短时间内更好地突破职场"瓶颈"或思维定式，这些成功人士会继续选择进入高校充电，从而让原有的知识体系更新，这样才能更好地与当下的商业环境接轨。当"案例分析"小组讨论开始时，正是这些实战丰富的学哥们登场的时刻，他们对于市场受众的分析，以及通过既往数据对于未来走向的预测往往连授课老师都会赞叹不已。"三人行必有我师"，这句古训放在雯茜的课堂上尤为正确，不管是课堂小组智慧的浓萃还是课后同学聚会上的"头脑风暴"，从这些有着丰富职场历练的前辈身上，雯茜能够感受到一种持续的冲力，正是每天与他们的相处以及校园所提供的优质平台，才让来到巴斯大学的留学生们深深觉得受益匪浅。

雯茜就读的这个专业全年共计 180 个学分，每个学期需要修满 60 个学分。第一学期因为是理论性的知识比较多，更多的概念与论点只需要进行硬性记忆就可以应对授课老师的口试或笔试考核。但是到了第二个学期，8门专业课同时开工，加上大量的实操案例以及数据类分析等事务，这些层层的学业重压就开始让雯茜有了焦头烂额的慌张感，那个时候的"非正常生活"即便到了今天依然让雯茜觉得不敢相信。由于每周都有小组陈述，加上 3000 字的个人课题报告需要经常上交，这个学期成了考验雯茜心智承受力最为"攻坚"的时期。往往是上了一天的课，随便吃点三明治后就回到宿舍，登录邮箱和校内网查看老师布置的课题以及需要撰写的各类报告或论文，然后在本已经密密麻麻的台式日历表上继续划着要上交作业的"最后期限"。这一忙就会熬到凌晨三点，最可怕的是还没有躺下多久，手机闹铃的声音又会把她从梦境里拽出来——必须要 8 点钟起床，并在上午 9 点前赶到学校教室，开始新一天的"征程"。那个时候，雯茜的双肩包里装得最多的就是三件宝——电脑、参考书和硬皮本。

"既然你选择的是一所好大学，那就要按照她的规则来学习。"雯茜拖着注铅般沉重的双腿迈向教学楼时，她又一次把这句话拉出来提醒自己。

"真搞不懂你怎么苦成这样？你爸爸单位王叔叔家的孩子也是在英国留学，怎么他就没有太多事情，还有时间交女朋友。"这是妈妈昨天电话里的嗔怪声，仿佛在暗示是不是自己家的孩子使错了力气，让学习成了受罪。雯茜没有解释太多，在英国有超过140所各类大学，如果只是想优哉游哉地"混"出一张文凭那也是非常容易的事情，但是，既然选择了这所在英国排名这么靠前的好大学，那就肯定要达到她所预期的学业标准，你才会在12个月后领取到有含金量的学位。假若只是所谓在国外溜达一圈就以为代表着喝了洋墨水、镀了层金，在当下网络讯息相当发达的今天是根本没有可能的。中国各个知名企业的招聘人员都会在国家教育部官方网站或其他官方途径进行查实，看该应聘者所持有的国外文凭是否为国家承认，是否属于国外知名大学，这些资讯查找后就能立马判断出这位毕业生到底有没有两把刷子。如果说20世纪的80年代，中国老百姓还没有普遍见识到外面的世界，以为只要是"洋味儿"的就一定高端、大气、上档次，那么到了30多年后的今天，中国大中城市的人们已经逐步不再只是盲目相信"洋名称"，他们信服的是实力、功力还有竞争力。

在研究生的课堂上，学生们的"实力"还是需要通过各类考试来让任课老师进行客观评判。中国的学生常说一句话"考考考，老师的法宝"，对于英国大学的老师们，他们也确实会在学期中以及期末拿出这个"法宝"来当作课堂学习的试金石。对于考试方式而言，大致分为三种，其一就是闭卷笔试，而且有些课目还会设置出期中、期末两次笔试。例如雯茜选修的"国际金融"课程就是分别在学期中间以及结尾处参加了两场有人监考的做题考试；第二种是平时成绩与期末笔试分数"三七开"，平时上课时所提交的报告以及课堂陈述只占到该科目学期总分的30%，另外的70%仍是要靠期末的笔试成绩而定；最为轻松的是第三种，就是同学们比较喜欢的"口试"或"上交报告"，由于这两类形式往往可以事先准备，然后修整妥当后才向老师展示，因此，单独的"口头报告"或是一篇3000字左右的小型文字报告稍微能让学生喘一口气。但是由于它们的频次较密且预留时间有限，因而，当它们像马蜂一样纷纷叮过来时，还是会让人惶惶不可终日。

第五节

英国的物价比起中国国内的话，那还真是会贵出不少，毕竟，按照英镑与人民币之间大约 1:10 的汇率来算的话，在伦敦、伯明翰这样的大城市，一只西瓜约 4 镑、一颗包心菜 1 镑左右，就连一根"和路雪"也要将近 2 镑的价格，以至于在最开始花钱时还是会让我们有点心疼。伦敦作为首都物价自然会高，如果到了巴斯这样的小城，你会稍稍感觉价格能回降一些，但是即便如此，留学英国你难以逃避的仍然是"学费"和"生活费"这两个重头戏。

关于学费，由于不同的大学甚至同所大学的不同专业它们所设定的学费门槛都不尽相同，因而，在英国读一年期硕士的话，文科类课程大概是 8 万至 18 万元人民币一年，而理科类则约是 10 万至 18 万元人民币一年。而假如申请人是选读 MBA 课程的话一般都在 15000 英镑以上（约人民币 15 万元以上），知名学府的 MBA 课程更是在 25000 英镑以上（约人民币 25 万元以上）。而在生活费方面，房租的开销将会成为日常起居中开支最大的一项。由于很多英国的大学为了让海外留学生在大一或一年期硕士阶段不用为找房子而太发愁，它们会特意帮这些留学生活刚刚起步的同学们提供学生宿舍，平均的开销每周是 80 至 100 英镑左右（每月房费约 3200

元至 4000 元人民币）。而雯茜在最开始入住巴斯大学时就是选择的这种 8 位同学一起生活的走廊式宿舍套间，有公用的厨房、洗手间、淋浴房等生活硬件，每位学生会单独拥有一间宿舍房，而且最为贴心的是，校方会提前为进入秋凉的房间备好被褥以供学生使用。不过，因为校园和宿舍区都是在山上，所以，被褥等棉织品会经常有潮湿的体感，而且昼夜温差较大，从这一点上看也算是美中不足吧。

也有部分的学生在住了一段时间宿舍后会主动申请搬到山下的出租公寓里与其他人合租一套房屋。毕竟，一间可供 3 人至 5 人居住的大房子每周房租约 300 至 500 英镑（含水电煤等杂项费用），平摊下来一个人每月的合租开销大约在 3200 元至 4000 元人民币左右，因为各个城市的房租价格均有不同，仔细盘算下来，你会发现反而在外面合租房的费用比住在学校宿舍要划算和舒服得多。因为从第三个学期开始，课业压力明显比第二学期松闲一些，很多留学生为了更好地感受当地人文，他们也会积极想要搬到市区居住，从而更真切地感受英国的地道风情。除了房租每月大约 3500 元人民币的硬性开支外，对于留学生日常的餐饮消费也是需要考虑的。以一位普通中国留学生的饭量和营养需要，平日的牛奶、鸡蛋、水果等消耗全部都囊括在内的话，一个月大概在 3000 元人民币上下。这么合算下来，一位常规的留学生每月需要预先留存下的开支至少需要 6000 元人民币才能说是不会太委屈自己。

为了能够减轻每月的生活费压力，也有很多留学生会在课业不太繁多或是节假日时选择外出打工或在学校内申请做讲师助教等工作岗位。根据英国政府的规定，

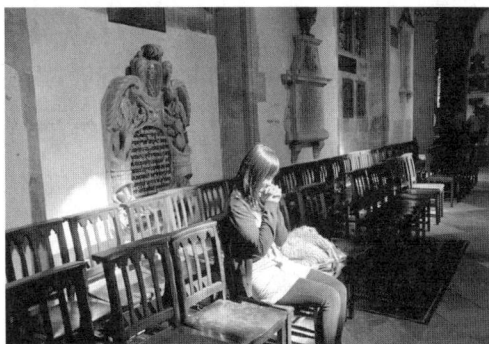

在英留学生每周的打工时长不能超过 20 小时，为了保护雇工的合法权益，从 2014 年 10 月开始英国每小时最低工资标准调升至 6.5 英镑（约 66 元人民币），这对于想要通过打工补贴生活开销的朋友们又是一则利好消息。不过，在英国打工，不论是本地居民还是外来人员一律都需要先行申请自己的"国家保险证号"③，只有通过向英国"Job Center"（就业中心）申请并顺利获得个人的"NI"号码后，才能自由无忧地寻找工作机会。

在求职时，找对"工作信息源"是最先要做的事情。对于留学生来说，学校布告栏上的招聘广告、当地报纸刊登的招工信息以及身边好友的口碑推荐都是很好的求职渠道。因为雯茜的好闺蜜赵子淇家境一般，她从第一个学期开始就找到了学校"学生服务中心"的兼职工作。选择在校内打工不仅仅是因为距离学生宿舍比较近，上下班不折腾，同时校方提供的各工作岗位都会严格恪守英国政府的工资标准，而且工作性质相对稳定牢靠，还能通过工作之余接触到很多校方的公共资源以及校友会人脉，这样在拓宽校园的交际圈以及丰富课余生活上都能凸显出很多裨益。当然，这么好的差事自然申请的候选人就会异常的多，所以，当你获知了这份工作岗位后要第一时间到学校的工作中心进行信息注册，同时校方以及学生组织也会通过它们的官网以及社交媒体平台进行推送，只要你和子淇一样是一位"有心人"，加上在所提供的资料里注明自己的优势以及相关经验，就肯定可以抢占先机，抓住这份"工作学习两不误"的好差事。

倘若你没有子淇这么幸运可以在学校的下设机构工作的话，那还可以通过招聘广告或中介公司转推荐的方式找到自己力所能及的职位。从常规情况来看，留学生在外打工最常见的方式自然是大家熟知的便利店收银员、仓储搬运工或是稍微有点脑力含量的工作，例如中英文双语导游、翻译等。当然，在签署任何合同时，一定要先看清楚主体及附加条款、了解雇主的

注③：在英国称之为"NI Number"，全称为"National Insurance Number"。

背景信息和自己的权责细则，以免签字后却发生尴尬的劳资纠纷或非法解雇等不必要的"插曲"。

第六节

在第三学期前，雯茜说服了同一层宿舍的子淇、加拿大的朵拉还有一位墨西哥女孩阿娜一起在山下的居民区合租了一套公寓房，而雯茜也终于在来英国半年后住上了 16 平方的宽敞卧室。

那天，与雯茜一起合租套间的子淇冲进屋子就直奔浴室，用双手捧水开始猛洗脸。子淇的异常举动自然引发了雯茜的好奇，她跟着来到浴室，询问详情。"真没想到，那个看起来文质彬彬的印度同学竟然会这么夸张地和不太熟的女孩子行'贴面礼'！"子淇用毛巾擦着脸，同时再次狠狠地搓了一下应该是刚才被"亲"过的地方。

和中国同样是文明古国的印度，从传统习俗上讲，确实存在着贴面礼、举手礼、摸脚礼之类的风俗，而且到印度旅行时还是需要遵循他们当地的礼节进行互动。可是，根据子淇的回忆，就在刚才回来住处的路上，她碰到了在同学派对上有过点头之交的在读博士赫里提克。因为是同一个专业的师哥，当他见到子淇顿时面露喜悦的那刻，子淇并没有觉得有什么蹊跷。于是，赫里提克紧接着就佯装兴奋，然后张开双臂要对子淇行"贴面礼"。按理说，这种礼节点到为止即可，可是，这位师哥竟然直接把鼻子和嘴巴一下子紧贴在子淇的面颊上亲吻，并且还做吸气状。这下子可唬到了赵子淇，她长这么大还从来没有经历过这种"问候"的阵势，于是，子淇像弹簧一样从赫里提克的手臂间跳了出来。"你这是干吗？"她的声音有点发颤，脑海里倏地闪现了先前新闻上播报的"性侵案"。"这是我们印度的传统礼节，别介意。"赫里提克坏笑了一下，接着解释："你今天很漂亮，周末如果空的话，我们一起吃个饭……""我还有事，先走了。"子淇打断了面前这位让她发慌的师哥，趔趄着转身逃离这条下山的无人小路。

"吓死我了！"子淇走出浴室，手指还是不由自主地继续摸着脸颊，仿佛上面印着让她反胃的气息。后来也是在一次同学的闲谈中，一位新加坡的同学告诉雯茜，其实印度的男子大多都十分欣赏中国女生身上的婉约美感，他们觉得这种娉婷的身姿以及充满东方韵味的气质会毫无悬念地打动印度男性的内心。正是因为这个缘故吧，子淇才会在那天下午的路上遭遇了印度男生所谓的"情不自禁"，即便那种"贴面礼"符合印度当地人的习惯，但是在英国，当大家都是留学生身份的时候，子淇还是不能接受这种有点"占便宜"的问候和示好。从那次之后，雯茜也受到了子淇的言语影响，开始逐渐不敢单独和印度男生约会。其实，出门在外，年轻人懂得保护自己，有"提防外人之心"的意识，这一点不论在哪里都是对的。不过，这段小插曲到了后来毕业之际，雯茜再次回忆时就发觉"无谓的担心"反而会破坏了自己原本打算"国际化心态"的计划，任何过分的偏见或偏执都会妨碍我们客观认识世界的途径。只要做好"自我防护"，避免不必要的伤害，对于留学生来说，放下误解、积极交友，这才是校园生活中体验多元化的最好方式。

关于留学生的爱情故事，太多的小说、偶像剧中

已经把痴男怨女的异国爱恋演绎得相当到位了。而在雯茜眼中，现实版的男女故事要远远比"不食烟火"的虚构浪漫来的真实。作为经济发达的欧洲国家，英伦长久以来就是各界精英人士寻求机遇的乐土，由于英国的移民政策一直趋紧，因而它并不像加拿大、澳洲、新西兰等"移民国家"那样大量的吸收外来技术移民或投资类移民。如果是欧盟的居民，想要申请定居英国还是比较便利的，但假若是非欧盟区的留学生想要毕业后通过取得"绿卡"继续留居的话，最为现实的方式就是以投资移民或是与英国籍人士结婚的方式逐步实现"永居"的目标。并不是每个人家里都能一下子拿出至少 1000 万人民币的巨资投入到英国的创业大军里，而倘若一个外国留学生真要"处心积虑"地留在英国不走，那么他们则会从读书第一天开始就满腹心机地想要和英国本地人搭讪。而这类"以绿卡为目的"的"寻爱族"往往是雯茜心里最为不齿的同龄人。

中国姑娘小贾就是这群"寻爱族"中的一员，她从第一学期就主动在当地的网络交友平台上登记信息并贴出多张照片，而且只要有巴斯或是临近城市举办的"华人相亲会"就总能看到她娇小的身影。小贾的想法很简单，既然出来了就不想回去，她要通过婚姻的方式实现自己生活质的飞跃。每次，当在年轻人常去的酒吧或健身房碰到小贾时，雯茜都有一种哭笑不得的感觉。只见不远处的小贾身穿吊带衫，脸上涂着厚厚的各色彩妆，她用不太流利的英文半半截截地和身边的白人男生闲聊，偶尔一些英文句子实在不会表达，小贾就开始手舞足蹈地做着动作或表演起来，以便对方能够明白她要说的故事，结果，小贾越是手脚并用地"解释"，那位男生就越是一脸茫然，雾水涟涟。

就这样，在第一个学期，执着的小贾先后交往了三位男生全都无疾而终，这姑娘倒也坚强，每每分手上演她也不哭闹，只会跑回宿舍"闭关一宿"，翌日依然笑容满面地迎向下一位潜在的"英伦金龟婿"。时间对任何人都是公平的，假如将大把的好时光浪掷在无谓的"异国恋情"上，那么这位"寻爱"的姑娘必然就没有太多心思惦记在学业上，而英国的知名高校素来以学习表现和成绩高下来初步评判一位学生是否有继续深造的能力。这么一来，小贾到了第二学期时竟然同时有三门课没有过关，而且校方不允许她补考，必须重修。所有的研究生从入学的第一天就清楚地明白如果"挂科"则意味着什么，而且假若到了第三个学期末需要修满的学分依旧不够的话，这位临近"冲刺"的毕业生可能连写大论文的资格都没有，那就更别奢谈"毕业"二字了。

这位把学习当"副业"的小贾同学没有出现在第三学期的课堂上，据说她申请转校去了别的城市继续读书，当然，也可能是继续"专注"于她的漫漫寻爱路。不论怎样，小贾的身影从此就在雯茜的视线中，彻底消失了，仿佛她从未真正地存在过一样。

第七节

6月中旬的时候，巴斯城已经吐露出初夏的明媚。就在这个时节，雯茜终于如愿通过了全部科目的考试，具备了规划毕业论文的资格。在此之前，雯茜用英文撰写的课堂报告或小篇幅论文大多都不超过4000字，而这次的"大论文"则需要15000字左右的长度，此外还需要逻辑缜密、有理有据、符合导师的研究重点。由于雯茜的硕士方向是"国际管理"，那么这个专业的论文就要求用历史数据、原始调研素材以及横向纵向对比结果来说话，加上研究中常用的定量分析、模型筛选等手段，更是让这位曾经以"文艺小清新"著称的"文青姑娘"刹那转身为"理智型商业女魔头"。

即便不喜欢这种略显单调的研究方式,但是,面对毕业的关键时刻你只能迎头赶上。为了能够研读足够多的文献以及专业书籍,雯茜更加频繁地来往于巴斯大学那幢著名的地标性图书馆。步入到这栋建筑物里,一下子整个人就会静穆许多。虽然整个场馆提供了超过800个自习位子,但是在"黄金时间段"稍稍晚去一会儿,你就很难找到空出的席位让自己能够见缝插针。特别是临近期中或期末考试前,不论大厅还是楼上楼下一定会天天人流不息,桌椅板凳更是"一席难求"。就算每日的人流量这么庞大,当阅读者在桌前坐定,你几乎听不到任何说话声、手机声,唯一恒定的声音就是浅浅的翻书声以及窸窣的写字声。虽然这是一间"永不灭灯"的图书馆,但是校方为了保证馆内的卫生整洁,阅览席位上除了瓶装水之外,其他任何食物都是禁止入内的。很多勤奋的学生只能先在图书馆外解决好吃饭的问题后,再继续埋头推开资料的"城邦"。

熟悉中国国内大学图书馆的朋友肯定马上会想到"占位"的法子,以为用一本书或一瓶水就能霸占某个"黄金宝座"一整天,即便本尊不出现,那个座位还是会稳稳地守在原处静候主人。不过这种被中国同学视为"常规"的现象在英国的图书馆是行不通的,没有谁可以有这般"特权"地长久把持一个空位子。只有学生本人在场,这个位子才能供他所用,一旦长时间离席不回,后来的同学就有权利继续使用该空置的公共位子。这样看来,习惯起早"占座"的朋友们,在英国恐怕要水土不服了。

在这栋藏书量和期刊收藏量超过50万册的大学图书馆里,雯茜度过了将近三个月难忘的"奋读"时光。由于毕业论文的高标准,她在读了100多份文献以及近20本专业书籍后才初步完成了论文大纲以及主旨定位。即便有时候因为人流高峰期,学生太多而无法抢到自习位子,雯茜就会先在图书馆内的任何一个角落随意坐下等候,一边看书一边还可以通过覆盖整幢大楼的无线网络信号便捷地使用平板电脑或智能手机登录网页，查找相关的电子资料。

这段时间，子淇也和雯茜一样进入到漫无边际的资料研读和论文初拟阶段。由于英国的纸质书籍定价也是贵的吓人，动不动几百元人民币就不见了，因而子淇更多的就是去图书馆和其他潜在的"借书人"同抢一本热门参考书。很多时候，子淇都是败兴而归——要借的那本书被人捷足先登了。没办法，只有通过电子版的资料先行查阅起来。毕竟，用电脑屏读资料还是不如纸质书籍来的自在，就在那短短的一个多月，由于子淇每天超过七个小时死死盯着电脑看，终于把自己"虐待"得浑身出现问题。原本400度的近视眼被逼成短暂性视力下降，原本不存在的颈椎问题在那时候也开始引发偏头痛和右手窜麻。那段时间，当雯茜在公共厨房准备早餐时，就会碰到熬夜一宿出来找东西吃的子淇。而从她木讷的表情就可以猜测出，这姑娘最近论文进展不顺，又遇到了导师提出的种种不满。

如果说在中国国内读本科阶段时，毕业论文还会有导师悉心叮嘱，定期照顾的话，那么在英国撰写硕士论文时，作为学生的我们就必须主动去联络导师，通过电子邮件的方式预约这位教授的时间，然后准时前往指定地点当面讨教所写论文的难点以及最近遇到的写作"瓶颈"。同时你还要特别留意导师对于这篇论文的评价和修改意见，因为他的观点和点评将直接影响到这篇"成果"至少一半的命运。英国的大学都是秉持着"宽进严出"的欧美范儿学术作风，因而，并不会所有的论文都能顺遂地通过审核。近些年来，有些留学生以为可以通过网络下载多篇论文，然后以拼接的方式"凑"出一篇作品的做法在英国名校是根本行不通的。倘若真有同学敢以身试法的话，一旦被发现，等待他的将会是勒令退学、取消学位等严酷结局。

经过两个半月的"非常规打拼"，结束论文撰写和校订的雯茜终于郑重地把完稿交给了指定导师。根据校方规定，硕士论文为了保证它的学术客观性以及评价的公正性，前后需要进行两轮审核，两次通过后，才会最终知晓这篇论文的评判结果[④]。

每一分努力的背后不见得都能收获回报的果实，可是，每一份回报的背后一定都深埋着曾经的万般努力。当教堂的穹顶上空响起"Wenqian Lu"的名字时，她知道，过往的所有心酸与挫折都是值得的。毕业典礼是在山下的一间哥特式教堂里举办，由于部分的留学生已经先期回国，并不是所有的毕业生都参加了这场学业的"告别会"。子淇的爸爸早前在家乡突发脑梗，她交了论文便飞回国内，因而，在这么重要的日子里，子淇也没能出席那天的典礼。和所有毕业生一样，雯茜在典礼上也是身穿硕士袍，头戴硕士帽，略露拘谨地迈上讲台与巴斯大学的校长握手，然后从系主任的手中领取了那份沉甸甸的学位证书。

站在她和子淇都很熟悉的图书馆前，雯茜用手机的自拍功能照了张夕阳余晖下自己与图书馆的合影。在通过网络发送给子淇的时候，雯茜写道："还记得一年前咱们俩刚到巴斯的情景吗？那个时候，你告诉我一定要在毕业时和这座图书馆合影留念，因为你太爱这里的一切了。虽然今天毕业典礼，你没能出现，但是，我帮你实现这个小小心愿吧。你要继续坚强喔！"不一会儿，子淇回复道："没想到夕阳下的校园也这么好看。下回，咱们一起再重返巴斯，把今天所有的小缺憾全都补上。等你，回国！"

注④：根据所读英国高校的不同，部分大学在硕士毕业前会设有"论文答辩环节"，而有些大学只需要通过论文审核即可获得硕士学位。

尾声

　　随着英国"PSW 签证"（全名为"Post Study Work"）的正式取消，对于大多数留学生来说，当前想要毕业后继续留在英国工作的可能性已越来越窄。"PSW"签证当初设立的意图其实是英国政府针对获颁学士或硕士学位的应届外国留学生予以工作签证的"特惠政策"，用来让有志留在英国工作的国际学生可以找到适合自己的工作岗位，从而为留英发展创造机会与条件。不过，当"PSW"签证政策实施了一段时间后，英国政府发现部分国际学生留下来后，他们并没有明确的目的性和方向性来找到自己的职场之路，反而给英国社会的就业市场造成了一定的压力。因此，英国政府就在随后取消了该项签证。原则上，英国只是缩紧了应届国际毕业生的就业规模，但是并没有完全锁死"毕业留英"的路径。

　　目前，英国政府已经细化了关于留学生毕业后留英的规则，并提出了"T2 签证"。要想申请该签证的学生必须在从英国高校毕业后的半年内找到一份年薪 2 万英镑（约合人民币 20 万元）的工作岗位，并且这份工作必须是由英国边境管理署所认可的担保机构提供的职位。这样的一个新政策就需要提醒在留学时打算毕业留英的朋友一定得有"未雨绸缪"的就业意识。按照惯性思维，很多中国朋友都是到了临毕业时才想到要去招聘网站查询或关注各企业的岗位空缺，而那个时候因为只剩短短两三个月的时间，加上还要应对繁重的论文写作，你根本无暇顾及各个公司的面试以及轮番的实习。

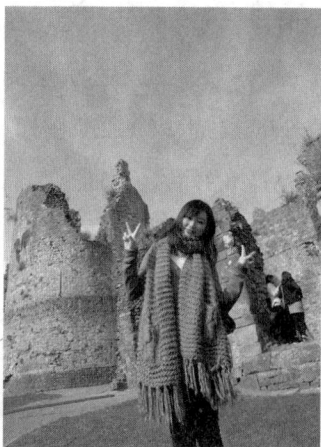

因此，倘若你的目标就是留在英国先工作几年积攒经验的话，那么从踏上英伦土地的第一天开始，就要做好"就业导向"的计划和准备。英国本土的很多大型公司都会提前一年把类似"管理培训生"的招聘岗位公布于众，只要是符合应聘条件，你都可以发送简历前去尝试。这样一来，用将近一年的时间详细计划，步步为"赢"总要好过临毕业前的百般忙活，顾此失彼。当然，你在选择公司前一定要通过相关途径了解这家单位的资质以及所提供的年薪是否符合"T2 签证"政策所列出的标准，以免到了录取后才发觉不符合要求，反而一场空欢喜，徒留一身愁。

对于雯茜来说，她当初之所以选择赴英国留学就是希望能够"早去早回"，因而，当她获得了巴斯大学的硕士学位后，没有停留太久，就选择返回中国。由于她出众的沟通技能加上曾经在英国有相关的短期工作经验，雯茜顺利地被一家英国公司录取，成了该公司驻中国分部的咨询顾问。每天，一身职业装出入于上海最为高端的写字楼宇，她也读过"杜拉拉"也看过"穿PRADA 的女魔头"，但是果真让自己沉潜于繁忙的白领生活，雯茜仍是觉得，现实比文学更骨干，社会比电影更丰满。任何一条路，其实都通向远方，没有人可以简单地通过只言片语就断定哪种生活定是"范本"。

此刻的雯茜，端起一杯 espresso 意式咖啡，透过 52 层的办公楼玻璃窗眺望着"魔都"上海的车流楼影。在这片有着近 2400 万常住人口的超大型城市里，每天都会上演着各式的竞争、叫嚣，可是，只要内心备足"定力"，即便外面再多吵闹，依然会有煦风为你而来。青春似花，粲如盛莲。当机遇在门前驻足敲门，我们早已收拾妥当整装待发，就让内心暗暗倒数"三、二、一"，然后满心欢喜地来接应这"实现真我"的跃动时刻吧。

•鲁雯茜：关于留学英国的小贴士•

出国之前，作为一个女孩子，我也是有各种各样的担心，可是回国后仔细盘点一下先前的那些"顾虑"，其实都是杯弓蛇影，自己吓自己。所以，对于即将要踏出国门的朋友，我真心地想说，让自己放空成一个"婴儿"吧，越是简装出行，你最后收获的才会越多。

在临出国的时候，我建议大家可以印一些2寸的证件照片（签证照）带在身边（一般是白底），当你到了英国境内在申请类似像交通优惠卡这样的特惠凭证时会派上用场。比如当时，我们刚到英国买火车票时，只要你在26岁以下，提供护照以及签证、照片就可以办理。那张优惠卡基本上我坐两次从巴斯到其他城市的往返车次就值回票价了，相当合算。

随着英国内政部出台了关于留学生签证的新规，对于申请"第四层级"学生签证的人士有可能被抽查面试，即俗称的"面签"（其中包括针对16岁及以上的普通学生签证，还有针对4岁至17岁的儿童学生签证）。对于该类面试，主要是英国政府为了完善学生签证流程的规范性，从而更好地保护有明确求学意向的留学生能够顺利而安全地赴英国实现留学梦想。只要你递交的材料全部属实，面试时放松心态，按照自己的真实情况进行回答就行了。一般情况下10分钟以内就可以完成全部面试，各位雅思已经通过6分以上的朋友们基本在语言方面无需有任何担心。

第六站／澳洲篇

晴空下的 "乡愁"

在澳洲的星空下，许多异国来的年轻人都怀抱着自己的心愿。他们留学，他们工作，在合适的时间，他们也愿意选择移居，从而在大洋洲的暖风中重新扬起冲刺的劲头。上天是一名出色的编剧，它总能在不经意间把冲突、转折的桥段丢给主角，然后躲在一旁，静看我们的表现。既然走到了"剧情"的拐角，那就继续全心投入吧，要相信，但凡发生的，必有它的道理与玄机。

给**理想**加点**糖** 留学，
你有更多选择

第一节

11月的周五午后，气温26摄氏度，他随意地斜躺在黄金海岸的沙滩上，手掌里虽然摊着一本正在读的小说，而心思却总是无法集中到书里的内容。他紧皱着眉头，凝视远方，偶尔有海鸥飞到跟前晃悠，他已经没有心思再把背包里的面包揉成碎片喂给它们。和游人熙攘的 SURFERS PARADISE（冲浪者天堂）比起来，这个经常来沙滩边喂海鸥、等晚霞的中国男生显然更喜欢 BROAD BEACH（宽滩）的安静与悠然。远处灿黄色的沙滩上，零星躺着几个享受阳光抚摸的泳装美女，濒临海滩的水域里，两三个脚踏冲浪板的男子正在娴熟地穿过海浪，保持身体的平衡与腰肢的协调，如同踩在丝绸上一般，轻松地由远而近返回滩边。

他是杜彬，来自中国长春，初中毕业后就选择了来澳大利亚的昆士兰州留学。随后，几乎他所有最为美好的青春记忆都与澳洲这片大洋洲的土地严丝合缝地粘连在一起。从高一开始一直到如今的硕士毕业，整整八年的时光足以让杜彬觉得澳洲就是自己的第二故乡。而事实上，在杜彬的心里，他始终也是这么坚信的。

可是周五上午的雅思成绩，让他想进一步融入澳洲这个国度的计划彻底击碎了。"听力8分，阅读8.5分，写作7.5分，口语8.5分，总分8分。"虽然雅思成绩的总分有8分，但是想要达到那年硕士毕业某些特定职业技术移民的分数，杜彬的四门单项分都不能低于8分。小小的0.5分第二次无情地将他努力了一年多的移民规划瞬间打垮，而这个下午最让杜彬纠结的是，到底要走还是留？如果想继续留在澳洲，那就只有先顺利拿到PR（永久居住权，俗称"澳洲绿卡"），接下来的生活与发展才有归属。而倘若放弃澳洲这八年来积累的一切，选择回国，他的优势是什么，什么样的工作才不会使自己成为第二批尴尬的"海待"呢？

杜彬陷入了两难，而这样的窘境如同一条隧道，将思绪逆流回溯，仿佛八年前的时光又历历在目，而这横贯了自己青春期、成长期的求学记忆，恰好组合成了杜彬最为波折的八年他乡梦。

第二节

"妈，我有个想法不知道行不行，中考之后，要不我去国外上高中吧？"15岁的杜彬在餐桌上怯怯地问正在盛饭的妈妈。她是当之无愧的"一家之主"，记得还是杜彬8岁的时候，全家人在妈妈的张罗下在长春市的中心城区成立了一家颇具规模的汽车配件零售批发商店。因为这家店的货源渠道好，加上爸爸妈妈在当地十多年的人脉信誉，家里的生活在杜彬上初一开始有了"非一般的变化"。与一般家境殷实的孩子不同，小杜彬一直对外界的诱惑以及不良的生活品行处于"绝缘"状态。一方面是因为爸妈的家教向来很严，另一方面就是小杜彬生活的圈子里每年圣诞节或春节，那些定居海外的远方亲戚或他们的孩子们都会回长春看望爷爷奶奶。每次在和他们聊天的过程中，杜彬都诧异地发现，原来和电视上说的一样，国外的学生真的不会为了学习而学习，更不会因为班里面某一次排名退步或考试不及格就觉得那是天大的"罪过"。

他清楚地记得，初三上学期，因为一次摸底考试发挥失常，班主任老师竟然当着全班同学们的面，用略带夸张的语调戏谑道："杜彬，就凭你这语文成绩，明年中考你能考上长春的市重点，我的姓给你倒着写！"杜彬当时心里明白，老师的这句话很显然也是在泄愤。这愤怒来的很容易理解，因为他当时就读的初中是全长春市排名第一的中学，

各个班主任老师的升学压力都莫大无比，从校长到家长，都期待着重点班能出成绩、冒高分，只有这样，班主任在这所学校的声誉、仕途还有奖金才有更多的盼头。而眼瞅着杜彬下滑的成绩像下行抛物线一样急人，班主任对他开始失去信心，就仿佛原本的一只"潜力股"突然变得不争气了，让老师灰心。

说到杜彬的正义感，其实更是杜彬父母言传身教的潜移默化。家里的汽车配件生意之所以能够在短短一两年间迅速壮大，也是因为爸爸妈妈始终相信只有真心实干才能让生意一传十，十传百，让回头客成为长期的合作伙伴。随着杜彬爸爸妈妈交际圈的不断扩大，2003年左右正是国内留学潮从大学生向初高中生等低龄化人群转移的时期，所以，当妈妈听到杜彬提到"去国外读高中"时，她并没有十分惊讶，甚至在某种程度上也暗合了她和杜彬爸爸曾经的一番商量。

既然家里条件允许，同时孩子的留学目的很直接，就是想摒除掉"为考试而学习"的应试弊病，杜彬的父母在孩子中考结束后，很快通过中介公司联系到青岛的一家语言学校，同时，澳洲布里斯班知名国际学校约翰·保禄的校长来到青岛面试国际学生，经过一番笔试和口试，杜彬顺利地被这所学校录取。这份录取函也正式开启了他与澳洲布里斯班长达8年的不解

之缘。

还记得从长春龙嘉机场的安检大门通过时，杜彬无意间回头张望送行的爸爸妈妈，他明显看到一贯以"女强人"自居的妈妈在偷偷用手掌抹眼泪，而爸爸还在朝着逐渐远离的儿子挥手并不停做着"到了打电话"的手势。这是 15 年来杜彬第一次远行，而这场旅途的目的地是在万里之外的澳大利亚。由于没有从长春直达布里斯班的国际航线，杜彬需要先从长春飞往广州白云机场，然后再转机前往布里斯班。经过前后 20 多个小时的折腾，还是初中毕业生的他一个人顺利抵达了即将开启全新生活的昆士兰。

第三节

一般国内的未成年人出国留学，有经验的人都会建议将孩子们寄居在当地人家庭里。一方面是出于语言环境的浸染的考虑，更重要的是，学生可以通过寄宿家庭的生活方式更快融入当地人的生活习惯以及文化氛围中来。当然，不论何时何地，只要身处国外，我们都必须要有一种"对自己负责"的态度来面对每日的生活。因为，在抵达国外的第一天起，你将失去父母或家人的庇佑，没有关系网帮你摆平一切，甚至连生病的时候，如果只是小病，即便你到了药房想买抗生素，除非有医生处方，否则绝对不会有任何药店敢随便卖处方类药品给你。

关于"有话直说"这种生活态度，杜彬在到达布里斯班的第一周就有着切身的感受。比如在国内，如果你去朋友家做客吃饭，吃完第一碗饭后，朋友的家人会热情地抢过你的饭碗帮客人加第二碗饭。而在寄宿家庭第一个晚上吃欢迎宴的时候，当饥肠辘辘的杜彬三两下吃完第一盘意大利面时，家里的玛利亚妈妈微笑着问："要不要再吃点？"按照中国人在礼节上需要表现客气一下的习惯，杜彬自然而然地说："不用了。"结果，玛利亚妈妈就没有再第二次询问，直接把剩下的面条收回厨房，留下汤姆爸爸在餐桌边继续和杜彬有一搭没一搭地闲聊着他在中国的旅游见闻。

那一晚的饥饿记忆真是深刻呵，一个十五六岁正是发育期的壮小伙，本来航程途中就没有吃过一顿正经饭菜，可是因为一句客气的"不用了"，结果外国人就真的相信你是"不用再吃了"。他们的思维习惯果然是传说中的"直肠子"——有啥说啥，从不曲里拐弯让人费解。

青春期正是每个青少年生活观、价值观形成的"黄金时段"，这里说到的"价值观"可不是那些为了迎合所谓主流思想而标榜的口号，在西方社会里，一个人价值观的树立将会极其重要地决定着这个个体将会把什么看作是最重要的标尺及底线。即便当危机或选择发生时，他知道什么是对的，什么是符合自己的价值取向。因为在国外，那些以"契约精神"为主流价值的社会里，每个人都是独立的个体，他们必须要为自己的行为和决定负全责。这就是为什么我们在国内会看到很多诸如"西方父母在孩子成人或就业后不再负担其相关花销"等看似有点冷酷无情的做法。当然，有这些做法的前提是，欧美及澳新等发达国家的高校基本上都会为录取的学生申请人发放学费贷款以及其他福利或奖学金，用于支持他们在学校就读期间的大部分学习费用。

如果说到澳洲和中国有什么特别相似之处的话，那就是他们同样也很看重"NETWORK"（人脉关系）。在中国这样的"熟人社会"里，对人脉线、关系圈这样的名词屡见不鲜，有熟人好办事也成了很多中国人笑而不宣的"共识"之一。而在地广人稀的澳洲，人脉关系也同样十分重要。有了好

的交际圈，你就有了当地的朋友圈基础，接下来的生活融入才能更加的理所应当。

第一次让杜彬感受到人脉关系的重要性是在约翰·保禄就读 11 年级时[①]的一场募捐演讲会上。当时，在这所学校读书的中国高中生本来就很少，平日里，能够打交道的朋友基本上都是澳洲本地的学生，同时还有来自美国、加拿大等国的小留学生。即便有亚裔的同学，他们也基本上都是比较不太活跃的群体，要么安心读书不管窗外事，要么就是不敢放下自己的矜持接近当地同学，只愿意在自己的小圈子里晃来晃去。

那年，学校需要为世界宣明会（World Vision）举办一场募捐活动，并想邀请一位非澳洲学生代表国际留学生进行募捐的演说。当学生们都在你看我、我看你犹豫时，杜彬主动请缨，愿意尝试这个演讲。经过三天的准备，加上杜彬从高一开始就热情而真诚地与很多班级同学交朋友从而积累了丰富的人际资源，那场演说后，杜彬受到了全校同学的认可。也正是这份肯定让杜彬随后顺利高票当选高三的学生会主席，成为校方历史上第一位担任该学生会要职的中国留学生。

回忆起能高票当选的事情，杜彬说："我从来没有用不道德的手段或是送东西贿赂的方式去买通同学的关系，这在澳洲的学校里也是绝对不可能发生的事情。因为所有人都有自己的投票权，正所谓群众的眼睛是雪亮的，他们选出来的学生会干部必须扎扎实实为学生群体服务，这些主席、干事可不是一些摆设，他们是真需要有两把刷子才能在这个国际化的群体里赢

注①：相当于中国国内的高中二年级。

得别人对你的尊重和认可。"

凭借着在第12年级时出色的OP成绩[2]，再加上澳州对于在校的学生会干部等有额外的升学优待，这就使得杜彬的澳洲高考成绩顺利达到了世界知名学府悉尼大学、昆士兰大学的录取要求。在经过一番的选择和斟酌后，杜彬选择了给予他奖学金的澳洲邦德大学（Bond University）。

很多人在听到这个选择后都会迷惑不解，为什么杜彬放着世界排名前100位的悉尼大学不去读，反而选取了一所在中国国内不太被人所熟知的邦德大学呢？其实，在澳大利亚，除却国人在留学时热衷报读的"八大名校"之外[3]，在澳洲当地更会看重所报读专业在本国内的排名及声誉。杜彬所选择的邦德大学（学校官网：www.bond.edu.au）一直被誉为是"南半球的哈佛"，在澳洲能够提供本国大学综合等级及评分排名的《最佳大学指南》中，邦德大学曾经在高校就业率、毕业生竞争力、教学质量排名等八个项目的评估中均获得了全澳洲各大学排行的第一名，该所大学也是澳洲为数不多能够获得八个"五星级"评估的大学。在专业选择上，杜彬没有纠结，直接报读了这间大学的法学院。之所以选择法律专业一则是由于邦德大学曾连续九年被澳洲联邦政府教育部评选为全澳法律课程教学质量第一名，再则是因为杜彬自己从高中在澳洲读书开始就对法律领域有着不可名状的喜欢和痴迷，就连在网上看香港TVB《一号法庭》之类的刑侦剧集都会让他对于律师这份满溢着正义感的职业充满了期待。

注②：Overall Position，OP是澳洲昆士兰州对于高中毕业生考大学时所用的一个成绩数值。OP共有25个等级，OP1最高，OP25最低，每所澳洲大学各个专业录取时所需要的OP成绩是不同的。

注③：素有"澳洲常春藤盟校"的八大名校分别是：澳大利亚国立大学、悉尼大学、墨尔本大学、莫纳什大学、昆士兰大学、新南威尔士大学、西澳大学以及阿德雷德大学。

第四节

　　有时候，经验就是一笔无形的财富，假若你早点明晰内心所愿，则会让自己少走很多弯路。杜彬屡屡回首往事，总是对自己当年在澳洲少不更事、缺少规划懊恼不已。对于这个从高中阶段就在澳洲留学的国际学生来说，如果在上本科的时候就决定"移民"的话，那就应该尽早地通过移民局网站以及前辈或学长的经验来多给自己指导、指路，千万不能想当然。其实，早在杜彬报读邦德大学本科之初就可以选择两年毕业的热门专业，然后就能直接申请移民手续了。因为在澳洲，基本上先前提到的"八大"知名学府的本科学制大多是三至四年毕业，而邦德大学是澳洲少数几家采取"美式学制"的综合类大学，有些专业比如会计等只需要两年就能拿到本科学位，毕业后，只需要符合一定的移民条件，就能顺利申请移民。当前，随着中国国内抱着"留学加移民"双重考量的家长和留学生逐渐增多，澳洲两年学制的本科课程也日益成了留学方向的另一个"香饽饽"。

　　选择邦德大学对于杜彬来说是一个两全其美的做法。校方对于杜彬高中阶段的个人学业背景以及学科成绩十分满意，当即就同意发给他数额不菲的奖学金。同时，在专业方面，校方老师也建议杜彬可以选取"法律加商业"的双专业方向。在澳洲，邦德大学的法学院和商学院都是澳洲知名的。同时，法律专业如果可以和商科做一个结合，在就业时更容易受到以贸易为主导的大型跨国公司的青睐。更何况，如果在澳洲其他公立院校读"法律加商业"的双专业需要六年的时间，就连在澳洲十分热门的医学专业，在一般大学需要读七年才可以获得本科学位，而在邦德大学则可以缩短到五年半的时间。邦德大学一年有三个学期（分别在每年的 1 月、5 月及 9 月开学），因而，这让杜彬的双专业在四年里顺利毕业成为可能。正是由于邦德大学灵活的学制，紧凑的学位攻读时长，也使得它的校园里最近几年涌入了不少中国学生。

不过，留学本身就是精力和财力的双重考验。现在回想起来，杜彬还是觉得邦德这所私立大学的学费很昂贵，毕竟，在全球的私立高校学费总额当中，邦德大学都算是全球排名"前六贵"的知名学府。一般情况下，澳洲的知名公立大学的本科学费根据文科、理科的不同每年大致在22000元澳币至28000元澳币不等，约合人民币12万到15万。而在邦德大学，如果没有奖学金的话，一年（三个学期）的学费大概在人民币25万至28万元。可想而知，杜彬的四年本科，单单学费总额就高达100多万元，相当于家乡长春市郊一套房产的价格了。

当杜彬把这个决定通过越洋电话告诉国内的爸妈时，妈妈十分同意儿子的这个选择。良好的大学口碑，排名澳洲前列的优势专业，不错的就业前景，这一切都让善于经商的妈妈感觉到骄傲和满意。除去校方提供的优厚奖学金外，家里仍需要在四年里承担数十万元的生活费和其他费用。妈妈知道后毫不犹豫地把家里还处于低点的股票亏本赎回，没过几天杜彬的澳新银行账户上妈妈就打来了第一年所需支付的相关费用。

即便从小杜彬在家里并没有因为经济原因受到过太多的委屈，但父母对于孩子的管教一直是十分严厉的。他们从来不会纵容杜彬的骄奢之心，更不会用溺爱的方式让一个孩子简单干净的内心沾染了太多成人世界的权钱利益。在家庭教育上，杜彬一直很感谢爸爸妈妈对于自己从小的正向引导。当后来他抵达澳洲，看到一些中国国内的"富二代"们陆续出现在校园周遭时，杜彬能明显感觉

到自己和他们不是一个圈子的同路人。

在杜彬看来，国内来的部分有背景但成绩较弱的留学生可能会归入两个境地，一种是英语程度不好，听不懂说不出来，同时性格偏腼腆的中国学生，他们最终会自己组成一个小圈子，平日里就只和这几个人来往，读着当地的语言学校，慢慢悠悠地混着这看似到不了尽头的无聊日子；另一小部分富家留学生则是胆大活泼的，即便英语不好他们也不怕丢人，于是就和当地的一些纨绔子弟混在一起，开豪车，参加各种"狂欢派对"，过这种烧钱的游乐生活。而对于像杜彬这样来自于国内中产家庭，并且受过良好家庭引导的留学生，他们知道自己要什么，并且充分明白内心的生活底线在何处。所以，在日常的交往中，杜彬会主动和大学里品学兼优，性格积极的同学进行交流，同时参加他们当地的各种活动、体育比赛，让自己能尽快地融入到一个全新的大学环境当中来。

良好的适应能力，对生活价值观的清晰判断让杜彬从高中开始在澳洲就一直沿着正确的道路前行着。当时，自以为习惯了澳洲教育环境的他会觉得即便上了大学，那些课程与考试自己也能从容应对，更何况是自己感兴趣的法律专业。但是，从上大一开始的第一门专业课就让自信有余的杜彬吃了重重的一记棒槌。

第五节

"澳洲宪法、民事诉讼、刑事诉讼、侵权法、合同法……"杜彬看着长长的专业课列表，顿时有点发懵。他用手指头粗粗数了一下，四年里一共有43门课需要学习。而且，邦德大学是一年三个学期，学习的强度和专业课密度会比澳洲的公立大学要紧凑很多。这也难怪，在澳洲悉尼或墨尔本的知名大学里，如果想本科阶段把法律和商科两个学位都拿下的话，一般需要6年的时间。也就是说，对杜彬而言，他要把别人6年里吃下的知识缩短在4年里全部消化，而且还设立了成绩全优的攻读目标。在澳洲就业市场上，往往本科生会比研究生更容易找到工作。因为日常的工作当中，澳洲的雇主以及工作内容更依赖于求职者在本科时所学的知识，而一份优异的本科毕业成绩单也会为这位求职者在将来递交简历时增加入选的概率。

除了课业的压力顿时如泰山崩顶之外，更要命的还是课业内容本身的难度。对于一个不太接触专业法律知识的中国人来说，我们拿着国内中文版的法律诉讼类专业书读起来都会经常丈二和尚摸不着头脑，更何况杜彬要在英语环境里，去大量研读澳洲的法律条文以及既往案例。像蚂蚁一样纷至沓来的律法专业词，还有繁复的条文句式都让杜彬屡次在图书馆里有想摔书的冲动。

在国际上，一般主流的法系有两大类，分别是英美法系和大陆法系。作为英联邦的澳洲，它自然是归属在英美法系的范畴里，而中国的法系则是划归在大陆法系里。这就意味着，杜彬在中国国内的法律记忆和印象完全不能套用于他在澳洲学习的法典和条文里。与此同时，法律本身讲求的就是公平和正义，自然在它的律法条文间逻辑性、缜密性就成了研究和思考的重点要求。而且，法律本身又带有一个国家、一个民族的历史性和传承性，这就要求杜彬不仅要熟知当下的澳洲法律知识，更要对澳洲的法学历史、周期演变、重点判例、突发事件等一系列的过去都要有一个明晰的了解与见解。

当课业的巨掌"啪"地一下摁在脑袋上时，杜彬唯一能够选择的态度

就只能是"既来之则安之"。在澳洲的大学里，其实是允许学生在发觉自己不适合该学习方向时申请转专业的，但是对于从高中时代就对律师职业心之向往的杜彬来说，转专业就意味着逆转了潜藏的初心，他是万万不愿意就这么轻易放弃的。

既然这条路是无数澳洲律师都要踏过的求学旅程，那么从大一开始，就让这一切正式启程吧！为了能够节省路上的时间，从本科开始，杜彬就选择搬离了汤姆和玛利亚夫妇的寄宿家庭。三年的寄宿生活早已经让这对夫妇把杜彬看作是自己的孩子。他们本身是"丁克家庭"，除了一条叫作杜克的斗牛犬外，能让他们最为开心的家人就是杜彬了。当杜彬告诉玛利亚妈妈他打算搬去大学公寓时，这位一直乐观开朗的中年女士突然噙着泪水，然后嘴里喃喃说道："Oh ,no . Are you sure ？"（不会吧，你真的确定吗？）

即便那时已经在澳洲三年，杜彬的行李业并不算多。仍旧是当初的那两口大箱子，外加一套单人床的被褥。搬家那天，汤姆和玛利亚送给杜彬一份意外的纪念礼物——杜彬在澳洲过16岁生日那晚，夫妇两人与他的家庭合影相框。几乎从不流泪的杜彬在那时情不自禁，紧紧地拥抱着汤姆和玛利亚这对澳洲的父母，悄悄地落下泪来。汤姆郑重地告诉杜彬："孩子，从今天开始，你要独立面对接下来可能发生的一切了。不论有什么难处，你要记得，这里永远都是你的家。随时欢迎你回来看看我和玛利亚，还有杜克。我们都会等你的！"

在异乡能够相识这份如亲子般融洽的缘分，对杜彬而言，也是他在澳洲最为不舍和难忘的。随后，汤姆亲自开车把杜彬连同行李一起送到大学附近的学生公寓里，然后挥手道别。望着渐渐消失在街道拐角的那辆车子，杜彬拉着行李迈进了这间将要居住四年的学生公寓。

第六节

说是公寓，听起来还挺有"高、大、上"的范儿，但其实它只有15个平方。提到当年本科时租借的学生公寓房，杜彬低头笑了起来，因为那里确实是一个装载了太多欢乐的地方。别看它小，这可是需要两个大小伙儿合租的房间。因为靠近大学校园，所以类似这样的袖珍公寓还是非常抢手的。

开门进去，你会看到两张单人床就占去了整个房间几乎一大半的面积，中间放着一条高脚长桌，用来放置各类书本、杂物。在每张床旁边的墙壁上都装有几排悬空搁板，用来存放个人物品。除了这些外加一台壁挂式空调机，再没有其他的家具或家电了。这个地方，顿时让杜彬想到了"寒门苦读"的成语。这样也好，没有纷扰，更没有什么诱惑分心的东西，一心一意先把四年本科啃下来再说。

就在杜彬入住公寓的第三天，他的第一位室友也如约而至搬了进来。"Hey, buddy , I am Mike. How are you doing ?"（嘿，伙计，我叫麦克，你好呀！）一个叫作麦克的美国留学生很快成了杜彬朝夕相处的好兄弟。麦克是来自美国华盛顿大学的交流生，而这种国际交流项目一般不会超过一年时间，这就意味着杜彬的这间公寓房如果在接下来的四年里陆续和交流生合租的话，那这里会如同一个小小的联合王国般能结识来自世界各地的国际学生或交换生。而每住进来一位新室友，他们身上所带来的属于他本国的风俗习惯、生活态度以及对人对事的价值观都能从一个侧面折射出这个国家的大学生风貌还有对于各种事务的态度与处理方式。

果然，随着时间的推移，在杜彬对面的床上依次住过美国人、韩国人、孟加拉国人还有新加坡人。美国的男生一如加州的阳光，炙热，激情，对于很多生活琐碎不是很在乎。由于美国人从小就被培养出一种独立的精神，他们善于独自思考自己到底想要的是什么。而韩国人和新加坡人由于都来自亚洲，东方人偏内敛的性格会让你在有些时候觉得他们很理性，甚至会在一些集体活动中显得没有美国人那么放得开脸面。当然，韩国学生明显很勤奋，虽然有时候他们中的一部分在英语听说能力上不是很拔尖，但是在班级里他们依然会勇敢地表达，并且勇于承认自己的错误，态度上十足谦逊。

而孟加拉国来的这位叫作哈桑的国际交换生是和杜彬关系最好的朋友之一。虽然很多人都知道孟加拉国最有名的是它的老虎，叫作孟加拉虎，但是，这个国家也是像中国一样经历过战乱与殖民，通过全国的不懈努力，才最终成了一个独立主权的南亚国家。哈桑的故乡是孟加拉国最大的港口城市吉大港，而他就读的学校就是当地的吉大港大学。别看吉大港大学没有设立在首都，它却是孟加拉国最大的公立大学。哈桑的家庭在当地算是中等偏下，爸爸是残疾人，妈妈在当地市区的一家茶叶加工厂做工人，家里还有一个刚刚上小学的妹妹。虽然孟加拉国是被联合国列在贫困国家行列，但是该国政府对于教育相当看重，相关部门也会以公派的方式将部分优秀大学生以交流生身份送往一些发达国家的高校进行学习。吉大港大学虽然在世界上根本排不上名次，但是它的学生每年都会有机会进行国际交流或交换。这样的机缘对于一些从小在平民家庭长大的孩子来说，简直就是天上掉馅饼，而哈桑恰恰就是那个捡到"馅饼"的幸运儿之一。

公寓里每天晚上的"卧谈会"成了杜彬与哈桑最开心的时光，因为哈桑的英语口语不是太好，很多的辅音总是出错。于是，杜彬就成了他的陪练老师。而哈桑在孟加拉国这20年的生活故事更是成了杜彬耳边的"一千零一夜"。从孟国的国歌是诗人泰戈尔所作到英国历史上的殖民统治，从孟国东西两部分的分裂再谈到20世纪70年代的那场独立武装斗争，从这些故事里，杜彬能够切实地感受到一个普通家庭在社会激烈震荡中的变迁与流离，而在这样的历史变革中，"法治"对于一个国家的现代文明进程会起到决定性的规范作用。这同样也是哈桑为什么要把法律作为自己本科专业的原因。

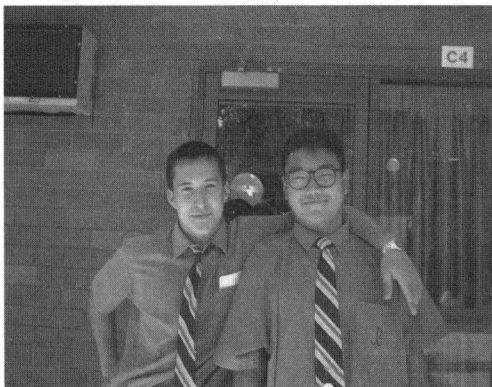

哈桑因为是信仰伊斯兰教的信徒，所以，在日常生活当中，杜彬也尽量地理解并照顾到哈桑的生活习惯和宗教禁忌。而且在邦德大学的校园里，也从来没有发生过因为少数族裔的生活习俗不同而遭到刁难或嘲笑的事情。这所大学的学生和教职员工来自全世界超过60多个国家，在全校众多的各国学子中有超过30%的外国留学生，大家带着本民族的风俗和性格在澳洲的天空下交织着，他们每个人身上仿佛都有着独特的魅力与故事，让杜彬很希望在课余的时间里，通过交流与活动从他们的经历中汲取更多鲜活的片段。

其实在澳洲，邦德大学也是一直以教师量与学生人数比率为1:10的超高师资资源而被当地家长所认可。由于它的学费昂贵，大部分能够来邦德大学读书的学生基本上都有不错的家庭背景，如果有平民家庭来的孩子，基本上都是像杜彬这样获得了校方的奖学金之后，才会考虑来到这里求学。在中国国内，一些家世背景不错的孩子可能会把炫耀的表情贴在脸上，身上穿的，手上戴的，肩上背的无处不显露出一种奢侈与攀比。在澳洲，虽然也能看到富家子弟开着豪车上下课，但是，大多数在邦德大学读书的富贵学生都会选择以一种接地气的方式穿行在同学中间。因为，他们也需要正常的生活，他们也是刚刚步入弱冠之年的青年人，能够被更多的人群接纳并认可也会是他们内心最积极期待的事情。就这样，在篮球场上，杜彬会突然不经意间结识世界 500 强企业老总的公子，也会在校园的圣诞派对上偶然巧遇澳洲财富榜上某富豪家的千金，他们从不矫揉造作，更不会拒人于千里之外。按照杜彬的经验，他会觉得人都是要"将心比心"的，你对人家真心诚意，别人也会用坦诚和热情来回馈你。所以和这些有钱人家的孩子交往，杜彬一直秉持着不卑不亢的态度，更不会低三下四地与对方交流。正是这样的坦然与泰然，让杜彬在本科阶段积累了丰富的人脉与同学圈。

在杜彬心里，所谓"人脉"千万不能误解成是"利用与被利用"的关系。如果说在中国国内这个熟人社会，一些冠以"有关系"的"开后门"还算时有发生的话，那么在澳洲，更多的情况下还是要靠自己的真枪实干。即便通过澳洲当地的人脉给你推荐了一份工作，如果自己拿不出真金白银，掏不出雇主需要的真才实活，最后这个应聘者还是会被无情地拒绝掉。因为对于西方人来说，他要招聘的是一个能产生效益的人才，而不是一无是处只有"人脉"的蠢材。

第七节

邦德大学所在的城市叫作黄金海岸，当地旅游局为了更好地宣传这里的阳光、沙滩和度假概念，所以这里又有"阳光之州"的头衔。黄金海岸并非出产金子，而是因为她绵延42公里的优质沙滩以及由"冲浪者天堂"、华纳影城、海洋世界等世界知名休闲度假区所带来的国际声誉共同打造的休旅海岸。在这里，一年有八成以上的天气都是以晴好为主。只有到了澳洲的黄金海岸，你才能明白什么叫作"日日是好日，夜夜是春风"的畅快与优哉。

在黄金海岸亚热带海风的吹拂下，伴随着来自世界各地冲浪高手的欢呼声，杜彬凭借着自己的努力与苦读，终于在大学的第二学年年末把法律专业的内容全部考试通过，以优异的成绩开始准备大学第三年商科专业的课程内容。由于邦德大学的很多专业在本科阶段都可以在第二年直接拿到本科学位，因而，这个时候已经有部分同学开始进入到准备毕业然后寻找实习工作的阶段。其实早在大学的第一年，杜彬就暗暗下定决心在大学四年毕业后选择技术移民的方式留在澳洲，而那时，"律师"职业长达数年是一直稳稳地写在移民职业清单里的。杜彬当时就以为，即便再过两年这个移民清单估计也不会有太大的变化，更何况随着澳洲和亚洲各国特别是中国的贸易往来逐渐增多，像他这样既了解中国又熟悉澳洲的跨国人才肯定是紧缺型的，目前反正才大二，移民的事到了大四再想也来得及。

可是，人们往往就会被这个"自以为"的念头冲昏头脑，但却唯独忽略了"不怕一万，就怕万一"这条中国古训。结果，当杜彬继续啃着商科的专业大部头著作卖命读到大四时，才赫然发现澳洲移民局在当年竟然把

律师一职从移民职业清单中硬生生地给删除了，而这样大手笔的变动，在澳洲移民史上还是第一次。这个发现让杜彬在大四毕业那年可谓是措手不及。他最开始以为是自己看错了，结果，他反复把列表找了两遍，也没能找到"律师"这个职业名称④。

如同一只被刺破的气球，杜彬一下子瘫坐在椅子上，久久没有回过神来。正是移民局政策的突然变卦，让这个在澳洲已经待了近7年本来一切顺理成章可以办理移民的中国男生彻底崩溃了。

"难道就这样放弃吗？"杜彬把头死死地埋在臂弯里，他自问。咸湿的海风吹动着床边的窗帘，上面的棕榈树图案正在一次次地迎风飘展着。"肯定不能就这样卷了铺盖回国！我才二十出头，还有大把的时间可以再拼。更何况，律师这个职业走不通，我再选择别的专业。既然本科读完了，那我就再读一个研究生，用最短的时间拿到自己硕士学位。"每每想到回国，杜彬心里会升腾出各种的声音阻挠着。不是他不想家，而是在过去的近七年间，澳洲的风土人文已经深深地影响了这个从高中时代就远渡重洋赶来留学的中国男生。这里有他熟悉的味道，有他朝夕相伴的好兄弟，更有他一直中意的闲美生活。

在过去的几年间，他曾先后三次回到中国国内看望父母。让杜彬诧异的是，小时候记忆中的长春如今已经变了一副模样。高峰期开车行驶在大街上，市中心的一些路段时常车水马龙、交通拥堵，而在小区附近那一声声刺耳的汽车喇叭声，让他一度想戴着耳塞出门。去商场或卖场购物，人

注④：因澳洲移民政策时有变化，最新规定及职业列表，请以澳洲移民局官网信息为准。

们仿佛还是没有学会排队和礼让，时而上演的吵闹与无序让杜彬心里产生了厌烦。他自忖，到底是自己留学海外见了世面变"矫情"后才觉得长春不那么亲切了，还是因为长春这座城市生长得太快以至于自己的旧时记忆落伍了？对于长春这座生于斯长于斯的故乡城来说，杜彬一直会在心里有种隐痛，他轻轻地告诉自己："也许，我曾经念想中的家乡，再也回不去了。"

既然回不去了，那杜彬别无选择，只能继续收拾心情，重新出发！

第八节

如果要读澳洲的研究生，首先想到的就是清查移民职业清单里，还有哪些是自己感兴趣并且能够实现移民的职业。在一番斟酌后，杜彬敲定了仍旧属于商科范畴的会计专业。以他的本科成绩以及知识背景，想要申请澳洲的八大知名学府是没有任何障碍的。但是，杜彬非常明白，澳洲当地的用人单位看重的是你所就读的专业在澳洲的排名，虽然"八大"是一块金字招牌，但并不代表着这些综合类大学在所有学科都是名列前茅的。同时，杜彬在黄金海岸这座城市已经居住了四年，他喜欢这里的气候与环境，黄金海岸的 Broad Beach 是他自己最心仪的散心之地，那里的沙滩与树荫记载了杜彬太多的心事与倾诉。所以，综合考量之后，他还是放弃了"舍近求远"的"澳洲八大"，而是选择了在澳洲各大院校的商科领域排名较前的格里菲斯大学（Griffith University，官网：www.griffith.edu.au），这所大学的所在地仍旧是熟悉的黄金海岸，仍然是亲切的海鸥、海风还有时而出海就能看到的巨型鲸鱼。

有人说，年轻最大的好处就在于你可以"试错"，并且有允许犯错的机会。虽然杜彬在本科毕业时与移民擦肩而过纯属意料之外，但是，这番波折也让他看到了自己内心在关键时刻的强大，即便会有挫败感，可是这次跌倒说不定会成全另一次的转机。

凭借着自己的实力，没有依靠任何外来的支援，杜彬在几个月后如愿接到了格里菲斯大学商学院的录取通知。由于他在本科阶段有读商业科目的背景，在会计专业的研究生阶段很多重复设置的课程都可以免修，这也预示着杜彬的这个硕士将会在一年之内完成，而且学费也十分划算⑤。

一年的硕士课程分两个学期修完，杜彬再一次地拿出了他"老牛拉车"的毅力，图书馆、学生宿舍、上课教室，三点一线的简单日子规律而有节奏。课余的时间，杜彬也会去学校的健身房，体力的训练还有健康状态的保持是很有必要的。即便每位留学生都会购买商业医疗保险，但是谁都不希望因为生病从而耽搁了正常的课业完成。

有时候，漫步在校园里，杜彬也会碰见一对对恋人情侣牵手闲聊，或是在草坪上晒着暖阳有说有笑。每当这个时候，他也会暗暗问自己："我的另一半到底会是什么样子呢？"来澳洲这7年来，杜彬也曾遇到过心动的女孩子，但只可惜，缘分就是如此的妙不可言——你追她，她仿佛如迷蝶般逃逸在花丛中；你等她，她却像断线的风筝，久久不肯回落到地面。从高中时代到如今的研究生阶段，杜彬尝试谈过两任女友，结果都因为性格或是生活方式的大相径庭而只能以分手终结。

他是一个重感情的人，不到万不得已，在恋爱中说"分手"的永远不会是杜彬。如果说到恋爱中的榜样，他会提到"王哥"的名字。王哥是在邦德大学读本科时比杜彬高一级的中国留学生，杜彬大二那年，王哥爱上

注⑤：一般而言，就读该校研究生一年学费约为2万至2.4万澳元，折合人民币约11.7万至14万元不等。

了一位就读于昆士兰大学的中国女孩。在王哥眼里，这个女孩简直就是女神般的存在，让这个也算见过大世面的北京男生为爱痴狂。后来女孩选择离开澳洲去英国读研究生，王哥立马放弃正在澳洲申请的工作签证，紧随着女孩去了英国。一年后，女孩硕士毕业，然后决心返回澳洲定居。王哥这位痴心小伙儿不离不弃地又从英国折腾回澳洲。当然，正是因为这位有心人对爱情的执着，才让此番感情最终在澳洲瓜熟蒂落，步入婚姻。按照王哥对杜彬的劝告，其实，任何爱情没有所谓的"谁追到谁"，应该是两个人同步迈入了一段甜蜜又时有酸涩的真爱之旅。强扭的瓜肯定不甜，王哥当初就是认准了这个女孩会钟情于自己，他才敢冒着赔上前途的风险为爱走天涯。

看来"缘分天注定"，此言不虚呵！后来，王哥返回布里斯班后找到杜彬，给他讲先前发生的种种故事时，那份幸福的神情让杜彬也被他感染，并且开始期待着自己的 Miss Right 能在下一个街角翩翩而至。

第九节

当学校领导用不太标准的发音念出"杜彬"的名字时，他身穿硕士服，头戴方帽迈步走向学位授予的会场舞台。只见杜彬先从名单宣读者的右侧领取属于自己的学位证书，然后向学校领导席微倾上身鞠躬，同时用右手手指向下轻拉帽檐致答谢礼。这样一场郑重的毕业典礼也宣告了他的研究生学习之旅即刻划上圆满的句号。

拿到硕士学位之后，杜彬并没有跟着同班同学前去酒吧庆祝，而是马不停蹄地准备着两天之后即将开始的雅思考试。说到这场考试，也算是杜彬申请移民道路上的第二道关卡。按照当时澳洲移民局的传统文件来看，只要是澳洲的会计专业，不论本科或硕士，都可以马上递交移民申请材料，无须工作经验，雅思达到四个7分即可。就在杜彬硕士毕业这一年，移民局突然收紧移民政策，要求会计专业如果申请移民的话，必须有一年以上全职工作经验，并且雅思分数要达到四个8分。不过，令杜彬意外的是，那个一年前删除掉的"律师"一职又一次神奇地复活在移民职业清单里。

此时的杜彬早已不是一年前本科毕业时面对挫折的他，当在移民局网站上看到这些新规时，杜彬虽然心里感到一阵阵委屈，但他还是连忙打开雅思报名网站，在线申请最近一次的雅思考试。对于中国国内的学生而言，即便是英语专业的考生，雅思能够有四个7分就已经算是不错的分数了。而雅思的四个8分则意味着应考人的英语水平已经达到或接近英语是母语的人士了。背水一战时也只能抱着破釜沉舟的勇气，杜彬这样安慰自己。

他坚信，所有的挑战都是磨炼，而所有的磨砺到最后都会进化为一种难得的财富。

也许是天意弄人，也可能是命运故意安排要让杜彬暂时放缓停留在澳洲的脚步吧，当杜彬按照分数公布的日期再次登录官方网站查询成绩时，他先看到了写作 7.5 分的数字，就在那一刻，杜彬定在屏幕前就像一尊石像般面无表情，过了好一会儿才缓过神来。他淡淡地对着窗外说："是该结束了吧！"

Broad Beach 的海浪开始翻滚，如同煮开的沸水，各种风浪卷裹着白色的泡沫用力向岸边冲刷了过来。太阳早已经从五六点钟的金黄褪色成此刻的橘黄，几抹惨淡的乌云也开始试图遮住夕阳的斜晖，一直纠缠，在西边的天际涂抹出阴霾的阵势。下午还在沙滩上晒日光浴的比基尼美女们早已不见了踪迹。偌大的一片沙滩上竟一下子被空寂瞬时笼罩，没有半点生机。杜彬扔开手中的书本，他站了起来，然后猛地甩掉脚上的拖鞋，以百米冲刺的速度赤脚在沙滩上开始狂奔。忽而，他减慢了速度，对着西垂的晚霞，面朝不断向他叫嚣的海浪，杜彬用撕破的嗓子弯腰大喊道："我——要——回——家！"

尾声

布里斯班机场，人潮开始拥挤起来，即将到来的圣诞假期会让黄金海岸再次成为各国游客的"阳光之州"。八年前，16 岁的杜彬怀着一颗懵懂的心来到这里，他热望着即将在陌生国度所能发生的一切；八年后，24 岁的他早已了然了生活的起伏与考验，带着些许无奈还有一颗不服输的心选择暂时离开。

法国作家蒙田曾经说过："有时候，暂时的后退是为了接下来能够跳得更远。"而这次，当杜彬对着布里斯班如洗的碧空说"再见"时，他的那种不忍与不舍仿佛是在给内心的故乡说着告别。在澳洲，杜彬留下了太多的思恋与奋斗，谁说家乡就只能是生命诞生的地方？当一方水土滋养着一个年轻的心智逐渐成长，进而成熟，当此处的山水人情让他懂得了生活，理解了感恩，那这里就是杜彬心底乡愁中永远化不开的一部分。

没错，他还会回来，没有具体的归期，更没有拉勾勾的简单承诺。这份"归来"，我想，还是在适当的时候，由它自然发生吧。

▸ 杜彬：关于留学澳洲的小贴士 ◂

1. 因为当初留学时缺乏长远的规划，所以当我想要毕业后技术移民时已经错过了相关紧缺职业的申请时机。对于也想规划"留学加移民"的各位朋友们，请一定要及时关注澳洲移民局最新的职业列表以及政策，他们的官方网站是：www.immi.gov.au/

2. 澳洲学习是对一个人综合素质的考验，除了要应对独处时的孤独寂寞感，还要恰当安排时间，做到学习能力的提高和生活琐事的安置。在一个没有家人关心照顾的国度里，社交能力和人脉资源显得格外重要。在留学这么多年的日子里，我很幸运，因为身边的人极其给力，在他们的帮助下很多棘手的学习和生活问题都能解决。这些朋友们来自中国和其他国家并有着不同的背景，他们热情且不计较得失甚至有时不求回报，我们的友谊已经成了我生活中不可缺少的一部分。

3. 提到学术能力，澳洲的高中和大学对学生的课业规范度是很严格的。要想学好专业知识，每一门学科（discipline）对大家的英语能力和学习能力都要求比较苛刻。不要认为国外的学习比国内轻松，其实正好相反，所以大家需要在国内尽可能多做准备，不仅仅是你的雅思和课目成绩，综合素质的提升也很有必要，这些都是出国的第一道门槛。

希望我的经历和体会能帮助到大家，祝所有在这条道路上追求梦想，完善自我的学子们收获幸福，提高能力，勇攀高峰！

注：本篇照片由澳洲留学生沈萍萍、林洁颖以及 Vania 拍摄

第七站 / 韩国篇

来路与归途

踏上韩国的那刻，你不会觉得四周有太多的疏离感，相近的传统文化，相似的人文情怀，相仿的生活起居都让初到邻邦的我们有一种天然的亲切感。这里不只是"欧巴"与"韩剧"的天地，除却这些热闹的存在，留学于斯的人们还会在大学的沉潜中真正抚摸到学识的温度。东北亚的繁华之地，"无穷花"间的东方强国，在古时"高丽"的书卷中，让留学生逐渐透过汉江两岸的变迁，用经历来证明属于韩国智慧的来路与归途。

给**理想**加点**糖** 留学，
你有更多选择

第一节

那一夜，余凡婷失眠了。

如果不是五个小时前世界 500 强的一家韩国公司人力资源部的那通录用告知电话，48 个小时之后，凡婷将会伤感地与爸妈道别，然后飞往首尔仁川机场，开始自己的韩国留学新征程。可是，就在今天傍晚全家晚餐的时候，这家韩国公司的工作人员电话告知凡婷，恭喜她通过了公司的高层面试，下周二来指定地点报到就行了。"还用想吗？肯定是去这家公司上班去！"爸爸把手中的碗筷砰地一下重放在餐桌上，只因凡婷嘟囔了一句"录取也没用，我就是要去留学"。"你小孩子家真是不知道现在大学生就业有多难！瞅瞅每年这七八百万的应届毕业生，大家争抢着要去大公司大企业，好不容易有这么好的工作机会，而且就在咱们徐州家门口，天上掉馅饼的机会你都不要？！"爸爸的语调已经很明显不是在商量，而是颐指气使地必须让眼前这个有点不听话的闺女按照自己的想法去做。

那晚的饭菜，一家三口人几乎没有怎么动筷子。妈妈心疼女儿，一直给孩子夹菜，一句话也没说，她心里明白，凡婷最想要的决定还是去韩国留学。从大一就读于韩国语专业开始，余凡婷就显露出她语言上的天赋，在大三上学期她就轻松考取了 TOPIK（韩国语能力考试）的最高级别 6 级证

书①。

从大三下学期开始，凡婷的毕业目标很明确，那就是去韩国首尔攻读硕士。其实，韩国政府以及多数知名高校长期以来对于国外留学生都有相当优惠的留学政策，从政府或私企奖学金到符合申请条件的留学生专享的"学费减免"政策，使得更多中国工薪阶层的孩子们陆续选择韩国作为本科或硕士阶段的留学目的地。由于余凡婷在国内就读本科时不论是四年里的学科总平均分还是韩国语文学及语言学的扎实功底，都让她在大四下学期申请韩国的高校专业以及校方"学费免额"时受益不少。

在韩国，如果说起顶级大学一定非"SKY"莫属了。这个"SKY"其实就是首尔大学、高丽大学以及延世大学三所高校英文名首字母的缩联，单单就这三所学府真可谓撑起了整个韩国高等院校的"半边天"。按照综合实力来看，首尔大学肯定是韩国人的骄傲，世界综合排名第 44 位，亚洲排名位列第 4。而高丽大学和延世大学则各有优势，在实力榜单上经常不相上下，因此在韩国人眼中，这两所高校是并列亚军的。当然，"高丽"和"延世"两校的师生还是会在很多场合上交锋，每年一度的体育盛事"高延战"就是要在热门运动项目上先来一回"一决高下"。

注①：从 2014 年 7 月开始 TOPIK 等级考试进行改革，考试等级缩减为初级 1~2 级和中高级 3~6 级两大类别。与旧题型相比，新改革的考试中关于词汇、语法部分不再另行出题，原本 4 部分的考试容量将缩减为阅读、听力、写作 3 大部分，写作部分的选择题被取消，只出现写作类型题目。

余凡婷在申请韩国的大学时，凭借着本科成绩平均88分以上还有韩语6级的成绩就足以让她胜券在握，但是凡婷为了再度增加能申请到知名学府的概率，她还专门去考了英语雅思，并取得了6.5分的好成绩。在韩国的高校，如果申请人除却韩语成绩优秀外，还能在英语的雅思、托福或托业考试中有上佳分数的话，那该申请者获选进入韩国综合实力前十位的高校并赢得"学费减免"资格的机会将会增大很多。对于普通申请人来说，不论在中国国内的本科专业是否为韩国语方向，他或她在申请韩国的大学前就需要先考出TOPIK至少4级以上的成绩（5级以上则胜算更大），同时本科期间的在校平均成绩应该至少在70分以上，只有这样该申请人才有可能被韩国的高校录取[②]。在韩国各地都设有诸多语言学校，申请人也可以先以"语言学习"的身份抵达韩国，一边熟悉留学环境一边快速提高韩语能力，在通过相关考试后，同样可以有资格申请韩国的高校入学名额。此外，如果申请人的英文水平非常优秀的话，也可以考虑赴韩国就读英语授课的相关专业（例如国际经济等）。

就在国内大学毕业后的这年盛夏，凡婷先后收到了来自汉阳大学、庆熙大学以及成均馆大学的录取通知书。兴奋之余，在挑选最终要去的大学时，凡婷还是花费了很多心思来比较。汉阳大学因为是偏理工科的高校，所以率先就被青睐文科的她排除在外。虽然成均馆大学给了凡婷学费减半的优惠，而且"成大"的综合排名略胜于庆熙大学，但是庆熙大学给了两年学费全免的"重磅礼包"，这个高达12万元人民币的厚礼着实让凡婷心动。再加上庆熙大学向来是首尔招收海外留学生的大本营，在它的校园里随处能够碰到来自中国东北、山东等地的学生穿梭于教学楼之间。当然，如果是熟悉韩国影视剧的朋友应该还记得，从早年的《星梦奇缘》再到曾经热映的《假如爱有天意》，很多剧情都曾在庆熙大学那赋有浪漫气息的校园里取景。此外，更有Rain、金在中、成宥利、金善雅等一大批知名艺

注②：各大学入学标准会略有不同。

人在这所大学就读。尽管凡婷不是韩流的粉丝，她对韩剧也没有太多关注，但是从学业、经济压力以及专业前景等方面的综合考量后，凡婷还是选择了庆熙大学作为自己的下一站求学目标。

不知道在床上辗转了多少个来回，床头的时钟已经指向了深夜11点半，凡婷的脑子里还是如乱麻一样纠缠，各种声响在耳边徘徊，让她无法面对当下的去留难题。

"余凡婷，你搞什么呀！肯定是坚持自己的选择，来韩国留学啊。"身在首尔大学的"死党"秦璐隔着一个小时的时差在电话里喊道。作为从初中时代一路陪伴自己的闺蜜，秦璐确实是凡婷心中的榜样。因为跳级的缘故，虽然两个女生年纪相仿，但是秦璐还是比凡婷早一年考入大学。正是这短短的一年，让两个姐妹分隔两地，当凡婷这年大四毕业打算留学时，秦璐已经在国内考上了韩国语文学的研究生，并被学校派去首尔大学开始为期一年的交流生活。

"我爸整个晚上都黑了一张脸，他觉得女孩子早晚是要嫁人的，如果跑出去两年，虽然也是一个硕士，但是却错过了他认为最好的工作机会还有结婚生子的时间。我现在男朋友都没有呢，还结哪门子婚呀……"凡婷捂着手机低声抱怨着，生怕隔壁卧室的父母听到。"你当年'女神加学霸'的那股劲儿哪去了？我高二的时候，余凡婷同学作为众多男生心中的'校花'可是全校闻名、品学美貌兼收的人物喔。当时，你为了考大学硬是狠狠拒绝了那么多'高富帅'，结果，现在到了这个节骨眼上，都快要出发去首尔了，怎么一点儿为自己谋幸福的精气神都没有呀？"

也许算是一语惊醒梦中人吧，不管是不是"女神兼学霸"这个绰号的回忆帮助凡婷勾起了潜藏的勇气，第二天清晨，她对赶着去上班的爸爸镇定地说："不管家里同不同意，我已经21岁了，我知道自己接下来想要什么。徐州这份工作，我凭自己的实力，就算两年韩国留学回来，我也一样能找到。而读书这件事，不是任何时候都有这份心和这个时间的，"说到这儿，凡婷顿了一下，看了爸爸一眼，换了较缓的语气接着说："因为签证的事情前后耽误了一个月，庆熙大学都已经开学了……我明天中午出发，你和妈妈不用送我了……"爸爸的眼睛里布满了血丝，显然，他昨晚也几乎没怎么睡好。听到女儿如是说完，爸爸从喉咙眼里"嗯"了一声，就转身迈出了房门。

那天晚上，爸爸下班回来时，手里提了三只用绳子五花大绑的大闸蟹，也没多说什么，直接进了厨房，开始忙活。

又是晚餐饭桌上，凡婷的眼泪像断了线的珠子，一滴一滴顺颊而下。爸爸还是爱自己的，即便他和妈妈内心有万般不舍，但是，女儿的开心才是他们的心愿。而这大闸蟹就是凡婷从小到大每逢深秋最爱的一道美餐。饭桌上，爸妈开始叮嘱起女儿出国后的"生活须知"，碗里的饭菜又如叠罗汉般被妈妈夹着堆起……临到离别，父母只能用一声声叮咛，一口口菜香来寄托他们对于孩子这份沉沉的爱。

第二节

能赢得父母最后的支持，对于凡婷来说只是当时临留学前的其中一道"关卡"。在没有正式启程之前，很多留学生可能都要经历多个难题的考验，这中间关于"报名费"以及"签证办理"就一度让凡婷为难。由于韩国的绝大多数大学都不接受国际留学生的海外汇款，因此，当该名留学生需要交纳报名费时必须人在韩国，然后通过当地的指定银行账户才能顺利缴费。

幸好"死党"秦璐以"交流生"身份比凡婷早半年抵达首尔，这才让"报名费"的尴尬得以化解。其实，即便是在韩国本土，大多数的大学都要求学生通过一个叫作"U Way"的网站来交纳费用（网址：www.uwayapply.com），因而，假如一名中国大学本科生没有相识的亲朋好友在韩国的话，单靠一个互联网仍是很难解决一些客观的难题。当前中国国内为了解决关于学生申请韩国大学时出现的诸多"关卡"，已经有很多留学中介机构开始提供"全套"的韩国留学服务，其中就包含了前期资料准备、中期申请递交、后期缴费及食宿安排等细项。毕竟"留学"是关乎一个家庭的重大决定，在选择正规留学中介时可以登录中华人民共和国公安部官网（www.mps.gov.cn），然后在"公安部出入境管理局"的主页上浏览最新经过国家核准的正规因私出入境中介公司名单，从而可以有效地避免一些不良事件的发生。

　　最让凡婷出国前焦头烂额的还要数"留学签证"的等待过程。对于户籍在北上广等一线城市的朋友来说，办理留学签证只需要到该目的国驻中国领事馆就能直接提交申请。韩国分别在北京、上海、广州、青岛、沈阳等多个城市设立了领事馆，方便各个辖区的中国公民申请各类签证。而凡婷所在的徐州市，假若要申请留学签证，需要先递交材料至南京外管局，再由南京统一递交至韩国驻上海领事馆后才能逐一办理。而在等候时长方面，凡婷没有做好先期的预估，结果眼看着开学时间已经到了，她的护照还没有被外管局快递到家里。按照凡婷的建议，如果打算赴韩留学的朋友恰好所在城市没有韩国领事馆，那么最快速的方式依然是直接飞去可以受理的一线城市申请，从而减少三线城市到省会，省会再到其他城市领事

馆的"护照跋涉"。还好庆熙大学留学生交流处的老师想得周到，当她发现余凡婷没有及时报到时，就通过国际长途电话询问凡婷是否发生了什么事情才造成拖延。当老师了解到是签证延误问题时，当天就联系了韩国驻上海领事馆，并通过"加急办理"的方式让凡婷没过几天就收到了贴有签证的护照。也就是在打算出发的前两天，发生了故事开头的那晚"未眠夜"。

纵然有多道"关卡"，依然挡不住凡婷奔向首尔的脚步。从上海浦东机场乘坐大韩航空的班机，短短两个小时就顺利抵达曾获得"全球最佳机场"殊荣的韩国仁川国际机场。还没拉着行李走出落地玻璃大门，凡婷就在人群中听到了秦璐的兴奋声。果然，一身秋装的秦璐正在挥舞着双手向凡婷的方向示意。

两闺蜜久别重逢自然是欢喜着拥抱成一团，秦璐抢过凡婷肩头的大背包就先起迈步，领着她去出口售票处买机场大巴的车票。不消一会儿，两张从仁川机场去往清凉里站的票子就搞定了。"还好有你'打头阵'，不然我一个人到了首尔肯定晕头转向。"凡婷在大巴里坐定后，终于可以稍稍缓一口气。"一会儿到了我给你找的住处，你可不准打我。从过去的一两年开始，不知道是不是受了'韩流'的影响，庆熙大学附近的公寓房抢手的要命，我一个月前就开始上'奋韩'帮你找房子。要么是价格太贵咱们不考虑，要么就是昨天刚看完房今天就被告知有人抢先租走了。所以，我只能先给你找个小点儿的。"秦璐略带神秘的表情让凡婷心里充满好奇，她完全相信这位好姐妹一定不会虐待自己的。有了秦璐的提前安排，确实让凡婷省心不少。

说到"奋韩"这个网站，但凡是想要来韩国留学或者是已经在当地读书的中国留学生几乎人人都在这个网站上注册用户名。它的全称叫作"奋斗在韩国"（网址：www.icnkr.com），是一个集资讯、互动、论坛等功能为一体的综合型门户类网站。从租房、打工到留学、生活，各类实用的信息与线索都会在它的各个版块里实时更新。

从清凉里车站下来后，秦璐和凡婷便坐上一辆出租车，也就是刚过起步费的功夫就有一拱看似法国凯旋门的石砌建筑屹立在眼前，那便是庆熙大学东大门校区的入口了。作为韩国三大私立名校之一，庆熙大学目前共有三处校区，分别位于首尔、光陵和水原，而凡婷所报读的韩国语教育专业就安排在首尔江北的东大门区。

在没有安顿好住处之前，凡婷是根本无暇去领略庆熙大学校园的美好。早在国内收集韩国各知名高校资料的时候，她就看到很多媒体把各种形容花园的词汇都一股脑地放在庆熙大学的身上，什么"仿若置身欧洲"、"花园式的旖旎风光"、"烂漫的樱花盛景"等等，真有一种"不明觉厉"的威风感。拖着那口大箱子，外加一个双肩包，秦璐带着凡婷东绕西弯地穿到一条窄街的深处，一栋四层小楼就安静地蹲在拐角的地方。

刚一打开房门，凡婷还以为走错了地方。"这就是你给我找的学生公寓？"当看到那张和火车卧铺相仿大小的微型床早已占据了房间将近一半的面积时，凡婷还以为秦璐在跟自己开玩笑。"亲爱的，这个'考试院'③的房子还是我前几天知道你确定要来首尔的时候忙活了一天半才找到的。你要知道，大学附近的公寓房相当火爆，加上中国留学生扎堆往庆熙大学跑，所以能有间屋子先住着已经是万幸了。"看到秦璐真诚的表情，凡婷不好再继续抱怨。她也明白，出门在外留学肯定不像自己家里舒适，即便有万般的无奈和委屈也不该撒在好朋友的身上呵。

从行李箱里掏出日常要用的东西和衣物，然后再把空箱子寄存在地下公共储物房，这临时的住处也算是将就着搞定了。让凡婷没有想到的是，正是这方只有巴掌大的房间竟然在接下来的留学生涯中承载了她大半的求学记忆。不是因为凡婷太懒，而是这间"考试院"所带来的便利与生活滋味让原本以为会枯燥孤独的异国日子增添了许多暖色和友情。

注③：在韩国，"考试院"特指专门出租给各类学生，特别是考生的小型单间宿舍（或公寓）。

来韩国留学的国际学生一般都是到了当地后才开始找房子的"实地勘探"。如果申请大学里的学生宿舍，基本上属于又贵又难抢的范围，一些大学的宿舍要价一个学期就要收取174万韩元④的房费。而秦璐帮凡婷找到的"考试院"房间，虽然住起来比较逼仄狭小，但是在水费、电费、网费全包的情况下，一个月才26万韩元（约1500元人民币），这样的房费可以被大多数留学生所接受。此外，很多"考试院"不光是国际学生在租住，就连家境一般，省吃俭用的韩国学生也会把这种性价比很高的"考试院"当作自己的住所首选。例如凡婷所住的这幢"考试院"楼里，房东还免费提供泡面、咖啡还有韩式小菜，她曾经常碰到那位住在二楼的韩国男生每次到了饭点，就会端一碗白米饭然后到房东放好小菜的桌子前取好一人份的量，搭着白饭当作正餐来填饱肚子。

假如想住的宽松一些，在韩国有很多私人的两层楼房可以拿来外租，而房东和房客是住在同一个屋檐下。这种外租房一个月大约是人民币3000元，但是水费、电费以及冬天的地暖费都需要房客自理，所有开销加在一起的话一个月的房费支出大约在3500元人民币左右。如果要租借这种外租房，给房东的押金是无法逃过的一环，大约是10个月的房费。这么算下来，假若在首尔租借一间15平方米左右的单间，房客手头上至少要先储备好11个月的房租钱才能比较顺畅地找到房子。考虑到部分留学生由于学业紧张无暇做饭，在韩国还有部分房东会提供一种叫作"下宿房"的租借服务。这种租房形式除却有自己独立的单间之外，还可以和房东家人一起用餐，

注④：人民币对韩元汇率约1:174.22，174万韩元约合人民币1万元。

享用房东做好的饭菜，而房客只需要按照事先约定好的价格付给房东饭钱就行了。

关于吃饭的问题，在庆熙大学东大门校区根本就不是一个难题。就在该大学的校门口，一字划开的"学生一条街"早已经吸引了远近数以千计的路人、学生前来就餐、购物。从书店文具店，再到烤肉店、石锅拌饭店，只要是学生日常起居需要的，就没有买不到的。余凡婷在陆续了解到这些实用线索后，终于叹了口气："知我者莫若秦璐，还是这个小妮子最知道我的喜好。"考试院"的房子果然是最适合我这种怕孤独，懒得动弹的女生了。"

第三节

和中国的大学一年只有一次入学节点不同，韩国的高校一年会设有春秋两个招生季，分别在每年的2月和8月，而开学季则会安排在3月和9月。因此，如果想要在中国国内申请韩国的各大学本科或硕士入学资格以及"学费减免"等名额，相关资料准备工作提前半年开始就可以有条不紊地展开。

对于中国的应届毕业生来说，赶在3月份赴韩国入学多半不太现实，因为中国学生一般只有等到6月份时才能获得国内校方颁发的学位证书。所以，申请人只有赶在每年8月的招生期时将韩国高校所需的材料按规定提交，才能恰好赶上9月的秋季入学。韩国的本科阶段一般需要四年时间，而硕士阶段则是会有两年左右的攻读期。之所以研究生的求学时长无法准确估算，是因为韩国的硕士课程采取"宽进严出"的原则，相关专业课两年内可以修完，但是到了第二年最后一个学期时到底能否毕业，还要看该名学生的毕业大考成绩以及毕业论文的质量而定。本科和硕士一样，一年分两个学期，如果是9月份秋季入学的话，第一个学期是9月至12月，在圣诞节前结束。第二学期是从3月一直学习至6月，然后进入到为期两个月的暑期长假。

赴韩的留学生在硕士阶段的学费缴纳次数也是和学期数保持一致，共计四次。除了第一次缴纳学费时还需给校方支付大约90万韩元（约5000元人民币）的注册费之外，每个学期的学费大约是人民币2万至3万元不等。而每年5万至6万元人民币的学费花销对于一个中国的小康之家来说应该是可以承受的教育投入。更何况，只要该留学生在申请韩国多数大学时根据该所高校"学费减免"的规定进行材料提交，一般而言，每年均有比例可观的优秀国际学生都能获得校方的奖学金或"减免"优惠。例如，在韩国综合实力排名前十甲的成均馆大学就宣布，只要是被该校录取的国际留学生一般都会给予学费部分减免的"超级特惠"。

和本科阶段的"灌输式"教育不同，在韩国的教授眼里，研究生阶段的学生应该有自主钻研、自发自动的觉悟和能力，因此，从研一正式上课前的网络选课开始，该名留学生就必须对自己接下来两年的研究方向、主攻课题、导师选择等方面有比较明晰的定位。凡婷先前的一系列受教育经历毕竟都是在中国国内完成的，她对于韩国大学一下子"撒手放任"的自由方式感觉相当不适应。选哪些科目，选哪位导师，本来就有点"选择恐惧症"的凡婷只能求助于秦璐。"我也不知道呀，"秦璐在电话那头表示无奈："我是以交流生身份来的首尔大学，不过听系里的师姐说，韩国的硕士也是导师制，你要选一个'靠谱'的教授作为自己的师傅呵。"所谓"靠谱"，顾名思义自然是"靠得住"的教授。因为在韩国硕士毕业答辩时，你所选择的导师人选相当重要，如果这位老师性格内向，不善言辞，那么当其他的答辩评审们质问或提出反驳时，你这位内敛的导师可能根本就无法帮你说上任何好话，那毕业答辩失败的可能性就会增大；相反，如果你从研一开始所选择的这位导师本身就是比较善于沟通表达，并且在他的手上按时毕业的硕士生通过率较高的话，那么你两年后毕业时期的论文写作及答辩环节就会减少很多尴尬。根据既往庆熙大学硕士研究生的毕业比率来看，一般是50%左右，也就是说，虽然名义上韩国的硕士阶段是两年毕业，但是在每年毕业季时，都会有将近一半的研究生因为这样或那样学业上的问题而被要求延迟毕业，从而出现了美其名曰的"第五学期"、"第六学期"的概念。从第五个学期开始，学校只会收取该名学生几千元的"研修费"，而不再收取学费。

"中国留学生会"是每一位国内去到异国最先想到的"亲友团"，经过凡婷的一番打听以及从教育学方向的师哥师姐那里打听了一下系里各位主力教授的基本情况，最后她选定了这位治学严厉且在学术界较有分量的赵教授作为自己的导师人选。当然，既然选定了"师傅"，那他接下来所开设的课程自然就该是徒弟必须要精修的内容了。赵教授在韩国语词汇学方面是知名的专家，他对于语言用词的考据研究一直在韩国颇有威望。有时候，求学就像是一艘小船，倘若它没有方向，则任何风对船体来讲都是"逆风"。当凡婷选定了研究生阶段的主攻方向，她很快就把相关选修课的名单定了下来，这张单子就构成了凡婷接下来的研究轨迹。

韩国各大高校整体的研究生生源数量控制得很到位，通常而言，一位导师所带的硕士班学生人数大多都是10人左右，不过庆熙大学由于它近些年来对于海外留学生采取鼓励招收的姿态，因而在这里的硕士班同学人数则要高达20至30人不等。对于凡婷来说，最为辛苦的还是第一年。根据庆熙大学的规定，凡是获得了校方"学费减免"优惠的留学生必须为学校义务做助教或在各学校行政办公室服务半年至一年。由于凡婷当初拿到的是两年学费全免，因此她需要为校方义务工作整整一年时间。就这样，除却每周将近三天的课业学习，剩下的时间几乎都是在庆熙大学的国际留学生交流处做行政人员，负责接听世界各地申请人的咨询电话，协助他们办理专业申请、奖学金查询、签证办理等各项事宜。一周七天，撇开上课以及义务服务之外，留给自己休息的时间只有一天半左右。再加上韩国的导师非常偏爱让学生做课堂讨论以及个人陈述，这样一来，凡婷看似不多的休息时间依然要制作课堂陈述PPT，小组报告以及大量阅读导师推荐的课业书籍。在做个人陈述PPT时，中国学生往往根据在国内的经验，会选用各种抓人眼球的图片、动画甚至音效，而韩国学生的PPT则会选择以简单、明了的方式进行制作，往往一页PPT上只有纲领性的文字或图表，没有太多花里胡哨、妨碍视觉理解的元素。

不论是"教学研究理论"还是"韩国语教学法"，从"现代韩国语语法研究"再到"韩国语词汇教学理论"，在庆熙大学的课堂上，只见老师们大多身着正装，站立于讲台旁，手持讲义或翻动PPT文件，向台下的20多名研究生陈述着自己的观点或是他最近读到的有趣书籍。通常而言，硕士阶段都是以"学分制"作为衡量研究生能否完成日常学业的标尺，一门课3个学分，在专业课方面需要修完8门核心课程才能拿到学分总量的大部分。除了学分之外还需要注意的是，当你的论文导师提到自己有感触的论点或图书时，

你一定要把它记录下来，然后课后找相关内容阅读。因为这个点有可能成为你研二毕业论文的主题方向。既然来到国外留学，学到真才实学是一个主要目的，但是能够顺利毕业并拿到属于自己的学位，这个目标也很重要。

既然想如期毕业，那么就一定要知道你的导师他所感兴趣的观点或主题，只有这样你的毕业论文内容才不会因为"流俗"或"生僻"而遭到导师的直接"枪毙"。

在曾经热播的韩剧《来自星星的你》当中，都敏俊教授的帅气形象深入剧迷们的芳心，只不过，想要在研究生的课堂上看到剧情里100多位同学同时上课的情景通常是不太有机会碰到的。因为在这种百人以上的阶梯教室所教授的课程大多是面向本科生的公选课或是教养课，对于研究生来说，他们已经身为"半个学者"，最主要的任务是研究和考证，因而这种大班授课的方式并不会出现在硕士的求学阶段。不过，都敏俊教授课堂上的很多方式在韩国都是普遍存在的，比如，不论这名教授年纪有多大，只要不是身体不适，他们一律都全程站着讲课。可以试想，一位讲师从下午1点多开始授课一直站立将近3个小时，这份对于学生的尊重已经能让我们感受到韩国老师的诚恳态度。而"都教授"在剧情里会对班级的学生提问以及发卷子考试、陈述报告打分等环节，在现实的大学校园里也是存在的。不要小看了课堂提问，研究生的课业成绩虽然都是学分制，但是一名学生的课堂表现、个人陈述的完成情况、口试或笔试的正确度都会影响到教授对于该学生这门课的整体评分。

第四节

在庆熙大学的第一个学期，繁重的课业以及接踵而至的义务服务让凡婷很多次都觉得这样的奔忙看不到尽头。每次爸妈从家里打电话询问近况时，凡婷都要先含一块薄荷糖把累得沙哑的嗓子缓一缓，以免敏感的妈妈又怀疑自己没有好好照顾身体，徒生太多担心。也正是因为太过于疲累，原先早就听闻的南山塔、景福宫、江南 STYLE 这些代表着韩国传统与现代的地方凡婷一直都没有来得及去逛逛。"我对南山塔的记忆，可没有那么浪漫，反而是一连串的惊吓。"秦璐在交流期结束的前一周和凡婷聚餐时打趣地说道："当然啦，这些'惊险'和景点没啥关系，而是我中秋节那天从南山塔逛完回来的路上……"

故事还要先从韩国人眼中的第二大节日"秋夕"开始说起。每年的农历八月十五，是中国人和韩国人共同的传统节日"中秋节"。在韩国，它可是仅次于"除夕"的重要节庆，所以在韩文中称之为"秋夕"。而韩国政府为了鼓励百姓重视"秋夕"夜一家团圆的意义，特别在每年的"秋夕"时放假三天，从农历八月十四就开始让家乡在外地的人们乘坐交通工具赶回家人的身边，然后全家人一同以祭祖、伐草、省墓、互赠礼物的方式念古思今，团聚融和。也正是因为"秋夕"的重要性，因而在每年的这个时节，你从首尔各大街道的交通堵塞情况就能感受到"民族大迁移"的熙熙攘攘。也就是在这一天的下午，秦璐手拎着刚刚花 6000 元人民币买来的单反相机，在参观完南山塔后搭乘公交车打算返回市区，与一位同乡聚餐。这位姐妹早前也是来韩国留学，本科毕业后选择留在韩国工作、恋爱，这天晚上的聚餐就是为了庆祝她即将新婚的喜讯，而在秦璐的双肩包里塞满了一下午逛街扫货的"战利品"，同时还放着一封装有 20 万韩元（约人民币 1100 元）的红包要送给准新娘。

公交车像蜗牛一样慢慢地滑行着，秦璐的身边早已经塞满了携带随身行李的人们，他们表情急切，希望能够在今天傍晚赶上一家人的团圆饭。"一会儿该怎么下车呀？"看着这难得一见的拥挤人群，秦璐犯了嘀咕。她随手把单反相机、双肩包往脚下一扔，就从随身挎包里掏出手机开始上网查

询接下来的路线。

"哎呀，这里好像就是'首尔站'了，我得赶紧下，不然要迟到了！"秦璐在窗外猛地瞥见了站牌，慌慌张张间，她只拎着随身挎包就直接冲过严实的"人墙"，终于像挤牙膏一样地钻出了公交车，然后开始四处找寻手机地图里的街道名。就在她下意识地想摸一下胸前的相机时，一道霹雳般的惊慌感刹那击中秦璐的脑袋——糟了，相机和双肩包！

当这个娇小的姑娘转身去找刚才那辆公交车时，像蚂蚁搬家一样的人流早已经把视线遮蔽，别说车尾牌号，就连近在咫尺的出租车也很难找到。根本来不及哭，秦璐提醒着自己"不能慌"然后折返到上一条稍微人少点的马路，开始用手招扬出租车打算去追那辆巴士。幸好有位空车的"的士大叔"刚巧路过，看到额头冒虚汗的秦璐就主动询问她要去哪里。跳上车，简单说明了原因，这位韩国大叔立马心领神会，开始了这段惊心动魄的"马路追堵"。

经验丰富的司机师傅先是致电首尔交通部⑤热线，查询到负责南山塔片区公交调度站的值班电话。随后，师傅又赶忙致电调度站，说明情况并询问从南山塔下午五点左右驶往首尔站方向巴士司机的手机号码。当得到了这位巴士司机的联系方式后，秦璐的心已经被紧张感揪的发痛。因为韩国政府对于所有公交类驾驶员有严格规定，禁止在开车过程中接打电话，所以，当这位韩国的士大叔接连拨打了三次巴士司机手机号码时，都是无人接听

注⑤：类似中国各城市的交通管理局。

的状态。

"别急，我继续尝试！"大叔一边劝说紧锁眉头的秦璐，一边继续重拨刚才的号码。可是，经过多次拨打后，公交司机的手机始终无法接通。"如果我没记错的话，这条公交线路应该会经过前面不远的剧院站台。今天过节，道路比较拥堵，我想这辆公交车应该也不会开得特别快，咱们一起去那里碰碰运气吧。"于是，这位好心的大叔一边劝慰秦璐不用太担心，一边抄近路赶往剧院的站点方向，打算陪着秦璐把遗失的东西找回来。

十分钟后，的士稳稳地停在站点旁，大叔特意打出"暂停营运"的标识陪同秦璐等在路边。还好有刚才这位的士司机的"神机妙算"，不一会儿，两人就看到了这辆公交车徐徐驶到站台。上客门刚一打开，秦璐就第一个冲进了车厢，在司机驾驶席旁边，熟悉的相机包还有那只黑色的双肩包竟然稳稳地躺在角落，安然无恙！原来，是先前秦璐坐过的位子上当时又有乘客就座，正是这位好心的乘客及时发现了座位下面的失物并交给了公交司机，这才使得原本找回希望渺茫的失物得以重新跳进秦璐的视线。憋了这么久的眼泪瞬间夺眶而出，秦璐抱着失而复得的东西向公交司机致谢后，转身来到了的士大叔的面前。这时，那份感谢的激动已经无法用整段的言语来表达。秦璐从钱包里掏出一张 5 万韩元的纸币想答谢这位全力帮助自己的大叔，只见这位腼腆的师傅连连拒绝，只肯收计价器里的 2 万多韩元路费。

当这辆出租车渐渐消失在黄昏的街头，秦璐紧抱着胸前的相机和背包开始踽踽行走在夜幕下的人流中。初秋这天的惊吓与感动混杂在她一年的首尔生活记忆里，像是一枚韩国人在"秋夕"必吃的松饼，涂满了花纹、颜色，让本以为会单调、漠然的留学生活洋溢着属于这座城的温情，而这份暖意一直会甜在心底……

讲完了这个故事，凡婷听的竟也有点眼湿。秦璐继续收拾行李，为下周的回国做好准备。"这只泰迪熊送给你，算是提前的圣诞礼物吧。虽然我回国了，但是还有它可以留下来陪着我们家凡婷小姐！"秦璐从衣柜里捧出一只带包装的泰迪熊玩偶，只见它身穿韩国传统服装，憨态可掬。"这可是我发生故事的那天中午在南山塔泰迪熊博物馆买的纪念品喔，也是我很宝贝的东西呢。"秦璐说着便把这只"宝贝"塞进了凡婷的怀里。

那晚，在首尔大学位于冠岳山的主校区草坪上，两位好姐妹眺望着早已过了"秋夕"时节的夜空，原本饱满的圆月在12月份时已经有了缺损，天幕上的朵朵暗云仿似衣裙，给这面凸月围住半边，很像一张微笑的脸庞。

一周后，秦璐带着满满的回忆和祝福顺利返程，而接下来的第二年求学历程则需要凡婷一人坚强面对了。

第五节

以首尔为核心的韩国首都圈居住了整个国家将近一半的人口，在这人口超过2300万的首都圈里，普通民众以及来自世界各地的人们都在这片繁华之地中感受着东北亚的独特魅力。虽然首尔的消费物价指数在亚洲来讲仅次于日本东京，但是日常生活里，丰俭由人的韩式料理，凌晨三四点钟依然灯火通明的东大门商业街以及源源不绝的各国游客依然把首尔的昼夜生活衬托得格外"接地气"。

在庆熙大学的凡婷对于日常起居饮食的开销并不觉得和北京、上海有太大差距。除了每月支付给"考试院"的1500元人民币房租费，一个月中的其他正常花费就是吃饭和购买日用品了。韩国高校的学生食堂十分便捷，例如在最高学府首尔大学，由于主校址建在山上，校方为了让这些精英学子安心读书，单单在校园里就分别开设了14间食堂，为每天往来于其中的师生提供价廉物美的套餐品种。随着手机APP的应用普及，首尔大学的学生还可以通过一款APP软件轻松知晓每周的套餐安排以及花样介绍。作为学生的你想要在大学的食堂就餐，你可以先在食堂门口的看板上瞧一瞧本周的餐点安排或是往展示柜里看一看今天的实例套餐到底"长"的如何。无论是炒乌冬还是韩式冷面，厨房的师傅们都会当真做出一整套出来摆在外面让食客挑选。看好价格后，在售餐票的窗口购买饭票后，就可以到指定的出餐窗口领取饭菜了。当然，学校食堂的物价肯定是要比外面便宜很多，一顿饭10元至20元人民币就可以吃饱吃好。而对凡婷来说，如果这天学校的饭菜不太合胃口的话，她还可以轻便地出校门搞定肚子。不管是在校园的正门或后门旁，各种招牌、图例定会把你诱惑得想要赶紧大快朵颐一番。

熟悉北京、上海两地外出就餐物价的朋友只要稍微看看如下的价格，你就会暗暗惊呼：真没有新闻上说的那么贵！虽然大街上麦当劳叔叔和肯德基爷爷的头像没有那么频繁地闯进我们的视野，但是各式特色料理店以及"紫菜包饭天国"这类的快餐店还是很容易就能找到的。一份石锅拌饭30元人民币，自助烤肉店50元人民币一位，海鲜自助餐50元至80元人民币一位……最让凡婷惦记的还是秦璐曾经在东大门区推荐的那碗土豆汤，区区20元人民币一份，里面竟然扎扎实实地放了四五块排骨肉，相当实惠。需要提醒咱们朋友们的是，韩国饮食口味偏辛辣，所以如果你不太喜欢吃这种"重口味"的话，可以在点餐前询问服务员是否能少放辣或者帮忙推荐不辣的特色餐品。而在一些特色小吃店，魔芋串、炒年糕、血肠、部队汤等等韩式美食都能够唤醒你的味蕾，让吃饭也变成一种享受。

"凡婷，中午一起出去吃饭吧。"同在国际学生交流处做义务服务的梁淑怡来自"酒店经营专业"，临近晌午时，她热情地对凡婷发出邀请。连续熬夜两天的余凡婷这时抬起发蔫的眼皮应了一声后，才发觉自己已经吃了四顿泡面了，而在她耳边仿佛又听到了这样的留学生热线询问声："你们学校是不是有个和平殿堂呀，据说每年都能来很多明星，是不是真的啊？"……"如果我来庆熙大学读书的话，有机会碰到李敏镐吗？"……随着秋季招生期的临近，凡婷每天都能碰到一些莫名其妙的咨询电话，真搞不懂这些崇拜韩剧明星的申请人到底是为了追星还是为了通过留学来提升自己。在凡婷做办公室咨询专员的这几个月，从中国打来电话询问留学规定的人次和去年同期数量相比一下子增长很多，创下历年新高纪录。

"以后，如果你吃饭的时候没有伴儿的话，咱们俩就一起吃，你别总是一个人喔。"梁淑怡喝了口参鸡汤，淡淡地对凡婷接着说："在韩国人眼里，那些总是一个人吃饭、自个儿往酒吧钻的家伙都会被视为'异类'的。因为咱们庆熙大学中国人多，所以还不会有什么，但是假如一个韩国人总是形单影只独处的话，在他们看来这就是没朋友，没交际能力的表现喔。特别是男孩子，你几乎很难看到有谁会一个人待着，除非他性格孤僻。"怪不得淑怡会主动叫她出来吃饭，可能就是担心凡婷经常独来独往的话，会连一个朋友都没办法交到。也难怪对方会误解自己，对于凡婷来说，她非常了解自身的性格，率真、友善、热爱交朋友，只不过淑怡是外系的同学，两人日常的交集本身就不是很多，加上凡婷责任心重，很多时候在办公室里就是埋头处理各种杂事，根本无暇顾及身边的陌生人事。这样一来，别人肯定会去揣度凡婷的脾气性格是不是不合群。而淑怡这次"阴差阳错"

的提醒，倒是让凡婷察觉到自己在过去的近一年时间里被学业、工作纠缠的一刻不得停歇，她连呵护自己的时间都没有，更别说众多女孩子都会向往的明洞购物或是东大门血拼了。

就在来首尔的第二年暑假前，凡婷的专业课奔忙终于告一段落，而在这年的暑期长假，她打算用一种充实的方式让自己亲身感受一下首尔的"韩式STYLE"。

第六节

这里是明洞商业街，一条十五分钟就能走完的街道，两旁鳞次栉比地排列着上百家各色店铺，每天有数以万计的人流量涌向这里，享受着消费的恣意感。随着韩国政府对于中国百姓签证政策的放宽，加上往返机票的低廉，越来越多的内地游客蜂拥而至。在明洞的多数门店里，从早晨10点开业到晚间22点打烊，你能轻易地听见"扫货人"口中亲切的汉语普通话。是的，这些年轻的面孔是用"扫"的方式来表达对于韩国品牌特别是化妆品的挚爱。"小姐，这款绿茶保湿润肤露给我10瓶，火山岩泥收敛水6瓶……""嘿，小姑娘，你帮我按这张单子上面的名字一种来3瓶。"……"小姐姐，拜托了，我好不容易从东北来一次明洞，再多给我几瓶小样吧……"当凡婷迈进淑怡打工的这家"悦诗风吟"连锁店，她被眼前这番人头攒动的场景吓退了两步。本打算趁着逛明洞购物街的时间找淑怡一起午餐，没想到这家不过50平米的店铺竟然早已被人流塞满，而站在货架旁担任导购的淑怡也是忙得应接不暇，同时被多个顾客喊来唤去。

"这里岂不是比在学校的交流处工作还要忙啊？"在安东蒸鸡店里，凡婷有点替淑怡鸣不平："工作时要站这么久呀？现在正好暑假，肯定是旅游旺季，你这样忙来忙去的我看你连喝口水的缝隙都没有。""在韩国留学的学生基本上都是会在课余特别是假期打工的，很多人选择去餐厅、便利店做体力活，他们一个小时才20多块钱人民币，我因为懂韩语会中文，所以才有机会趁着暑假来明洞做店员，这里30多块钱的时薪，而且做得好还有额外奖金。这边已经算是不错的了，我一个同学在明洞这边的乐天免税店打工，那才真是噩梦般的日子……"

明洞作为中国人来首尔购物最热衷的地点之一肯定是有它天然的优势，在这里不仅有爱马仕、普拉达、香奈尔等高端品牌，更有女孩子们青睐的韩国本土化妆品牌，从"菲斯小铺"（FACE SHOP）到"自然乐园"（NATURE REPUBLIC），还有在国内人气颇旺的"兰芝"护肤系列在明洞都有专卖连锁店，而且价格基本上都会比中国内地的定价要便宜很多。与此同时，在明洞的乐天免税店里，由于所有商品价格全部不含税，因而相当多的国际大牌定价都远远低于中国国内，这也吸引了浩浩荡荡的中国游客前来"抢货"。特别是在每年中国内地的几个"出游黄金周"期间，这也成为中国顾客争相前来的时期，于是几乎全部商家都会在旅游高峰季来临前大量招聘懂中文的双语导购。这时，尚在韩国留学的中国大学生就成了这批导购员当中的绝对主角。最为让扫货者们津津乐道的还是韩国化妆品店一贯的大方作风，店员们在帮助顾客挑选产品的同时还会赠送大量的护肤小样，让买家欢喜离场，并且像活广告一样回到国内高调宣传。就这样，一传十、十传百，"买实惠去韩国"的扎实口碑在过去短短的几年间变得人尽皆知。

打工挣钱虽然很重要，但是在凡婷想来，本身前两个学期已经在学校忙得焦头烂额，如果在这难得的两个月暑假里还是用健康换金钱，她总觉得"体力劳动"打工并不是最适合自己的方式。在暑假刚开始的第一周，经过留学生会师哥的推荐，凡婷凭借着出色的韩国语听说能力成了一家首尔演艺公司制片人的随身翻译。这家公司恰好与中国内地一家知名电视台合作拍摄电视剧，男女主角分别来自中韩两国，而故事拍摄地八成以上都需要在韩国当地完成。正是这一份长达近4个月的跟组拍摄以及随行翻译工作，让凡婷第一次零距离地感受了韩国影视剧的"产业化"制作方式以及韩国艺人的勤恳态度。

虽然一个月140万韩元（约8000元人民币）的酬劳在留学生的打工薪资排行中绝对算得上是"高薪"，但是每天吃住都在摄制组的"非正常"生活仍是让凡婷一度想要放弃这份难得的差事。因为在研二的上学期，凡婷还要面临论文撰写前的"毕业大考"，当摄制组驾车辗转于不同取景地之间的路上时，她就会见缝插针地拿出专业书进行薄弱点的温习。由于拍戏是日夜赶工的，很多时候凌晨1点才关灯收工，而为了赶上第二天的晨景戏，所有演职人员又会在4个小时后的清晨5点准时出现在现场，开始新一天的拍摄。即便如此日夜颠倒，凡婷要备考的"韩国文化"、"教学法"等内容都是在片场完成复习的。

由于表现出色加上制片人允许在拍摄间隙可以返回学校继续攻读所剩不多的课程，当8月份暑假结束后，这份演艺公司的翻译工作凡婷还是继续保留了下来。经常穿行于"江南"和"江北"之间，也让她亲眼看到江南地区以狎鸥亭为中心往东西方向延伸的"整容一条街"是何等的人气兴旺。在这条闻名亚洲的"整形街"旁林立着超过200家整容专科医院，因为近些年来赴韩整容的中国人逐渐增多，很多时候这些整容医院都会开出高薪招聘长期稳定的驻店翻译。许多中国留学生在课业不紧的情况下，也会选择来这里打工，补贴日渐瘦瘪的钱包。当然，作为大学的教授们，他们往往会明确地劝告留学生不要因为打工挣钱而贻误了学业，而且导师们对于那些经常在外工作而耽搁上课及作业提交的学生，也会在课业打分中予以低分警示。

正是在研究生第一年两个学期的勤学苦读，并且将硕士阶段需要修满的学分提前修完了一大半，这就让凡婷从第三个学期开始，单在课业上就没有太多的负担和考核。而此刻，等待着她的将会是这年 10 月的"毕业大考"。只有通过了这场长达 4 个小时的综合卷考试，凡婷才能随后再进一步地开始准备毕业论文的撰写工作。

第七节

一向自认为运气不错的余凡婷在"毕业大考"的前一个星期还是出事儿了。

那天晚上，刚刚从健身房运动完毕打算开门出去的时候，由于汗多手滑没有留神自己的手指头还在门边上，结果一关门，右手的中指一下子夹进了门和框的缝隙。一股触电般的刺痛从中指顺着胳膊窜了上来，当凡婷意识到的时候，中指的指甲上已经开始渗出鲜血，整个甲盖也发生变形。仿佛竹签扎进了甲缝，十指连心的古训果然正确，那一刻虽然只有短短几秒钟，但对于凡婷来说，就觉得时间都凝滞了。

来不及细想，凡婷用随身包里的毛巾把受伤的指头缠上，然后开始一路小跑冲去校门对面的庆熙医疗院。这所庆熙大学附属的综合性医院是韩国排名前三的知名医疗院，就在那天晚上，医院的急诊病人特别多，当凡婷赶到急诊室开始排队等候时，已经有两三个出车祸的重症病人被医护人员用滑轮床推进手术室准备抢救。"和他们比起来，我这已经算是幸运了。"凡婷的乐观劲头这时候逐渐恢复，她不敢多看受伤的手指，只能用左手掏出手机和远在国内的秦璐用微信聊天，并寻求这位姐妹的精神安慰。

就这样有一搭没一搭的语音聊天一直陪凡婷等待着骨科医师的喊名提醒，直到凌晨2点迷迷糊糊的她才听到有人叫了两遍自己的名字。"没有伤到骨头，不用手术。不过你的这根手指上端已经骨裂了，并且指关节有错位的迹象，需要使用夹板固定。"急诊医生看了一下拍好的X光照片，对凡婷轻描淡写地说道。"可是医生，我一周后要参加毕业大考，如果手指头弄了一个这么宽的板子，会影响我写字的啊。"凡婷听到还要带"夹板"，心里噌地急了。"临考试前你再来一次，我到时候给你换一个塑胶的指套，那样的话写字可能会方便一点。肯定还是手指头的康复重要，如果你不带夹板的话，骨裂无法顺利愈合，那以后就有可能造成你的手指骨节没法自如弯曲了。"医生说完便示意助理开始叫下一位候诊的病人进来。

本以为胜券在握的毕业大考在这次"伤指事件"的冲击下让凡婷觉得心里相当没底。之所以称之为"大考"是因为这场考试从命题标准、范围划定、考场监考、试卷批改等一系列流程都十分严格。每年的3月和10

月都会举办针对应届研二学生的此类考试，在一间阶梯教室里，考生打散座位隔列就座，这张综合试卷是由该专业的所有导师一同出题，主要以问答论述类题目为主。正因为是综合类试卷，所以答题前，考生可以根据自己先前选报的课目勾选此次要做的题目内容。例如在凡婷参加的这场考试试卷上就有包括"教学法理论"、"韩国语语法"、"韩国文化"等多个类别，她只需要勾出自己需要考核的课目即可。比较人性化的是，这场毕业大考如果本次未能通过，学生有机会可以在下次大考时随另一届考生补考一次，而且上次在大考中已经通过的课目在本次补考时不必重考。

尽管从暑假在剧组做翻译时凡婷就已经做好了万全的复习准备，但是，那根受伤的中指由于带着一个指套而且会时常阻碍到写字的节奏和流畅感。原本可以4个小时完成的试卷，凡婷根本无法在既定的时间内全部写完。即便在开考前，她也试图给监考老师解释自己的特殊情况，但是监考人暗含"考场上一视同仁"的态度让凡婷心里霎时冷了半截。她也明白，在考试面前就是要秉持公平的原则，就好像在每年的中国高考期间，总会听闻有考生因为各种不可测的原因，结果迟到后被拒之考场门外，就算监考老师有恻隐之心，但是面对普世的"公正"前提，还是不允许有任何的"特例"发生。

算是意料之中吧，在这次试卷的选考科目里，凡婷还是有一门课被批为"不及格"，需要次年3月重新补考。为了不影响正常的毕业进度，她打算在补考之前就开始遴选毕业论文的主题以及参考资料的书单。"无论如何，我还是要高标准要求自己。既然当初决定两年内拿到硕士学位，我就没理由继续拖延下去。"看着自修室里立柱上挂着"善缘善果"的裱框牌匾，凡婷用力握紧了拳头，她的心里始终明白一个道理：凡人求"果"，智者寻"因"，而在因缘际会的留学旅途中，只有自己不放弃、不后悔，才能在关键时刻结识"善缘"，修得"善果"。

第八节

　　平安夜的那天晚上，首尔的天空飘起了短暂的小雪。薄雾般的绒雪淡淡地铺在屋檐上，衬托出冬季本有的阒寂与和美。"我们一起吃点夜宵吧，炸鸡配啤酒，怎么样？"淑怡在租屋的客厅里对凡婷提议道。在这年的秋天，由于凡婷先前进剧组当翻译积攒了不少余款，她就和淑怡商量着以合租的方式在学校附近找到了一套两室一厅的房子，每人一个月分摊30万韩元（约1700元人民币）的房费。虽然"炸鸡和啤酒"的吃法是伴随着《来自星星的你》这部韩剧热播才在中国内地受追捧起来，其实这种吃法在韩国很早以前就已经是司空见惯人尽皆知，而且在外卖业相当发达的首尔，凌晨两三点外卖员骑着摩托在各条马路上飞驰的情景一点也不稀奇。几乎每个大的街区都会有一到两家炸鸡店，它们清一色地都会提供炸鸡配生啤的搭配并根据客户需要打包快送至家门口。

　　"虽然我比你早上一年学，不过现在看来咱们俩要一起硕士毕业咯。"视频聊天那头，秦璐扮着鬼脸欢乐地说道。"前提是我得顺利通过明年上半年的论文答辩啊！"凡婷一想到次年3月的毕业补考还有前途未卜的论文开题，一团愁绪又像泥巴似的糊在了嗓子眼上。"你可是'女神加学霸'呀，千万不要小看了你身上的'小宇宙'。想想看，手可断，血可流，这拼搏精神不能丢喔，哈哈……"秦璐话还没说完就倒身笑了起来。瞧了一眼刚刚康复的右手中指，凡婷觉得自己经历过一些事情后内心倒真是坚毅了很多。以前在家的时候，有爸妈疼，长辈爱，那个时候就算只受了些皮外伤，父母都会焦急地冒火。而这次手指头的骨裂，凡婷对家里人只字未提，她选择了一个人承受。留学他乡的年轻人，在这宝贵的青春历练中，你可以不成熟，但是你不能不成长。

农历新年，凡婷选择了短暂回家和父母团聚。这年3月，研二的下学期开学，凡婷轻装上阵迎来了第二次毕业大考的试卷。因为先前做好了十足的准备，加上手指灵活度完全恢复到原先的水平，凡婷轻松通过了这次补考。

韩国的研究生导师还是相当挑剔的。早在第四学期开学前，凡婷就曾把预先草拟的论文主旨以及论据、史料等内容交给赵教授后，没过几天就接到通知，要求她更换主题重新提交。这次被否定的论文主题在刚开始时一直被凡婷认为是最安全的——"论韩国语词汇的多义用法"，结果赵教授不喜欢弟子拾人牙慧的做法，建议凡婷改为考据"韩国语词汇中关于颜色的用法"。

领了导师的"军令状"后，余凡婷就自发铆足了劲儿，开始冲刺最后不足2个月的撰写时间。在那幢哥特式建筑风格的庆大图书馆里，凡婷留下了太多查找文献以及到处奔忙复印资料的身影。原本只需要提交总量约60页左右的论文，凡婷狠下功夫满满写了100多页才收住笔脚。仰望着图书馆足足有四层楼高的巨型屋顶还有满溢着欧式古堡韵味的馆体格局，这使得身在其中的凡婷仿佛步入了哈利·波特的霍格沃茨学校，让她的心底升腾出一种踏实的自信。没错，"自信"其实就是"自己的确信"，当你明确了这份关乎学业的信念，所有的耕耘都是收获的前奏，而晨昏时分的灯下苦读必定会在这年初夏收割满筐应得的喜悦。

当获知自己的论文终于获得了赵教授的通过时，凡婷一点都笑不出来，她知道更为严苛的考核还在后面——大小两次毕业论文答辩。根据庆熙大学的惯例，第一场大型答辩往往会在一间礼堂或多功能报告厅里举行，台下有来自院系各个年级的研究生，而在凡婷参加答辩的这一届会场里一共坐下了 100 多人，其正式程度不言而喻。由于本届参加硕士论文答辩的学生较多，原本每人需要答辩 10 分钟的环节被压缩为 5 分钟。即便如此，当台下包括赵教授在内的五六个各专业导师同时严肃地紧盯着答辩人并做出随时可能发问的表情时，凡婷再怎么显得镇定自若也无法叫停因紧张而不断抖动的小腿。

事后凡婷细想起来，觉得那场大型答辩更多像是一场简明扼要的观点报告，席间只有两位教授发问，而且都是一些通识性的问题，只需要调整论文的细节论据就可以解决。这次全体答辩通过后并不意味着就可以安枕无忧，凡婷必须按照第一次答辩的导师建议在规定时间内进行系统调整，随后还要完整打印并制作论文封面、装订成书。

第二次小型答辩是在一间教室里举行，凡婷再次面对熟悉的几位导师的面孔，她当初那份不安稍稍减轻了不少。有人说，因为在乎，所以紧张，因为你太想要，所以才会不知所措。对于能够按时毕业，凡婷明白，她很在乎。并不是说为所谓的"脸面"而战，而是深知自己并不比其他同学在学识、功课上能力弱，如果每年有 50% 硕士通过率的话，那胜利的这五成人当中就应该有余凡婷的名字。

这次小型答辩现场，凡婷一个人要面对四位教授的质询。而在每位学生长达约 15 分钟的答辩时间里，导师很有可能会冒出一些她当初没有准备充分的新鲜论点。而这种阐述想要掺点水分是根本不可能的事情。还好答辩之前，凡婷已经全部通读了赵教授在过去一年里所划定的 12 本参考书籍，即便有一位教授偶尔丢出不合常理的偏激论点，坐在一旁的赵教授也会"护徒心切"地帮凡婷把这柄"利刃"给悄悄挡回去，这让坐在答辩席上的她十分感念。

得知答辩最终通过的时候，凡婷和秦璐正在环韩旅行的路上。两个好姐妹终于兑现了"一同毕业旅游"的承诺。她们先后去了江原道、釜山、济州岛，虽然算不上"韩流"粉丝，但是到了《冬季恋歌》、《城市猎人》、《大长今》的拍摄地时，秦璐还是会嚷嚷着要和凡婷在这些场景地点合影留念。尽管韩国的艺人们像夜幕上的流星一般大浪淘沙，但是他们在最为璀璨的时刻光鲜过，并且还留给观众那么多或哭或笑的片段回忆，这种满载了青春的光影就似一张张动态的剪影，让年轻的纪念册中又多了几分纯真用来留恋。

尾声

庆熙大学之所以能够和"韩流"牵带上关联，还是要从那座距离学校图书馆不远的欧式建筑"和平殿堂"说起。这幢含露着岩石毫光的教堂式楼宇就是每年韩国知名电影盛事"青龙奖"的典礼会场。每逢深秋的11月，和平殿堂大门外的红地毯旁便会被来自世界各地的"韩流"粉丝群以及各路记者们团团围住，在一阵盖过一阵的尖叫声中，但凡被提名的该年度最红影星均会亮相现场，并在稍后的典礼舞台上祈祷能够听到自己的名字被颁奖人喊出。此外，还有"韩国音乐剧大赏"、"超级明星"等多场颁奖仪式及综艺节目都选择这间大礼堂作为最佳的举行场地。而作为庆熙大学研究生们最为重要的毕业庆典当然也要选在母校的和平殿堂来盛大举办。

统一的木红色座椅，上下三层的弧形观众席，当你坐在任何一个角落眺望着舞台，都有一种观赏演唱会的视觉辽阔感。就是在这座"殿堂"里，凡婷如愿地给自己的韩国留学生涯画上了一个句点。毕业那晚，秦璐在微信里发来笑脸祝福她，并转来了一篇内地主持人大冰的文章，上面写道："我曾做过一场长达十年的梦，梦游一样，把年轻时代最美好的时光，留在了风马藏地。当我醒来时，发现镜子里的自己已三十而立，但却依旧保留着二十岁时的眼睛。"

回望在韩国留学的日子，它就好似一把剪刀，裁划出青春的圆周，并将半径无限延伸。青春需要一双净澈的眼眸，当异国的学业抬高了我们俯瞰世界的基点，这双属于年轻的眼睛才能透过"视野圆周"瞭望到内心更远的去处，还有关于梦想的那条通衢"归途"。

•余凡婷：关于留学韩国的小贴士•

1. 在去韩国留学前，我也和很多国内的女孩子一样，以为首尔满大街都是"长腿欧巴"或是"仙姿美女"，结果到了之后才发现，现实与想象之间还是有着相当大的差距。因此，想要以追星为目的来韩国留学，我要劝上一句，还是省省你的钱袋子吧。

2. 韩国的知名高校（尤其是隶属于"SKY"系列的首尔大学、高丽大学和延世大学）素来都是对留学生的入学要求有着严格的门槛，想要申请这三所韩国顶级大学，请先登录如下官网查询各专业的申请细则：首尔大学（www.snu.ac.kr/）；高丽大学（www.korea.ac.kr）；延世大学（www.yonsei.ac.kr）。此外，成均馆大学（www.skku.ac.kr）以及庆熙大学（www.khu.ac.kr）都对于优秀的外国留学生有相关"申请优惠"政策，具体详情也请登录它们的官网做进一步查询。

3. 对于跨专业申请韩国的各高校研究生入学资格前，请先确认该高校对于跨专业留学生的入学要求。一般情况下，很多韩国的大学在招收该留学生前需要本人原先在本科阶段有相关的专业学科背景或在该领域内具备相关专长及成果。如果本科阶段的所读科目或研究方向与硕士阶段的学科内容相差太远且无法证明自身实力的话，会降低被顺利录取的概率。

4. 虽然我在留学期间也选择了"课余打工"，但是这些工作都是在第二学期之后才逐渐接洽的。对于以学业为重的国际学生而言，第一年的两个学期是我们熟悉韩国、适应留学课业节奏最重要的时段，千万不能"因小失大"地让打工赚钱成了拖延学习的借口，这样的话，一旦被导师知晓，对于你的学习评价会造成很大的负面影响。

5. 在我的硕士成绩单上，除了有 8 门课（共计 24 个学分）是必须要修满的"硬指标"外，其实，还有另外 10 个学分是校方直接"送"给我的。因为我是科班出身，本科读的就是韩国语专业，因此，根据庆熙大学韩国语教育学专业的研究生基础课目列表里，我能从自己本科时的成绩单中找到韩国该专业认可的本科阶段课程内容，然后可以直接申领到相应学分，我前后共拿到 10 个互认学分。如果某申请人在本科阶段很遗憾没有修过相关课程，则这 10 个学分就需要在研究生阶段另外选修对应分值的基础课，从而弥补该申请人在本科阶段没有学到的课程内容。

第八站 / 日本篇

趁青春未冷

在这个你追我赶的年代，速度仿佛成了一道"咒语"，在奔跑间每个人都开始思忖"学习的意义"。日本就是这样一个善于向邻邦学习并能融会贯通的"智慧型"国度。从古代以中国为师，到近代以欧美为榜样，正是"学习"的推力，让日本的春樱、夏海、秋枫、冬雪也在四季的流转中盘旋出她独有的气质与底蕴。留学日本，就好似踩着记忆的脚步回溯，在求学的案头前，我们逐渐了然"学习"背后的风景，还有那些未曾发觉的美好。

给**理想**加点**糖** 留学，
你有更多选择

第一节

　　不知道为什么，椅子会突然微颤着左右晃动起来，杨玲好奇地低下头，正打算看看是不是有谁在搞恶作剧时，只听日语老师铃木美穗大喊："地震来了，大家快钻到课桌底下！"地震？！杨玲脑袋嗡地一下蒙了。"杨玲，还愣什么呢，保护好头部！"座位旁边的日语班同学陈洁莹丢给她一个书包，让杨玲把它盖在头顶，以防吊顶的教室会跌落重物。

　　地震没有想象中的凶猛，只是有点重心不稳地前后颤晃了几秒钟就立马收住了威力，仿佛石子掷入湖面引起的一阵涟漪，当波纹停歇，刚才的一幕就像从未发生。"好了，地震过去了，大家收拾一下，继续上课。"铃木老师整理了一下头发，神情淡定地对班里20多名同学说着，然后拿起粉笔继续在黑板上写下今天要学习的现在完成时态。

　　没有尖叫，没有任何的秩序混乱，那些班里比自己早来一个月的外国学生显然已经适应了日本这种经常光顾的"地震伎俩"。

　　作为全世界地震最为频繁的国家，日本每年要经受1级（日本标准）以上地震有将近1万次，而人们日常生活中能够靠身体感觉到的地震频度，在全日本的统计数据中每年也超过1000次之多。虽然这种"小晃不断、大晃不乱"的日子已经成为了日本国民的家常便饭，可是对于初到日本东京才一个多月的杨玲来讲，还真是人生第一次经历地震的惊吓。

　　由于爷爷早年长期居住在日本，爸爸也精通日语的缘故，杨玲从小就耳濡目染地对日本文化和日本文学抱有浓郁的兴趣。她在中国国内的本科阶段虽然主修中国古代文学，但是杨玲平日里最喜欢做的事情就是把中日

两国同一时期的诗人、作家进行横向对比，从而反观在那个朝代，两国文人在思想人文方面的相通之处以及迥异的细节。从日本的和歌到物语文学，杨玲总能在那些美妙的句子里感受到日本古人在遣词造句中的优雅、纤弱，还有那种沉静般的修辞雕刻。即便当时杨玲还不懂日语，这些文学作品都是中文译本，但是透过文字表述背后的那种风情还是牢牢地抓住了她的审美重心。

大学本科毕业后，杨玲放弃了去媒体或高校工作的机会，选择东渡日本，让自己到真实的东瀛去追寻她的"青春和歌"。和其他国家留学不同，日本的高等院校都是推崇"导师制"原则，也就是说，如果你想申请日本排名较好、专业度高的学府无一例外都需要这个专业的导师愿意接收这位申请者，他或她才有可能通过"旁听生"的资格，逐步参加该所大学的"研究生院"（日语称为"大学院"）入学考试，成绩以及其他标准都合格后，才能进入到真正的"研究生"阶段①。

通常情况下，一位在中国即将大四毕业的学生可以先在国内参加日语"JLPT 考试"②。改革后的 JLPT 日语能力测试共分为五个级别，其中，"一

注①：由于中文和日文汉字在表述上的不同，在日文中会将文中提到的"旁听生"写为"研究生"，而该"研究生"只是没有正式学籍的履修生，并非中国国内所指的"硕士"。在日本，"研究生"可以定义为"硕士预科生"。对于国际学生而言，"研究生"阶段几乎很难申请到奖学金及学费减免资格。日本高校的"硕士"的正式名称为"修士"，也称"博士前期"。

注②：The Japanese-Language Proficiency Test 日本语能力测试，由日本国际交流基金会及日本国际教育支援协会创立。

级"最高，"五级"最低，而如果想直接赴日留学的话，日语成绩应至少能够达到"二级"以上。

正是这些和中国教育制度略有不同的条件限制，直到今天，如果中国国内的本科毕业生想申请日本的国立、公立大学时③，都需要先在联系导师上下足功夫。假若没有这所日本高校的导师同意，即便申请人在国内日语成绩达到"一级"后直接写信给该高校的"大学院招生处"提交申请意愿，对方会回应的可能性也非常低。对于中国本科学生而言，可以通过如下两种方式与心仪的日本高校导师联络。

其一：在考取了日语成绩"二级"以上证书后（最好是"一级"），申请人可以直接登录该高校网站，通过院系教师名录找到与自己预备申请的专业相关的教授，在名录上基本都有该导师的研究方向、电子邮箱。申请人可以通过撰写电子邮件的方式向该导师介绍自己的学术背景、入学计划等相关内容，如若导师觉得申请人是"可塑之才"，他会发送"接收承诺"邮件给申请人。随后，该名学生就能通过"履修生"的身份至日本当地留学，以旁听的方式参加该专业的各门科目学习，并按导师要求上交作业或报告。在每年的12月份可以参加由该高校举办的"修士入学考试"，通过此次考试后，即可获得正式的入学资格，开始硕士阶段的学习。每年12月份的"入学考试"成绩一般会在次年的1月公布，如果因为各种原因没有通过考试的话，校方会在2月再设立一次入学考试机会，第一次未通过的申请人可以再次参加，考试成绩合格后，依然能赶上4月的日本开学季。

其二：由于外国学生本身不在日本国内，因而日本一向以严谨著称的导师们不会轻易地在尚未见到申请人本人之前就贸然发出自己的"接收承

注③：在日本，从中小学到大学都有国立、公立和私立学校之分，其中国立学校是指由国家出资设置的学校，而由地方政府设置的学校则称之为地方公立学校，其他由学校法人所申请设置的学校叫作私立学校。

诺"。另一种被国际学生广泛采用的途径就是直接报读日本当地的知名语言学校，通过一边攻读日语课程，一边借助语言学校提供的"进路指导"服务更加全面地了解自己的学习优势，同时该语言学校还会帮助学生推荐大学导师以及协助联络，提供修改自荐信等细项服务，这样更加稳妥地把留学生推送到导师面前，进而能够更为精准地拿到"旁听生"学习资格。

对于杨玲而言，大四上学期由于还没有进行任何的留学规划，到了临毕业前才决心要去日本留学，因此，那个时候杨玲的日语水平几乎为零起点——除了"五十音图"外，其他一概不知。"这样也好，至少可以让自己从一张白纸重新开始！"爸爸打趣着对杨玲说。没有过多的叮嘱，甚至爸爸也没有和日本的朋友联系让他们照顾一下自己的宝贝女儿，一个人，两个行李箱，几个小时的航程之后，杨玲看似弱小的身影出现在了东京的成田国际机场。

第二节

站在上野的繁忙街头，杨玲停住了脚步，四周的行人如流水般在身边穿行，但是没有丝毫的凌乱和无序。每个人，不论肤色、年纪，他们都有着自己的方向，疾步快行地朝着前方迈去。这里是东京都最为繁华的街区之一，也是国际留学生经常打工的区域，杨玲之所以选择在东京就读语言学校，就是想站在日本最为现代与繁华的地方，以融入的姿态徐徐跨入当地人的生活形态。

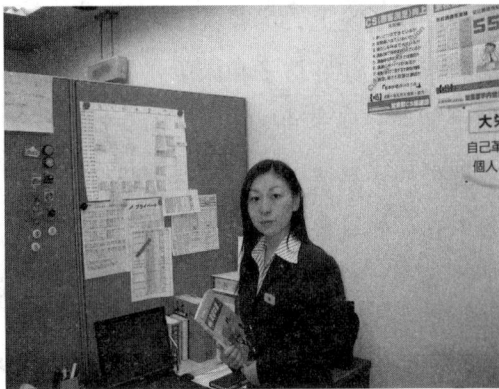

也许是受到先前看日剧的影响，在杨玲的印象中，日本的公寓房虽然狭小，但是至少应该能够有充足的个人活动空间吧。影视剧里当然不会把最基层的生活形态如实地演给你看，作为城市人口密度最大的都市之一，东京寸土寸金的房价必然会导致国际留学生要想在这里有一个栖身之所的话，要么舍得付高额房租住一室一厅，要么就只能选择语言学校的学生"胶囊公寓"了。所谓"胶囊公寓"其实是杨玲对这种袖珍房间戏谑的称呼。但是，这间房子如果在中国国内也最多只能叫作"储物隔间"，连一个正规的房间都称不上。长度两米六，宽度一米五，这间总面积大约四平方米的小屋就是杨玲初到日本的"学生公寓"。一个月34000日元的房租要价在东京都来说已经算是十分合理的价格④。好在日本的物价长期保持稳定，在过去的十几年时间里，虽然日本经济遭受了各方打击并呈现"衰退"的迹象，但是全国的居民物价依然没有大起大落，加上人民币汇率在近些年来持续升值，使得赴日留学的费用实际上处于一个相对合适的价位。

为了不占地方，日本公寓的门基本上都是向外推开的。就在这间"胶囊公寓"的门后，有一个篮球大小的球型洗脸池，上方的墙上还挂了一面洗漱镜供房客使用。如果要仔细端详这间公寓，你不得不佩服日本设计者心思的巧妙与人性化。说到房子的细处，那可真应了"麻雀虽小五脏俱全"的理念，这间四平方的屋内，有一张一尺宽，一米长的桌子，为了不占空间并且方便房客晚上睡觉时可以伸得开腿，桌子是直接悬空固定在墙壁上。桌面的下方有一台约80厘米高的迷你冰箱，冰箱的左边还整齐堆放了三张

注④：人民币兑换日元的汇率约为1:16.85，34000日元约合人民币2000元。

睡垫。到了晚上，房客就可以把这三张垫子直接在榻榻米上拼出一个长方形的床垫，铺好褥子和床单就可以直接敞开入睡了。桌子的上方分别依次固定了三个悬空的搁板，上面分别摆放了电视机、影碟机，还能放房客自行携带的物品或书籍。虽然"胶囊公寓"的房间里也有窗户，但是基本上看不到任何风景，在一尺之隔的对面就是另外一栋学生公寓。如果你不拉上窗帘，基本上屋里的一举一动都能给对面的邻居展露无遗。

语言学校的生活还是充满了欢乐，在这个班级里大多数学生都是来自于中国、韩国，还有零星的一两位从美国和德国赶来留学的白人学生。熟知中国历史的朋友们都还记得，其实早在隋唐时代，中国人就是日本人在文化和政治、经济方面的老师，日文中的假名还有汉字都是从中国古代的文字中嫁接过来的。因此，中国人在学习日文时会有天然的优势。当然，韩国人学习日文的速度也不比中国人慢，相似的文化氛围再加上韩文和日文在语法、句型上几乎是如出一辙，这就自然能让韩国人在从零学习日文时有事半功倍的效果。

杨玲深知，如果课堂之外还是和中国同学腻在一起的话，目前薄弱的日语水平是根本无法应对即将到来的"硕士入学考试"，唯有多说多用，才能让日语水平达到自如驾驭的阶段。为了逼着自己精进日语能力，杨玲选择每天和韩国同学形影不离，她们同吃、同玩、同打工，成了留学途中的"患难姐妹花"。在上野公园或是在语言学校附近的咖啡馆里，只见杨玲和隔壁的韩国室友一人手持中日字典，一个怀捧韩日辞典，两个人费尽心思组词造句，把每天要聊的话题、要说的话语都用日语进行交流。除了生活中

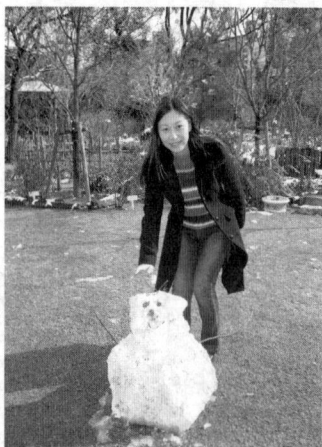

的口语操练外，杨玲在到达东京的一个月后就开始应征便利店的收银员，她的目的不是为了赚取生活费，而是为了能和日本人每天"唠嗑"。

日本政府对于国际留学生打工有着严格的规定，一名外籍学生持有"留学签证"的话，在申请到"资格外劳动许可书"之后即可合法寻找打工的机会。对于打工时间，官方的限制是一周不超过28小时，如果只是找普通的体力劳动岗位，打工酬劳每小时约800日元起算（约人民币50元）。留学生的打工选择往往也是餐厅清洁工、服务生或是在超市、便利店做营业员。有些同学由于手头比较紧，他们会主动申请做夜间工，比如在24小时便利店里，晚上10点以后算是"夜班"，时薪也会比其他时段要高出一些，大约每小时1000至1200日元起跳（约人民币60至70元）。而杨玲的"唠嗑日语学习法"就是在这个时候应运而生的。

这间只有15平方的便利店是由佐佐木老妈妈经营的，在上野这条街区已经开了整整30年。这位老妈妈年过七旬，孀居多年，由于儿子长期被公司外派至北海道，所以佐佐木老妈妈一直一个人依靠便利店的收入生活着，加上政府每月都有数字不薄的退休金入账，所以她的生活也从未显过清贫。老妈妈最大的爱好就是聊天，只要杨玲一到店里报到，只见这位阿姨就会搬了凳子放在杨玲收银台的旁边，开始和她天南海北的各种闲聊。这也正是杨玲喜欢佐佐木老妈妈的地方，即便那个时候杨玲的日语词汇量极其有限，但是通过比画加写字，她总能和这位"话唠阿姨"有说不完的新鲜事。从20年前的"红白歌会"到他儿子前年的离婚，从数叨那个儿媳妇各种不孝再到她今年冲绳之旅的打算，也正是在这些闲扯漫谈中，杨玲的日语听说能力像冰雪消融后的沃土，短时间内就绽放出了丛丛花束。

语言学业上的进步并不能消减生活上的诸多"郁闷"。就拿每天洗澡这件小事来说，就让杨玲好一阵子折腾。在这所学生公寓里，每个楼层都配有公用的浴室和厨房，而淋浴房的出水装置是需要进行"投币取水"的，也就是说，使用者每投入100日元，花洒可以出水3分钟。第一次使用时，杨玲还不太认识日文，也没搞清楚出水的规则，于是就只带了2枚100日元进去。因为她一直是留着长发，结果头发刚洗到一半，水就停了。可怜的杨玲用沾满洗发水沫子的手指头揉开眼睛上的泡沫，然后嘀零咣啷再从随身浴篮里费力摸出另一枚硬币，重新投入后，热水才又一次飞洒在她几乎冻僵的身体上。最惨的还是时间估摸不准，由于前后只有6分钟，基本上是沐浴液还没有完全冲净，这只吝啬的花洒就再也不肯流出半滴水来。那个时候，正是日本秋风瑟瑟的10月，可以想象到当时杨玲浑身哆嗦匆忙擦身的那种尴尬和狼狈。

经过打听才知道，一般到了秋冬时节，那些家里条件有限的日本人都会选择去公共浴室洗澡。特别是上了岁数的日本老人，他们因为从二战后就养成了定期去街区的私人浴室泡澡的习惯，所以，这些浴室里基本上都是年过半百的老人们。回想起到这些私人澡堂洗浴的经历，杨玲还是觉得有点难为情。在日本，像这些老字号的澡堂基本上都是由一对老夫妇私人经营的，由于澡堂里水温较高，水蒸气弥漫后很容易让一些心肺功能不太好的老人家出现眩晕或昏倒的状况。为了以防万一，澡堂的男士间和女士间都是用高墙围起来的，本来这么做倒还可以保护个人隐私，可唯独有个地方却两边都能监控的到，那就是高坐在男女澡堂之间的收银员。这位收银员一般就是澡堂的老板或老板娘，他们为了能够第一时间发现状况，所以在收银之余还要时刻来回用眼睛查看是否有顾客出现身体不适。

如果是老板娘坐在这一米多高的账台上倒还无所谓，最可恨的是倘若男老板出现在上面，就会让杨玲浑身不自在。即便有蒸汽遮蔽，人影绰绰，但还是有年轻的女顾客感觉可能会被偷窥到什么。还好那位男老板只出现了两次就再也没有冒出来过，不然杨玲还要为洗澡这种小事继续操心。

第三节

从 1992 年那部《东京爱情故事》剧集开始，在过去的 20 多年里，日本用它的影视剧、动漫游戏产业吊足了亚洲多国青少年的胃口。即便你不是日剧迷，你也不曾翻过《七龙珠》、《圣斗士星矢》，但是提到铃木保奈美、鸟山明、车田正美、川久保玲这些人的名字，你至少肯定在新闻或报刊上曾经读到过他们的名字。这就是文化产业，它以一种无影无形的方式传递着文化的力量，它更是用这种引人入胜的方式让更多人对日本现代文化充满了好奇。

杨玲也不例外，一直喜欢木村拓哉的她早在很多年前就是 SMAP 组合的忠实粉丝。她看的第一部日剧就是木村主演的《悠长假期》，她看着日文的罗马字母会唱的第一首日文歌就来自于动漫的主题曲。

到了东京之后，杨玲并没有把这份"追星"的心思持续火热。她明白，当初选择来日本留学一方面是为了能够亲眼看看爷爷和爸爸眼中的东瀛到底是一幅怎样的景象，另一方面她也是希望借由"偶像"的吸引力用着相同的语言在繁华城市间真切地感受一下日本的原味生活。不论是打算细细品尝日系的学术风貌，还是想汲取这个在二战后极速发展起来的亚洲强国之营养，单靠"唠嗑"、"看日剧"这样的方法是没有办法全方位提升日本语能力测试的分数，而真正想要提高日语水平并且在一年的时间里顺利取得"旁听生"资格，杨玲还是需要放弃掉一个小女生内心对于"日剧式生活"的所有虚空想象，转而要将精力全情投入到语言学校的各类测评、期末考、模拟考的训练当中去。

经过为期一年语言学校的磨炼，杨玲终于在日本考过了 JLPT 日本语测试。而所就读的这间语言学校免费为她提供了"进路指导"的服务，从分析杨玲的本科专业以及兴趣所长，再到日本各个公立大学的专业排名，包括后续的导师联系、入学申请书的撰写（日文称之为"入学院书"），这家语言机构都一一认真地帮杨玲做了规划和推荐。如果申请者打算自助选取学校和导师的话，最为直接的方式仍是通过候选大学的官方网站来了解院系的设置以及导师的科研成果。此外，还可以通过日本教育部门的官方大学排名以及各专业的分类排名中来确切了解候选学校在该领域的话语权与研究建树。毕竟，在日本的大学毕业后找工作时，用人单位还是会第一时间先看应聘者的毕业母校，如果是诸如东京大学、早稻田大学这样的世界级名校，肯定能够优先被公司或政府录用。一所优秀的大学，它的背后就蕴含着毕业后就业的难易程度以及今后二次深造时的机会多寡。

虽然用"投其所好"这个词有点不妥，但是对于你心仪的导师背景以及他过往的著作和论文集，如果你能进行通读并且充分了解这位导师的研究偏好和学术观点的话，对于申请人自行撰写"入学院书"以及合理规划自己硕士阶段的研究步骤等方面都是相当有裨益的做法。位于东京的日本国立国会图书馆就是关于全国所有学术文集查询和阅读最好的查阅地。（官网：www.ndl.go.jp）在这间国家图书馆里，它收藏着从日本"明治时期"以来所有的日本出版物，在过去的半个多世纪里为日本国会和普通民众提供了最为翔实的历史资料和书籍典藏。

怀着对于中国魏晋时期古典文学的热爱，加上日本多个高校本身对于中国古代文学的研究一直领先于国际水平，最后，杨玲选择了在

中国魏晋时期古典诗词研究以及在音韵学、考据学方面位居日本前沿的广岛大学大学院中国文学系作为自己的申请方向。

凭借着自身在本科阶段对于魏晋南北朝时期中国文学的通识认知，同时杨玲从学生时代就比较喜欢"曹氏父子"、阮籍、陶渊明等古人的诗词，加上语言学校的精心推荐与联络，杨玲终于在这年的10月成了广岛大学中国文学系的一名"旁听生"。

在杨玲眼里，日本的一些大学教授虽然看起来不苟言笑，一脸严肃，但是他们心里面还是爱惜人才的。在抉择导师人选时，杨玲结合自己在本科阶段就专注于陶渊明和松尾芭蕉两位诗人的作品比较，加上陶渊明的诗作曾被南朝昭明太子收集汇编，于是，她就选择了以研究昭明太子《文集》为主攻方向的富永教授作为要申请的导师，期待这位在中国古代文学研究领域颇有话语权的权威能够成为自己硕士阶段的"引路人"。最终，功夫不负有心人，富永先生被杨玲申请文书中的陈述与规划所打动，经过这位导师的同意，杨玲终于拿着院系的硕士课程安排表开始了为期两个多月的虚心旁听。

"你千万不要因为自己是履修生就觉得比其他同学矮三分，其实这条旁听生的路是几乎每位留学生都要走的。"负责学生登记的山本老师如是提醒道。如果你已下定决心要申请这位导师的"硕士名额"，那就要尽全力把自己的态度、诚心以及学业上的精益求精让你的导师看到并且感受到。而最为直接的方式就是通过课堂的出勤、提交作业的质量、勤学好问的心态以及百折不挠的毅力来呈现，当导师认可了你的付出，只要能通过当年12月的院系入学考试，申请者就一定可以打开"硕士入学"这道看似厚重的石门。

唐代诗人李白曾在《下终南山过斛斯山人宿置酒》中写道："却顾所来径，苍苍横翠微。"这份月下的心境就好似在回眸曾经的历历人生。如果能让时光重现，杨玲一定会在来日本留学前就提前至少半年做好充分的规划，这样才不至于到了国外感觉时间有点跟不上节奏。作为当前有意前往日本留学的中国本科生而言，最为理想的步骤可以是：先在国内至少把日语 JLPT 考试的"二级"考下来，然后通过仔细遴选日本当地有信誉的语言学校后，争取在 6 月本科学业结束时就申请留学签证奔赴日本，在预先申请好的这所语言学校开始第一关的"征战"。7 月至 8 月间度过"语言关"和"生活适应关"，借由这两个月可以到你预备申请的大学校园里结识当地已经入学的中国学生，包括找到该校的"中国留学生会"，多听听师哥师姐等过来人的建议。随后经过自己给导师写邮件自荐或经由语言学校协助申请等方式获取到该导师的"同意旁听"许可后，9 月开始就可以在该学院进行课业的履修。进班学习的过程中，你肯定可以接触到想要跟随的这位导师以及其他的重要授课讲师，通过他们的讲授内容以及研究方向，还有教授在课堂上列出的参考书目，进而你就可以有针对性地开始准备 12 月的入学考试。通常情况下，文科类的入学考试题型是以论述题为主，主要考察该名学生对于相关论点或现象的观点以及思考。这次的考试分数会在一个月左右公布，如果一切顺利，就能在次年的 4 月顺利开启日本的硕士留学航程。

日本的大学分为国立、公立和私立三种类型，其中国立、公立都是由国家或地方政府出资兴办的学府，而私立则是由财团或个人资助的学校。例如东京大学、名古屋大学就是知名的国立大学，而早稻田大学、冲绳大学等就是私立的高等学府。随着近些年日本留学人数的不断增多，中国国内的很多留学中介也纷纷抛出"大学别科"的留学途径。简而言之，"大学别科"就是类似于"大学预科班"的概念，它往往是由日本的私立大学单独创建，学制一般为一年，学成且通过硕士入学考试后，可以直接升入该私立大学对应的硕士专业继续攻读学位。例如关西外国语大学、近畿大学、庆应义塾大学等私立高校均设有"别科"课程。它与杨玲所报读的语言学校会有些许的不同。

　　从就读的灵活性上来看，日本的语言学校一年有四次入学机会，分别在1月、4月、7月和10月，对于中国留学生来说申请起来比较便捷，而且入学后学制从三个月到两年均可以根据学生自身的情况机动调整。而私立大学的"别科"课程则一般在每年的4月开学，部分学校也会在10月开学，如果中国学生申请该类"别科"的话，建议选择4月开学的入学档期，这样方便一年后直接在次年4月升入该私立大学的大学院继续攻读学位。

　　此外，在学习内容方面，"大学别科"和语言学校也会有差异。在私立大学的"别科"课程里，日语学习只是其中的一部分内容，学生可以直接根据学校的安排选修课业的学分，省去了杨玲作为"旁听生"的身份尴尬。当然，由于"别科"课程是由指定的大学专门针对打算申请本校正式入学资格所开设的，它的学生出路只能是报读该所大学而非其他学校；语言学校的好处就是学生的出路比较多元，不论是国立、公立、私立的大学均可以自由报读。同时，日本政府为了鼓励外国留学生在国立或公立大学里认真治学，往往都会给符合条件的国际学生"学费减免"或"奖学金"的资金支持，这项开化的留学政策也着实让杨玲对于日本的教育环境充满了好感。

第四节

从收到广岛大学中国文学系"录取通知函"的那一刻起，杨玲忐忑了将近一个月的心终于踏实下来。告别繁华的东京，又一次拉着那两个有点磨损的行李箱搭乘"新干线"大约 4 个小时就到了位于日本本州西部的广岛县。提及"广岛"这个名字，我们马上会联想到半个多世纪前那枚原子弹所带来的摧残。经历过当年的那场"世界大战"，广岛这座城市在战后多年的积极重建下，长久以来以"和平之城"的身份提醒着日本国民关于"和平、友善"的历史意义。

广岛大学作为日本四国地区综合实力排名首位的高等学府，她的文科、工科专业在日本乃至整个亚洲都有着不俗的盛誉与建树。（广岛大学官网：www.hiroshima-u.ac.jp）与此同时，日本的大学大多秉持着"产学挂钩"的办学理念，加上知名日企马自达公司的总部以及三菱重工的部分核心工厂都设在广岛，这也为广岛大学优秀毕业生的就业途径直接找到了出口。坐拥三个校区的广岛大学分别把各个院系设立在东广岛校区、霞校区以及东千田校区，而杨玲所就读的中国文学系就设在坐落于山上的东广岛主校区。

在日本，不论小学、中学还是大学，每年都由三个学期分割而定。开学季一般在 4 月，从樱花烂漫的时节开始一直到 7 月初就是完整的第一个学期；8 月至 9 月是法定暑假，从 9 月或 10 月开始（各学校略有不同）就进入到一年的秋季开学季，直到 12 月底，这个学期才算告一段落。随着 1 月 1 日新年的到来，短暂新年假期之后，从次年 1 月中旬开始直到 3 月份就是一年当中的第三个学期。

作为"国花"的樱花，在每年暖春时分就会粲然绽放，她的甜美与多姿，还有春风拂过之后的那场缤纷，从古至今让无数赏樱人怜爱不已。这片从盛放到逝去的短暂美丽，会让人联想到"一切皆为法，如梦幻泡影。如露亦如电，应作如是观"的智者箴言。踏着上山的清幽小径，杨玲身穿黑色套装来参加学校为当季入学的本科及硕士研究生新生举办的开学典礼。在人头攒动的新生队伍里，很明显可以瞧见许多身穿各色和服的日本女学生。她们略施粉黛，头盘云鬓，脚踩布袜、木屐，袖口、衣襟飘逸有度，特别是采用了刺绣或蜡染工法的精美图案，更是仿若画布一般在和服上尽情展现。不论蓝色、粉色还是鹅黄色、绛紫色，每一位身着和服的女孩就似从江户时期翩翩而来的端庄闺秀，带着这份典雅与内敛，款款地点缀在身穿西式套装的人群当中。

作为学习生涯的又一个开端，男学生们也是格外重视开学典礼上的首次亮相，所有男生都身穿黑色西装，白色衬衣搭配素色或暗条纹的领带，一双黑色皮鞋掷地有声地叩击着爬满青苔痕迹的石板路面。作为日本男士的正统西装搭配，在正式场合中，男士一般都必须是这种黑白搭配的套装风格。当日本男子结婚时，也可以选择身着男式和服，如果选定的是西装革履的搭配，那他的领带就必须是纯白色的。而假如这位男士参加葬礼的话，则他的领带就一定需要是纯黑色的。在日本美学中，白色代表着纯洁，黑色彰显着庄严与凝重。

正是这开学典礼的"第一堂课"让杨玲亲眼感受了"日本式"的庄重与修养，在她的记忆里，日本更是一个相当讲究礼节的国度。日本的青年从小时候开始就必须要遵照长辈的教导修整自己的一言一行。如果在日本，小孩子吃饭拿筷子乱戳，或是坐在凳子上不停抖腿的话，任何一位年

长的前辈或是长辈都会严厉地让孩子立即改掉这种"没有教养的习惯"。日本人最常说到的"给您添麻烦了"，其实也是一种自我的提醒，因为在生活中任何会给他人带来麻烦的事情都应该尽量避免。正是归功于这种"全民的自觉性"，不论你去九州、四国还是本州、北海道的任何一座城市，几乎很难看到有人随手乱丢垃圾，或是在公共场合大声狂喊电话。

在杨玲没有来日本之前，她很担心会遇到朋友口中"日本人看不起中国人"的现象。可是，即便杨玲在日本前后学习、工作了近 8 年之久，她也从未碰到过类似的"看不起"或是所谓"歧视"。"如果说我们'看不起'，真的不是有意针对哪个国家的人们，我们看不起的是所有不文明的行为以及缺乏基本道德素养的人，包括我们日本人自己在内。"杨玲在广岛大学的同班同学酒井杏树诚恳地解释道。

是呀！其实在中国，假如碰到那些开车随手乱扔烟头或是乱摁喇叭、不守规矩的人，我们也会用鄙夷的目光看待他们。每座城市的百姓都希望自己生活在一个秩序井然、有规范有修养的环境之中，而日本民众用他们的"群体纪律"有效地杜绝了那些有伤城市颜面的行为，让生活本身变成了一种有礼有节的日常修为。

第五节

在读硕士阶段，杨玲故意把租借的公寓选在了广岛市区，而不是位于山上的校区学生公寓。一来是为了能够更加真实地感受当地居民的"烟火气息"，二来也是为了方便在课余的时间打工，为自己的日常账单积攒收入。即便杨玲在考入广岛大学后就第一时间向校方申请了"学费减免"并成功获得了第一年学费全免的优待，但是，日本的总体物价对于一个普通学生来说依然是"处处要花钱，分分都珍惜"的处境。

关于留学日本的花费，主要分为两部分，学费和生活费，由于日本的国立或公立大学往往对于家境不佳但学习能力较强的外国留学生都有相关的优惠政策，只要该名学生主动向校方的学部长申请，外加一名推荐人的"荐举信"，经学校核实后，一般八成以上的国际学生都能申请到"学费减免"或授予奖学金的机会。杨玲在广岛大学每年的学费需要 65 万日元（约人民币 38000 元），在两年的硕士阶段，她由于获得了第一年"全免资格"，单在学费上就省下了将近 4 万元人民币。在没有获得任何优待的情况下，日本的高校学费会根据学生所就读的大学性质或专业而有所不同。通常情况下，日本的私立大学往往会比公立大学的学费贵出不少，例如，杨玲所就读的文学类专业如果在私立大学则需要一年 115 万日元。（约人民币近 9 万元）

既然导师的"荐举信"让杨玲顺利获得了"学费减免"的名额，那她就更需要在学业上以实际的成绩来回报这位慈父般的恩师了。说他像是"慈父"，主要是因为在杨玲眼里，富永教授的很多言行和自己的父亲很相似。言语不多，平日里也不常管束杨玲的研究自由度，教授对她说的最多的一句鼓励是"再试试看，总会有方法的"。

富永先生在学界是以专攻中国南朝梁代文学家萧统所编撰的《昭明文选》而名扬亚洲，正是他的治学严谨、考据有方，使得杨玲拜他为导师后，更是在学业上不敢有半点马虎，生怕会让这位导师心里对自己失望。如果说富永先生是杨玲在学业上的"慈父"，那么文学系还有一位佐藤教授更是让杨玲在留学生活以及随后的就业难题上感受到了长辈般的暖意关爱。

佐藤先生是日本专攻中国西晋时期诗词典籍的知名专家，特别是对西晋文学家陆机以及其弟陆云的作品有深入研究。每每见到他朗诵被誉为"太康之英"的"二陆"诗词时，那种怅然若失的眼神会让杨玲动容。在中国文学史上，陆机也是一位乱世诗人，他经历过王朝的跌宕，也亲历过族人的离散，虽然到最后葬身于"八王之乱"，但他的诸多诗词、书法作品直到今天还一直被众多热爱两晋文学的海内外人士所热捧。

"这个学期，我们研究陆机的这首《短歌行》，你们每个人认领两句，开始这个学期的研究吧。"在佐藤教授的大办公室里，他淡然地说着，然后把打印好的四言诗传递给杨玲以及围坐在会议桌旁的 10 位学生。由于很多教授都是把他们所带的在读硕士、博士放在一起进行研讨以及课堂指导，因此，每逢上课，同学们更多是在教授们的办公室里进行"围谈会"。系里也配有专门的上课教室，只不过这些教授们更习惯于在自己的独立办公室里，大家围坐一圈，然后轮流根据教授分配的学业功课或研究方向进行内容陈述。每次课大约一个半小时的长度，在其间主要是由轮到的同学进行观点讲述为主，然后导师和其他同学针对该论点进行讨论和激辩。经过大家热议后的论点及论据将由这次发言的同学进行课后二次订正，并在下次上课时再次继续修改稿的陈述，直至导师默许地点头才算"安全度过"。

这次佐藤教授的每周例行"围谈会"上，同学们就很好奇，一张 A4 纸上到底承载了多少信息量，竟然足够一个学期研究的内容？结果，接过这张纸一看，上面写着："《短歌行》，作者：陆机。置酒高堂，悲歌临觞。人生几何，逝如朝霜。时无重至，华不再扬。苹以春晖，兰以秋芳。来日苦短，去日苦长。今我不乐，蟋蟀在房。乐以会兴，悲以别章。岂曰无感，忧为子忘。我酒既旨，我肴既臧。短歌可咏，长夜无荒。"这就是佐藤教授这个学期关于"西晋文学"的教学任务——只有一首诗。

教授也没有多讲，更没有去过多关心学生们脸上各种不解与困惑。"用三个月的时间来研究两句诗，总共只有八个汉字？！"杨玲觉得脑门上一溜冷汗，这是哪门子的研究啊？

"你们要记得，从踏入广岛大学的大学院开始，你们就不再只是一个学生，你们是研究者。也就是说，你们要充分运用所学到的知识去解析、判断那些我们未曾触碰的东西。虽然每个人只需要考据两句诗，八个字，但是每个字都可以从中国最早的诗歌总集《诗经》以及三国时期的典故中寻找到追根溯源的痕迹。而这些，就是我们这个学期分组发言的主题。"佐藤教授的声音向来不高，他浑厚的男低音说起日文来相当有韵律，让人乍听上去，仿佛就是在吟诵前人的俳句。

杨玲的硕士研究方向是中日诗词比较，因此，它对于中国传统文学的功底要求向来严格。作为中国人，如果没有文言文基础的话，我们读起古人的辞赋尚且有些无法吃透，可是对于日本学者来说，他们为了研究清楚这些中国古典著作之前首先就需要攻克语言关，而且之后所要花费的精力与时间和中国人相比，肯定也是需要加倍的。除了佐藤教授扎实的中国古典文学研究实力让杨玲瞠目外，中国文学系的其他几位教授也是同样"身怀绝技"。在这支由多位教授组成的教师团队里，除却有研究两晋文学的佐藤教授以及学术功力盛誉在外的富永先生外，还有一位教授主攻鲁迅小说与夏目漱石作品的比较，另一位性格沉静的讲师则是研究梁启超思想演变及创作转变的专家。这些老师虽然与中国远隔千里，但是秉承着对于中国文学的热爱以及对华夏文化的痴迷才让他们在言谈间时常流露出给予中国留学生的偏爱。

和美国的硕士阶段相似，日本采取的也是学分制考核体系。根据所读大学的不同，一般来看，硕士阶段需要在专业课上修满约 38 个学分（根据专业不同，学分量也会略有变化），一门课一个学期是 2 个学分，外加毕业论文的分数。常规课程下，共计修满约 17 门专业课学分并获得论文指导的学分⑤，经由论文评分、毕业答辩后即可顺利毕业。由于课业安排的并不是十分紧凑，杨玲和许多留学生一样，打算用一年的时间就把所有的34个专业课学分全部修完，然后在第二年一边写论文，一边开始积攒工作经验，为接下来的就业做好准备。

假如是日本本地的学生，他们每个学期只需要修大约4至5门课，轻轻松松也能在四个学期的时间里把日常的学分全部拿到手，但是由于日本就业环境持续紧缩，如果不是类似东京大学、中央大学这样重量级学府毕业的大学生，他们也仍是需要未雨绸缪，从研二开始就要以"就业"为导向开始寻觅。一向快人快语、做事麻利的杨玲早在第一个学期时就掂量了课业的难度，发现只要自己笔头勤一点，史料多看一点，完全可以在一年内把至少34个课业学分全部稳稳拿到手。这样的话，第二年就只需要专注在论文撰写和答辩准备上了。

于是，除了周末在当地的广岛私立学校给学生教授中文课赚取生活费外，其余的课休时间杨玲就把自己关在市区那间9平米大的公寓房里，埋头苦看各种学校图书馆里借来的中文古籍。即便身处东瀛，但是每天阅读的文献都是熟悉的母语，那份亲切感从文集的繁体字里丝丝渗透，沁入心底。

为了最大限度地节省时间，杨玲在第一年的苦读中几乎从未碰过屋里的炉灶开火做饭。而楼下左边的7-11便利店就成了她解决一日三餐最好的地方。和中国北上广的24小时便利超市相似，在日本的7-11便利店或是全家便利店里都会供应早中晚餐，而且每逢周二一定有新品上架。女孩子

注⑤：常规而言，只要该学生在论文撰写阶段准时接受导师指导并按要求认真修改论文内容，该论文指导的学分基本都能拿到。

的胃口本身也不是很大，不上课的时候，便利店售卖的饭团和盒装色拉就成了杨玲的家常便饭。一只饭团70日元，有时候馅料足一点的要100日元，一份色拉300日元，一顿饭400日元（约人民币24元）也就搞定了。而且，日本是全世界人均拉面馆最多的国家，有超过20万家大大小小的拉面馆遍布整个日本。就在距离公寓不远的街道旁，就有两家拉面馆在同时开张抢客。200日元一碗的日式拉面（约12元人民币），还有相似价位的荞麦面、乌冬面都可以在广岛市区轻松找到。

就这样，伴随着日常生活里的"粗茶淡饭"，杨玲仿佛真的幻变成一位两晋时期的"士大夫"，鹤羽为裘衣，白雪中乘高舆前行，即使身在尘嚣，但时时也有出世隐遁之感。每月一次的硕士研究生研讨会以及每6个月一次的个人发言是肯定要出席的例会。大学院对于硕士研究生每个人的陈述安排都相当重视，所有的发言者信息、报告主题、大纲等都可以在学校官网该学院的主页上予以公示，这样的话，很多对该主题感兴趣的外系或想要报读该专业的师弟师妹们就能届时前来旁听。

对于每个月都举行的研讨会，10位同学要分别依照入学前所拟写的"研究计划"告诉导师自己的钻研近况以及一些学术上的发现和论证。而每6个月一次的个人发言（日文称之为"发表"）则更是要穿着套装出席的正式场合。当杨玲在大教室的讲台上发言陈述自己过去半年的研究成果时，底下不仅坐着系里的教授团队、同班同学，还有面带青涩的大四本科生，他们都面带思索地聆听台上陈述人的观点，并且时而低头抄写，时而凝眉沉思。每个人都会拿到发言人的研讨大纲，以备台下的教授和同学提问或提出修改建议。

杨玲一直是做事一丝不苟的女孩，由于她的专业方向是中日诗比较，这对于日语古文的要求也相当的高。为了能把头脑当中的日语古文基础更上层楼，杨玲主动跑去大学院的日本文学系旁听。虽然硕士阶段的课程大多以自修钻研为主，但是一些通识类的科目仍是会在大型阶梯教室里教授。

听着讲师在台上全然陶醉地讲解日文俳句的演变以及意境创设，杨玲在暗暗思忖着："这些看似'无用'的经典古代文学，即便在当下日本和中国的年轻人群体中也远没有达到普及和大力传播的效果，但是生活中正因为存在着这点点滴滴的'无用'，才能更加反衬出城市里人们眼中那些所谓'有用'的车子、房子、票子有时候是多么的苍白和浅薄。如果真要选择的话，我还是会选取那些能让自己内心丰富且充满情趣的东西。"

也正是因为在日本两年文学研究的经历，让杨玲再一次看懂了音乐人高晓松的母亲曾经讲过的那句话："这世界不只有眼前的苟且，还有诗与远方。"

第六节

在多次的"全球生活最贵城市排名"中，日本的东京、大阪等地经常会被"请"进榜单。这个"贵"，在日常生活中的超市卖场里，也能经常跳出来吓你一跳。在杨玲还没有彻底打算靠便利店的简易便当或路边的拉面馆解决三餐饮食之前，她也曾幻想着在超市里买上蔬菜、水果，然后一边做蔬菜沙拉，一边还能用黄瓜片敷一个面膜。结果，刚一迈入超市的果蔬区，她自己都被这突如其来的长串日元数字哽住了喉咙。三根黄瓜，100日元；三颗青菜一包，200日元；排球大的西瓜，一只4000日元……杨玲在心里小心盘算着，换算后发现自己做饭吃还不如在外面的小店买着吃，反正食量也不大，还省了刷碗的功夫。就这样，本来就不太喜欢做家务的她彻底放弃了担当"家庭煮妇"的操劳角色。不过对于勤俭持家的中国留学生来说，日本还是有很多物美价廉的地方可以去购物的，比如遍布在全日本林林总总的"百元店"就是一个绝佳的省钱好去处。

一步入街区或大型购物中心的"百元卖场"，琳琅满目的商品会让你误入百花丛中，从厨房卫生用品到各类食品，从办公文具到各类小家电，甚至还有各种款式和尺码的男女服装，只要是你生活中需要的，基本上在这些"百元店"里都能一站式买齐。最关键的还是它们的物价，每件只要100日元，还不到7元人民币，实在是便宜的令人眼冒金星，恨不得把整个货架都端回家去。在物价昂贵的日本，之所以能够买到这么廉价的商品还是要拜中国所赐。在这些商品的标签上，你可以轻易找到"中国制造"的标识。因为劳动力和原材料要比日本本土低廉，日本这些"百元店"里的商品半数以上都是在中国生产、打包，并远渡重洋摆到日本各地的货架上，供民众购买。而在这一批又一批浩浩汤汤的抢购者中，经常能看到中国游客或留学生活跃的身影。看到这一幕，杨玲的心头又会泛起一层说不出的苦涩。

购物的这番哄抢倘若还可以避免，但是研二开始的大论文写作以及后续紧跟的毕业答辩仍旧是"百人同过独木桥"，一场凭借实力的竞争肯定是在所难免。

由于在硕士第一年的三个学期里，杨玲就已经如约把34个课程学分以及2个论文指导学分全部拿到，因而，从研二的第一个学期开始她就可以专心致志地做论文写作前期的资料收集工作了。为了研究日本江户时代后期著名汉文诗人菅茶山的创作历程，杨玲先后通读了他在世时创作的2000多首诗歌。除了资料的整理，她还需要奔忙于学校的图书馆以及导师的办公室，向他们借阅各种中国古代文献资料。记得有次6月梅雨季节过后，同学们要帮助中国文学系所藏的珍贵图书做通风、晾晒以及抖落霉尘的工作。当一部大约300年前由中国民间印刷的《古唐诗纪》从塑料封袋里被掏出来整理时，杨玲戴着白手套细细地翻动显透着暗黄的书页，几百年的时光刹那回旋，正是这些压箱底的文物级收藏更让身为中国人的杨玲感到一种前所未有的历史乡愁。

从研二的9月份杨玲起笔撰写论文开始，历经三个月的时间就一气呵成地把初稿交给了论文导师富永教授进行审读，从而可以知道导师对于该篇论文在哪些方面不够满意，哪些地方还需要进行深入的考据。12月底，拿着富永先生的修改意见稿，杨玲眼眶有些湿润了——在厚厚的论文内容里，先生用红笔仔细地标出了她存在的问题，该去参看哪些辅助文献以及杨玲在行文中所出现的多处日文语法错误。按理说，作为"导师制"的大学，富永教授完全可以直接当面告诉这位学生关于这篇论文的不满之处，根本不必投下这么多的心力一页页地细看，并且标识出不太合理的论据以及造句的文法不足。这种对于学术史料的尊重以及给学生的这份默默地关爱，更是从一个侧面让杨玲的心里感知到了一位真正的学者他赋予弟子的真心与苦心。

第二轮的论文修订工作，又是一番资料的选读、历史文献的考证，忙碌并充实着，终于在次年的2月份，杨玲如期上交了定稿版的8万字毕业论文。

论文审读后，就要进入到毕业答辩的环节了。和其他国家"三对一"或"五对一"的答辩方式不同，广岛大学大学院的答辩现场被移师到小型报告厅举行。只见台下密密匝匝坐着将近100名同学和师长，大家全部都西装革履、面容稳健，仿佛一场严谨的新闻发布会。而在观众席当中有许多是院系里就读博士的前辈以及先前常规旁听发言会的本科班学弟学妹。轮到杨玲上台时，看到这么多双眼睛在盯着自己，心里确实会紧张得七荤八素。不过，当她进入表述环节后，因为所讲所论的内容已经非常娴熟，而且在过去一年半中所举行的多次个人陈述会上，相关的实例都早已进行过精心的汇报，所以，当答辩时看到导师富永先生在倾听的过程中微微点头时，杨玲知道自己的状态是完全正确的。
而那一刻，她需要做的，就
是正常发挥本有的积淀。

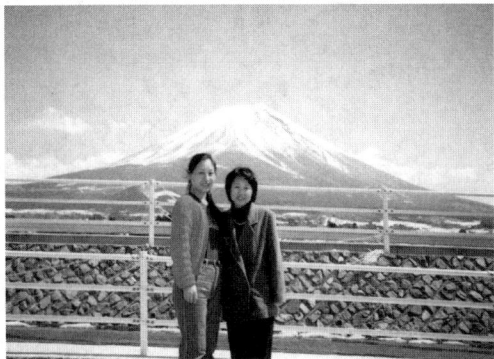

个人简单陈述后就是问
答的环节，不仅台下的答辩
评审教授们会提出犀利的问
题，就连旁听的博士生也有
资格对于刚才的观点陈述或
论据进行反驳并指出缺漏的地方。这就好像是一场学术的激辩盛宴，大家
都是为了研究而争论，没有恶意的指责，更没有刁难的语气，所有的一切，
都是为了能够让这位发言的研究者可以精准地明白下一步该如何进行后续
的观点修改以及更进一层的纵向钻研。

那年3月，早樱还未完全从春寒中苏醒过来，杨玲终于在"过五关"之后，
获得了"核准毕业"的通知。站在大学位于山腰的石桥上，望着潺潺的溪
水向南边流去，杨玲的心里满溢着雀跃与兴奋。那一刻，她仿佛有点明白
了为何广岛大学在几十年前要千辛万苦从市中心搬迁到东广岛的山腰上，
当求学者每每昂首俯瞰着漫漫苍苍的山景、树影，他的脑海中一定会涌现
出"登山则情满于山，观海则意溢于海"的壮美感悟。

杨玲的硕士求学确实是顺利的，在她的同窗中就有一位同学由于从研
一开始就把大量时间和精力耗费在日常打工和"赚外快"的事情上，结果
经常是睡眼惺忪地就出现在导师面前。而且时常在个人陈述中不知所云，
准备很不完备，因而在第二年的论文答辩中，就拿到了"重修"的惩罚。
看来，不论是工作还是做学问，上级或导师肯定是先"观其言而察其行"，
而后才会在学问的深度、知识面的广度以及研究的宽度上来衡量他的实力。
如若在留学阶段，一味地因为费用高，生活拮据就以为"理由充分"去各

处打工挣钱，结果却把最重要的学业看成"副业"，这就实在是买椟还珠的愚蠢做法了。

第七节

在日本的学习生涯中，学业上杨玲能实实在在地感受到来自导师和前辈的细处暖意和无私的帮扶，而生活中，每天早晨在居民区的街角都会出现的那一幕则让杨玲惦念至今。

清晨 7:30 左右，东方的天空刚刚显露出鱼肚白的色泽，在广岛或京都老城区的街道旁，担任志愿者的老人家早已经手持小旗，站在路边看护着牵手上学的小学生，护送他们过马路，并叮嘱孩子们要注意安全。而当背着统一书包身穿校服的孩童见到了这些志愿者爷爷奶奶，他们会第一时间自觉地鞠躬并尊敬地道一句："おはようございます。"（日文：早上好）这些长者们此时也会非常友爱地回礼并道上一句："早安。"在来往的人流中，成年人见到街坊或是长者都会略弯腰身同时微笑着问"早上好"，而整个早晨的街角就是在一声声问候与笑颜中温馨地开启了。

不过像东京这样人口密度十分惊人的超大都市，由于它自身的流动人口众多加上生活的匆忙度领先于亚洲，因此在东京生活时可能还是会感觉到有些许的人际冷漠或陌生化，但是在日本的其他各个地区，不论你是留学还是游玩，总能被迎面而来一位陌生人的问候或点头微笑感染着。人与人之间的礼节与温暖就是一种传递，当你对世界微笑，这方天地的人们也一定会回报你一抹善意的笑靥。

在东京虽然可能无法时常见到像广岛那样充满了暖意的早晨，但是国民的整体素质仍是会在一点一滴中震撼着初到日本的人们。乘坐扶手电梯时，没有人会到处乱站影响后面赶时间的人们，"左行右立"的习惯早已在日本养成多年；地铁上，特别是靠近"爱心专座"的区域，人们大多会把手机调成静音或振动模式，即便日本年轻人也有很多炫耳的手机彩铃，但你几乎很难听到类似"广场舞"这样刺耳的大嗓门音乐在人群里噩梦般地响起。日本人相当尊重"公共区域"的道德与规矩，乘坐公交线路，人们做得最多的事情是手持报刊或书籍认真阅读，年轻人也会选择 IPAD 或 KINDLE 阅读电子读物，而"安静整洁"是所有乘坐过日本交通工具的人们不变的共识。

杨玲所居住的城市广岛在二战之后之所以能一举成名，它的"事迹"要追溯到 1994 年的广岛亚运会期间。那一年，有 42 个国家近 7000 名运动员参加了当时的盛会。在一场场万人观看的大型仪式和比赛结束之后，运动场的观众席上一丁点垃圾都没有留下，上万名日本民众在离场时都自觉地把垃圾随身带走，没有任何一个人把饮料瓶或纸屑丢在座位和地上。就是这样的一个举动一夜之间传遍世界各国，国际媒体纷纷把这种现象和国民素养视作"榜样"在全球进行报道、赞扬。也正是从广岛亚运会开始，这座曾经遭受过原子弹轰炸的涂炭之城重新亮相在世界观众的面前。

如果说"优秀是种习惯"，那么日常生活中素养与礼节更应该成为每个人的固有习惯。只有习惯才能成"自然"，只有把这份"自然"固化为社会群居的准则，

我们所长期生活的庞大社会才能呈现出名副其实的"正能量"。

当然，随着日本在过去几十年里的不断"西化"，它的社会各阶层也常常会冒出许多自身存在的问题。例如知名经济评论家大前研一先生就曾在代表作《低智商社会》这样描述道："近些年来，我很明显地感觉到我们日本人正在变得不善于思考。虽然说出来不好听，但我不得不说日本人的整体智商正在显著下降。证据就是近些年来在日本社会中不断发生的一些不可思议的怪现象。"大前研一所说的"怪现象"就包含了"当代年轻人只关心自己周围3米之内的事情"以及日本民众固有的"从众心理"。例如，有段时间日本的电视里报道说"吃纳豆可以减肥"，人们就像着了魔一样不假思索立即去抢，结果第二天几乎所有大超市里的纳豆全部断货。继"纳豆抢购"风潮后，日本还曾出现过"香蕉疯抢潮"等许多群众跟风的现象。

在日本生活的将近8年中，真正能让杨玲称得上是"挚友"的日本朋友不超过三个。不是杨玲不善交际，而是每当她和日本友人掏心掏肺胡侃闲聊的时候，日本人会本能地出现略微的抗拒。在他们看来，君子之交淡如水，人与人之间的交往本身就该留有余地。虽然每天杨玲不论是在班级里还是打工的店铺，她都会主动与不太熟络的人们打招呼、聊闲事，可是总会有那么一层"隔膜"蒙在两人之间，大家仿佛都知道"底线"似的，谁都不会冒失地戳破这片看起来有些朦胧的薄膜。"我也知道日本人的这种矜持是在提醒自己要保持与人交际的'度'，可我还是更喜欢中国朋友之间大口喝酒，大块吃肉的爽快劲儿，这才是真生活！"身为南方姑娘的杨玲骨子里还是钟情"北方式"的率直与爽朗。

社会就似一面镜子，它能观照活动于其中的人群心态，它更能清楚折射出一个时代人们的心智高低。留学也是如此，只有亲身亲历，你才会逐渐了解一个族群的文化与多元。允许它存在，并渐渐看到它的反思与升级，这才是"学习型社会"自我更新，逐步迈向"进步"的轨迹。

第八节

　　日本是一个对于四季轮变非常敏感的国度，在特定的季节都有相对应的美景和风俗。这些时节就像似一卷卷轴画，每到恰切的时刻，画卷随身边万物共舒展，让日本人置身于绚烂的自然图景之中。春赏樱、夏观海、秋品枫、冬看雪。四季分明的日本更是把这种审美的目光浓缩在女孩子的和服设计上，如果留心观察，你会发觉，就连和服布料上所描绘的植卉，都与四季的主题密不可分——春红梅、夏菖蒲、秋日枫、冬苍松。

　　硕士毕业的那年3月下旬，恰好就是日本最佳赏樱时节的开端，杨玲收拾了简单的行李，就跟着当地人最为热衷的"樱花前线"（樱花树开花的线路）欣喜出发。由于地理位置的不同，春天的暖空气是由南向北逐次升温起来，而这和煦的春风就好似催花苏醒的号角，让沉睡了一冬的樱花次第盛开，惹人怜爱。从九州岛开始，许多热衷于赏樱的日本民众特别是退休后的老年人都会自发组团或以参加旅行社的方式追逐着"樱花前线"的预报图寻香觅踪，要趁着各地樱花短暂的花期在短短一个月内把全日本的香樱丛景一一尽览。

　　到了10月份，秋季赏红枫的时令也会如约而至。不过和赏樱花的路线恰好相反，如果想跟上枫叶染红的节奏就要选择自北向南的方向来追随。从北海道地区开始，晚秋的冷风如同沾了颜料的画笔不消两周就把当地的

枫叶涂成了咖啡红，而中国古人"霜叶红于二月花"的描述就是枫叶由青翠转身为静美的真实比照。

毕业后的那年秋天，杨玲已经在佐藤教授的推荐下进入一家日本学校当起了中文课的"教书先生"。不过赏红枫这件美事可是举国上下的全民活动，杨玲哪肯错过？为了节省时间，她选择了一种"当日往返"的赏枫旅行团，价格也不贵，包括午餐在内只收 3000 日元（约 180 元人民币）。让杨玲诧异的是，旅行社的客服人员甜甜地说："杨小姐，我们的出团时间都是根据新闻里关于枫叶赏景路线的最新预报临时才能决定的，所以请您保持电话畅通，我们定下来时间会提前一天告知您的。"

这是杨玲第一次参加这么"随性"的旅行团，连出发时间都是待定通知。其实这也从一个侧面体现了日本人做事的严谨性，既然是选报了"赏枫之旅"，他们就是希望团友们能够在一天的行程中看到属于这个时节最值得惊叹的"枫景"，而不是为了只图赚取这一趟的旅费。果不其然，在一周后杨玲参加的"一日游"就顺利启程。层林尽染的枫叶丛漫然地矗立在路边、山间，再配上静谧的一潭湖水，悠长的山涧小径，这幅绝美的深秋景逸会让杨玲有一种想要挽留时光，不愿远离的心念。

硕士毕业之后，杨玲之所以没有马上回国其实也是经过了一番深思熟虑的。在日本，如果从就业的难易程度来说，本科生会比硕士、博士更容易就业。因为日企的用人单位，他们往往更在乎的是这位应聘者的实际操作能力而非笔头上的长篇论述。在日文单词中，你往往会听到心细的日本人经常讲一个词"CHECK"（英文：检查、核查），他们坚信，只有动手并且时时核对工作进程才能确保万无一失。正是这种对于细节近乎苛刻的要求，才使得日本的诸多产品在世界上享有盛誉。假若毕业前杨玲没有找到合适的工作，她也会选择回到中国发展。毕竟日本地少人多，加上许多物价比中国贵上很多，如果没有稳定的工作收入，仅仅拿着人民币的积蓄在日本花销仍是十分不划算的。恰好这份"中文教师"的终身制工作如约而至，让杨玲有了一个可以暂时留在广岛的理由。

在读书期间，硕士生的教授们就是如同长辈一样的角色，他们会关心自己的弟子在生活、学习、就业等各方面的发展是否顺遂。只要这位学生在课业上一丝不苟，做事上勤勉踏实，凭借着教授在学术领域以及周边地区的影响力和人脉度，为自己的学生推荐一份工作或教职一般是不在话下。因此，那些在读书期间一味地"钻钱眼、狠打工"的学生肯定会在临毕业时后悔不迭，这样的学生才真是在留学期间"捡了芝麻丢了西瓜"。

佐藤先生给杨玲推荐的这份教职工作之所以称之为"难得"，那是因为它是一纸正式合同。在日本，工作契约关系一般分为终身制、合同制以及派遣式用工。所谓"终身制"，这就意味着只要该企业或组织不倒闭、该员工本人不犯大错，企业的终身制员工将像端了铁饭碗一样可以一直在此工作，直至退休。但假如是合同制员工或只是派遣式的工作合同，那就必须每隔一段时间就要和用人单位续签一次合约，合同双方允许经过协商的方式随时终止用工关系，没有太多保障。

于是，杨玲就在硕士毕业的同一年开始了自己的教书生涯。在这三年多的教学工作中，杨玲的中文课赢得了众多日本学生的喜欢，在她的课堂上不仅会教授中文的文法、汉字书写，同时还会用大量的纪录片、图片以及新闻时事告诉日本的学生关于当前中国的种种故事。她发现每次只要播放关于大熊猫、武侠功夫这样的内容，学生就立马像丢了魂儿一样被深深吸引，"可愛い"（日文：好可爱）、"すごい"（日文：真厉害）这样的赞叹声会不自觉地从学生的嘴巴里冒出来。杨玲喜欢这些愿意接受外来事物的学生，因为他们的好学，让杨玲觉得教书是一件十分有意义的事情。

"因为这是一所私立学校，学费贵，学生家庭背景不错，所以素质都普遍比较好。如果是在我先前待过的那所公立学校，你肯定会抓狂的。"同事山下由美一边吃着精致的自制便当，一边皱着眉头对杨玲抱怨。"怎么会？我看到日本学生的纪律性挺强的呀。"杨玲不解。"这些孩子在公共场合肯定要乖乖的，如果他们敢捣乱的话，身边的成年人不管认识不认识一定会教训那些不守规矩的'小鬼'。但是在我先前教书的那所公立学校，学生们上课根本就不顾我的存在，该干吗干吗，甚至还有人玩篮球，满屋子打架…… 最后，我都气哭了。"想必也是在公立学校受尽了"屈辱"，山下由美这位从东京名牌大学毕业的师范类学生才会"屈尊"从首都搬回家乡广岛，在这间私立学校担任老师吧。

在日本，年轻人也有买房买车的压力，只不过他们觉得，与其在乎别人的眼光不如从自己的喜好入手，过心底真正想要的生活。所以，他们会选择外出租房、自求谋生的方式让生活显得不那么苍白。而最近几年逐渐流行的"御宅族"、"森女"、"食草男"这样的日系标签也折射出当下部分日本年轻人的心理状态。

每个年代都有属于它的风格与心态，身在其中的青年一族，不论在留学的路途中邂逅到何种"遇见"，我们都不能只是把青春托付给"偶然"。这根关乎梦想的风筝引线依然要攥在自己的手上，而每一次"夙愿"的回眸，它必然会是你我记忆中的久别重逢。

尾声

　　如果不是因为在第四年时这所学校宣布停止招生并择日关闭，杨玲觉得自己还是愿意在广岛这样的城市多生活几年的。突如其来的波折让原本平静的生活泛起了涟漪，而这次由终身制合同转换成马自达公司中文翻译的派遣制身份让杨玲决定不再犹豫，半年后启程回国。

　　如果以"过来人"的角度给即将打算赴日留学的朋友提一些建议的话，杨玲觉得，当一位留学生在日本获得了本科、硕士或更高学位后，最好在当地能工作一年左右，积累相关行业经验就可以考虑回国的事情了。当然，如果毕业后直接就接到了一份知名公司的"终身制"员工合同，再加上该行业在日本当地前景不错的话，该名毕业生也可以选择留在当地继续发展。而这一切的前提一定是自己要清楚当初留学的目标到底是什么，它是否足够的明确且符合实际。

　　临行前，佐藤教授连同几位研究室的师弟师妹一起在广岛当地的居酒屋为杨玲饯行。席间，佐藤教授突然开口说："有机会的话，我也很想去陆机的家乡苏州看一看。我这一辈子最欣赏的文人就是陆机，他能在乱世当中还有雄怀壮志，即便面对坎坷也无怨无悔，这就是年轻人该有的骨气。你回国后，随时和我联系，我也很想听到更多关于你的好消息。"随后，佐藤先生慢慢地用不太标准的中文忆诵出

陆机的诗句："孤兽思故薮。离鸟悲旧林。翩翩游宦子。辛苦谁为心。髣髴谷水阳。婉娈昆山阴。营魄怀兹土。精爽若飞沉。寤寐靡安豫。愿言思所钦。感彼归途艰。使我怨慕深。安得忘归草。言树背与襟。斯言岂虚作。思鸟有悲音。"

和佐藤先生还有师弟妹推杯换盏后，品尝着这盅温过的日本清酒，杨玲的心头开始萦绕着离别的愁绪。青春像极了这口中的淡酒，有酒精的激情，有绵缓的姿态，在这落雪的深冬，一杯暖酒就是年轻该有的温度。趁此身未老，我们定要背包启程，趁青春未冷，我们定要凯歌而行，让这青春韶华在最有光热的地方，竭尽全力，无怨无悔！

• 杨玲：关于留学日本的小贴士 •

近些年来，选择到日本留学的朋友还是与日俱增的，单看看亚洲各国大学的综合实力排行榜上这么多日本名校占据核心位置，你就知道它们的教学品质和性价比是相当高的。不过，大家如果选择到日本当地就读语言学校的话，建议尽量挑选位于首都东京的学校。因为在初期，咱们的日语发音习惯还不是很稳定的情况下，假如你去的是有明显方言的地区学习生活（例如关西地区），那里的独特语调以及用语会导致你的日语就是一口"地方味儿"，一旦养成习惯将很难纠正。

对于大家关心的天气问题，我来解释一下。其实日本东京以南太平洋沿岸的大部分地区气候条件和中国长江三角洲地区（例如江浙沪）是非常接近的。四季分明，夏燥冬寒。每年的6月都会有梅雨季节，到了夏末就有台风光顾让人着实有点小怕，不过冬天的时候会下点雪不算太冷。

留学行装不必特别备置什么，但如果选择在日本海沿岸或北海道地区求学，那可要做好应对严寒的准备。比如说，新潟是日本著名的大米产地，当地农村冬天下雪的时候，一旦积雪严重，老百姓直接放弃扫雪，从二楼的门窗直接进出。新潟尚且如此，北海道就不用说了，要去北方的朋友们，带好冬衣和暖宝宝吧。

说到传统节日，需要提醒各位的是，每年的8月中旬日本有一个叫作"盂兰盆节"（中元节）的日子，这个时节可是全国百姓集体出游的高峰旺季，基本上到哪里游玩都是人山人海，而且提供食宿的酒店或旅馆很容易爆满，想要趁机出游的朋友需要提前做好预订工作。不过在日本的正月农历新年期间，绝大多数地区又都会处于一种寂寂然的关闭状态，那个时候想要出去玩的话，还是先打听好人家开不开门再说。

当然，如果出游就得花钱呀，对于有闲无钱的留学生来说，"青春18车票"可是出游最好的选择。名字虽然有"青春18"，其实任何年龄的朋友都能买，只不过因为最初是给学生探亲和增长见识用的，所以只在寒暑假才有发售。一张车票1万日元（约合人民币600元），共可使用5次，可以一个人用，也可以几个人合用，除了"新干线"和加急列车以外的任何JR（日本铁路公司）的列车都可以乘坐。而且重点是，只要在24小时之内任意上下车、进出车站都只算一次，最适合那种说走就走的旅行了。沿途欣赏车窗外的风光，碰到心动的地方就下去走走逛逛，找一位积年的老先生唠唠嗑、听听当地传说，多么美好的生活啊！

专访

青春的名字叫作"勇敢"

第一次见到黄佳瑞，是我在复旦大学主持的一场国际留学经验报告会上，佳瑞当晚以演讲嘉宾的身份亮相现场。当我拿到她的背景介绍时，深深地倒吸一口气，心里暗想："这位'学霸'可不是一般的牛呵！"她在 6 年的海外留学及工作过程中，先后获得英国牛津大学以及美国耶鲁大学双硕士学位，曾经就职于世界 500 强、全球医药领域居首席地位的辉瑞制药欧洲研发总部以及美国公共卫生专业排名首位的约翰·霍普金斯大学医学研究机构。此外，她还曾在日内瓦世界卫生组织总部以及纽约联合国总部实习、工作，这样一份铺闪着炫目光圈的简历会让很多人心生崇拜和好奇。而我，就是这其中的一员。

带着诸多的问号，我坐在了佳瑞的面前，和她一起聊一聊关于青春和留学的那些故事。

（注：杨芮，简称"杨"；黄佳瑞，简称"黄"）

给**理想**加点**糖** 留学，
你有更多选择

第一节

杨：看到你的求学简历，我就在想，很多人都说"优秀是一种习惯"，那么你从国内读大学本科开始就一直是班里或院系成绩拔尖的学生吗？

黄：呵呵，我本科的时候很少考第一名，就算偶尔拿个"第一"我觉得也是碰运气的。如果按照比率来说的话，我在班级排名大概前5%左右。

杨：前5%已经算是排名的"山顶"了，这确实是挺优秀的。你的本科是在哪里就读呢？

黄：当时因为武汉地区正好在搞"七校联合办学"，就是当地比较知名的大学例如武大、华科大，华师大、中南财经政法等七所高校联合提供"双学位"的攻读机会，所以我就在大二的时候申请"双学位"的专业名额，分别是在武汉大学读国际经济与贸易专业以及华中科技大学的药学专业，算是比较跨科的那种挑战。

杨：国贸和药学两个专业都是就业的时候比较抢手的专业，这么听下来，其实你早在本科阶段就已经有了比较好的职业规划。那为什么会突然萌发想要出国的念头呢？

黄：出国这个想法并不是灵光乍现突然出现的，说实话，如果想要出国读书的话，我在初中的时候就已经可以去海外了。因为家里有很多亲属都在国外定居，那时候很多家人也会问我想不想出国读高中，但是我那个时候觉得在国内挺好的，有家人陪，有自己熟悉的朋友圈，为什么要出国重新开始呢？所以，那个时候并不觉得"远方"对于我有多么大的诱惑。但是，有一点我必须承认，我从小时候开始心里就一直有着"牛津情结"，

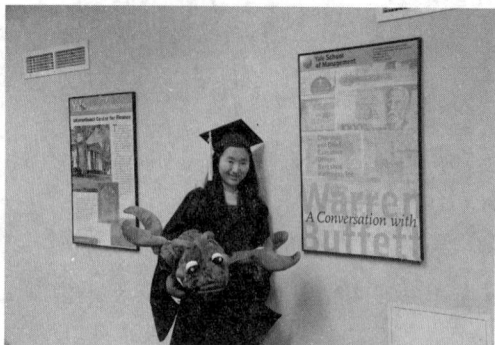

牛津是英语世界里最古老的大学，在 800 多年的沉淀里先后培养过 6 位英国国王、26 位英国首相，这样的一所高校你会觉得她本身就是一个"奇迹"。

大概是在大四上学期，我那个时候就业机会已经非常多了。因为当时世界卫生组织要在中国举办"世界自我药疗大会"，而我在这个大会的组委会里就是担任承办人和联络人的角色。这份工作给我提供了很多机会和世界上健康领域最有威望的教授以及世界 500 强药企的高管频繁接触、互动。我完全可以接受这一份收入不错的工作，并常常接触到所学领域的权威人士。几乎在同一时间，我也准备了英国高校的申请，当时心里抱定的想法就是，要申请就找顶级的大学尝试，如果它们不录取我，那我就直接工作，反正不会有任何损失。

杨：所以当时，你心里并不会把所有的重心都放在一个篮子里？

黄：因为我已经权衡好了出国这件事情对于未来的利弊，所以，如果去，就去英国排名前三的，其他的大学我没有投申请资料。那个时候，身边的亲戚朋友也会有异议的声音，在他们看来，本科还没毕业就有这样让人眼红的"金饭碗"等着，如果我同时申请出国留学，他们怕我到最后两边都没有顾到。后来，英国的牛津大学和剑桥大学都给了我面试通知，然后没过多久它们几乎是同时给了我录取函。最一开始，关于留学还是就业我想的很坦然，可是一旦"梦想学府"牛津大学给了自己一把能打开它大门的钥匙，那个时候还是会有纠结，毕竟大四那年才刚 20 岁出头，心里也会犯嘀咕。拿不定主意的情况下，我给我的导师写了一封很长的信，想听听他的建议。没曾想，那位我非常敬重的导师只给我回复了五个字外加一个感叹号：应该去牛津！正是这五个字成了我奔赴牛津最直接的催化剂，我很感谢那位导师在"临门一脚"时给出的提点。

杨：但是对于很多当前还在国内读本科的朋友们来说，他们如果也想像你这样看似"四两拨千斤"地申请牛津、剑桥这类名校的话，都需要事先在大四之前准备好什么储备或是哪些实践经历呢？

黄：原先有很多人误认为，想申请英国或美国的知名大学只要托福或雅思还有 GRE 之类的分数足够高就行，其实，这真的是一个误解。西方的重量级高校它们除了会在语言成绩上设一个门槛外，材料审核官以及面试官团队的老师们更看重这名申请人在大学本科的四年里到底在学科上、社会实践以及个人评估上是否是一个明确的、有目标性的"完人"。当时我申请英国的大学时考的是托福，分数并没有夸张到接近满分，是正好够牛津、剑桥它们的录取标准。

杨：这个标准大概是多少分？很高吗？

黄：如果是托福的话 100 分以上，假如拿雅思成绩的话建议均分在 7 分以上，申请英国或英联邦的国家，考生首选雅思考试为好，当然很多学校都承认托福成绩的，不过如果你打算直接申请美国的顶级大学，建议还是首选托福考试，因为并不是每一所美国大学都接受雅思成绩的。

杨：在其他方面呢，国外的大学还会重视些什么？

黄：除了语言成绩是"必备条件"外，国外的大学还是会侧重于这名申请人在学术上以及社会实践上的成果以及背景。例如，在学术上的准备方面，大学期间我读了很多与所修专业相关的学术类期刊特别是国外的英文刊物，这对于我拓宽专业视野有很大的帮助。现在网络很发达，大家可以登录很多在国外常用的期刊搜索专业网站进行资料的查找和检索。

在我大四做"毕业设计"的时候，为了能够更好地把自己选修的国贸和药学两个专业进行有机结合，因而我的其中一篇论文主题就是主攻"亚洲国家的中药材国际贸易"以及该领域在全球范围内的跨学科研究。在论文指导方面，当时我确实挺幸运的，因为有我们药学院的院长还有国际贸易系的系主任以及多位专家为我指导，这样一来在论文和学术的提升方面就有很多特别资深的"领路人"在学科上给了我相当多的建议与帮扶。

如果说到学习，我在本科阶段确实称不上学霸，我们宿舍的其他几个女孩子基本上都是年级前几名，那才是十足的"霸王级"人物。不过，在大四申请国外学校时，本校专业课成绩排名比我靠前的几位同学，被录取的国外大学在专业排名上却没有我的好，我大致分析了一下，觉得自己在大学期间的课余活动方面确实比年级前几名的同学要明显活跃得多。首先，我修了两个本科学位，同时，我是大学里"电影协会"的会长，并且创办了我们校第一届的大学生电影节；我还在学校的摇滚乐队里担任队长，举办并参加过武汉地区多所高校的巡回演出；后来，我担任了学校青年红十字协会的宣传部部长，当时做了许多关于造血干细胞的公益宣传活动；另外，我还是学院里分团委组织部部长……

杨：听了这么多头衔，我就在想，每个人都有24个小时，你除了兼顾学习，还有这么多的丰富课外活动，你在时间管理方面真是有一套呵！

黄：我从小就觉得"时间是最公平的东西"，在相同的时间里，为啥有些同学可以是班级前茅，而有些同学却怎么努力都达不到及格的标准？道理很简单，一方面是时间管理，另一方面就是如何把自己最宝贵的精力用在刀刃儿上。我在做这些事情的时候，发现"专注力"很重要。很多人虽然也是同时间做三件以上的事情，可是，他们却没有分清主次和优先级，结果耽误了事儿也浪费了时间。

第二节

杨：咱们再回到牛津的话题上，最近几年，中国很多知名高校都有"自主招生考试"的面试环节，很多经历过的同学都说题目很活，更加考验面试人的知识宽度和现场的反应能力。那么你当时面试牛津大学这么顶级的名校时，他们的主考官会向你提什么样的问题呢？

黄：说到牛津的面试，我觉得话题维度和思维广度是相当跳跃的。比如，他们甚至会问刚入学的本科生："你如果可以变成一只鸟，想变成哪一种？""你相信外星人存在吗？""如果可以让你永远活着，你愿意吗？"等等听起来有点"怪异"的问题。而这些看似不着边际的提问就是一道道"测评"门槛，面试官想通过这些问答互动来看出你的价值观取向以及你在思维上的创造性。可是到了研究生入学面试阶段，牛津的老师对我的提问倒没有这么"感性"。当时刚刚结束简短的寒暄，那位面试官就直接问："常规而言，你觉得中风的发病机制是什么？"，"五羟色胺选择性抑制剂的临床药理是什么？"，"你怎么看待帕金森综合征？"……这些问题只有申请人先前有较深的学术背景和较广的学科涉猎才能自如应答。

杨：当时你回答得怎么样，面试官们满意吗？

黄：坦白说，那时候面试完之后，我觉得相当沮丧。很多问题由于涉及的面太广，我只能用本科所学的有限知识来作答，有些提问我自己都觉得没有答好，所以，我甚至都有点不抱希望了。结果，当接到牛津的录取通知时，我确实挺诧异的。

杨：看来当时的面试，其实牛津校方的老师们还是对你挺满意的。

黄：可能我的表现也没有自己想的那么糟糕啦，但是，我觉得他们更多会从多方面来考量，而不是单单仅凭一次面试或是一张成绩单来"定输赢"。

杨：紧接着，就飞到牛津开始全新的留学生活了，刚到那边还算适应吧？

黄：生活上倒还好，可是在第一天上我们专业课就把我打击得够呛。

杨：打击？你学业上这么优秀还会有"水土不服"吗？

黄：我的这种"水土不服"主要还是语言的适应上。以前在国内，我对自己的英文是相当自信的，而且经常看原版电影，和学校的留学生交流，都没有半点问题。可是，问题就出在我先前的外语环境上，因为那时候绝大多数都是"美式英语"，所以，当授课老师拖着一口浓重的牛津腔英语讲解时，我愣是半天不知道他在说些什么。你要知道，我在牛津主攻的是药理学，这个学科本身就是公认的最难学的专业之一，而且，很多疾病或是药物的专业名词都是拉丁文转化而来的，一个单词恨不得由将近20个字母组成。当老师说什么"髓鞘少突胶质细胞糖蛋白抗体"，"海马前额叶神经回路"之类的东西时，我最开始完全跟不上节奏，那个时候心里有点受挫的感觉。

杨：语言真是挺重要的，听不懂就意味着在学业上要拖后腿了。那紧接着你有什么对策呢？

黄：只能多说多交流，然后熟悉这种原本挺陌生的英式发音。你到了一个陌生的环境，如果不能改变外在，就只有先从自己的内在转变起。前前后后大概一个月的时间吧，我才能逐渐地听懂老师绝大部分上课的内容。我还清楚地记得，刚到牛津的时候，我沿着一条窄窄的马路去教室，路对面有一群英国学生在叽叽喳喳地谈天说地，但是当时由于听不太习惯英音，所以那些飘来的人声就像大街上的车流声一样，迅速地在我耳边被湮没掉，没有接收到一点讯息。而一个月后，当我重新走在那条马路上，又一次碰到类似的英式聊天声时，我惊喜地发现，那些重新飘到耳边的话语竟然都像被网兜抓住的蝴蝶一样，每一句我都听得明明白白。那一瞬间，心里特别有成就感。后来和牛津的博士留学生交流时才知道，这种所谓的"语言适应期"一般都要半年甚至更久，而像我这样才一个月就能"快速调试"的现象，应该算是在自身压力下的"应激反应"。

杨：不可否认，你在语言方面还是相当有天分的！

黄：但学习可不是光靠"天分"就能让导师满意的。牛津大学的药理学专业在世界上是相当有名的，我的药理学导师艾莉森教授，她以前是我们系的系主任，教我的时候刚退休，被返聘回系里做导师。她是英国非常著名的药理学家、生理学家，她在英国药理学会以及医学学会里都是核心人物，而且向来以犀利见称。

你也知道，咱们中国的学生其实是习惯了什么知识都由老师准备好，然后上课时"喂给"我们就行了。但是在牛津，他们则奉行"一对一导师制"，也就是说，你定期会有机会和艾莉森教授这样的顶级人士单独待在一起，然后她以对谈的方式了解学生当前的研究近况以及学业疑问。记得有一次，我就带着她事先安排好的"生殖泌尿系统"相关资料去了上课地点，结果聊到一半，艾莉森突然问我："你对阿尔兹海默病怎么看？"一下子，我就傻在那里了，因为对这种神经系统退行性疾病我先前并没有做过太多的涉足，所以只能怯怯地告诉她我脑子里仅存的一些片段性的知识。紧接着，她就开始不依不饶地和我谈起来老年病的话题，这下更犯蒙了，因为类似于脑脊液、beta 淀粉样蛋白这些专业术语我连它们的英语怎么说都不太知道。这个时候，我就看到艾莉森皱了一下眉头，然后有点严肃地说了一句："It is so basic."（这是很基础的东西）。

正是这句"It is so basic"一下子打到了我的心底深处，虽然当年对于一个刚刚入学不久的我来说，阿尔兹海默病确实是一个尚未触及的研究领域，但是在艾莉森教授看来，我作为她的弟子，这种最基本的病症是本该要掌握的"常识"。即便过去了这么久，这个声音直到今天对我都是一种激励和鞭策。每当接到一项新的任务时，我会督促自己做好十足的准备，以免由于疏漏犯下"常识性"的低级错误。

杨：听你讲刚才的故事，我发觉，在你的身上有种让人很羡慕的韧劲儿，就是我们常说的"越挫越勇"，你是一个不容易服输的人吗？

黄：对于"韧性"和所谓的"坚持"，对我来讲是不能一概而论的。不论当年在国内读书还是后来在国外留学、生活这么多年，我一直觉得自己对于"在乎的事情"就会很上心，并且要全力把它做到最好，甚至要尽善尽美。可是，面对我并不太"感冒"的那些事，我就根本不会太过于在意或在乎。留学或者工作，我都尽量劝告自己要"放松了去做"，如果逼得太紧，其实对身心都是不好的。

杨：呵呵，因为你是学医学的，所以，对于"压力"的负面效力你肯定相当了解。

黄：没错啊，人这一辈子最重要的就是身体健康，有很多的疾病或是病症反应都来自于人的心智。我很喜欢的一部美国国家地理频道拍摄的纪录片，叫作《压力是杀手》，就很好地阐述了人在面对压力或者负面情绪时，身体会释放出大量"毒性"物质，压力会使人大脑"缩小"（智商下降），腹部脂肪增加（所谓的"压力性肥胖"），并会拆分我们的染色体。越是面对压力，人就越得学会如何调整内心状态，避免负面情绪影响到自己的健康。

杨：这个道理其实咱们中国的学生也都是懂得的，可就是真正地实操时，又会有很多人没办法做到这种"落落大方、游刃有余"的程度。在牛津读书这么辛苦，你身边的同学包括你自己在内，应该都是相当勤奋的，那么你相信"天道酬勤"这个词吗？

黄：不能说不相信吧。咱们中国的学生从小不就是听着这个成语长大的么？只不过说，勤奋可能只是成功的一种方式，但是绝不是所有的方式，我个人觉得其他的一些条件，比如运气，时机之类的也同样很重要呵。所以，我在做一件事的时候，既要问"耕耘"，也要兼顾"收获"。

杨：嗯，这种"因果兼顾"的想法很有道理。那你在留学生活的重压之下，是怎么让内心放松的呢？即便你刚才说成功有可能和运气、时机有关，但是，看到你的学术背景和工作简历，这么闪亮的履历让我真的没有办法把你的"成才"简单地归功在"运气"的头上。

黄：我一直对自己有很明晰地评价，那就是不管在学业上还是性格或是技能上，我没有太矮的"短板"。这就套用了常说的"木桶理论"，因为很多人综合素质的高低水平都是取决于他知识或性格层面中"最缺"的那个部分。我从小到现在，课业也好，生活的能力也好，没有特别拔尖的，但是也没有说哪一项是特别差的。我的状态是，都还不错，把我放到任何一种环境中，自己都能很快地适应并且找准方向和重点。

我认准的事情，就一定会调动身上所有的"开关"然后全力以赴。记得有一次，牛津大学请到了电影演员成龙来给我们学生做讲座。他就介绍说，当初在没有成名之前一直都是扮演着"跑龙套"的角色，但是他很认真。有一回，导演让他扮演一具死尸，成龙就很努力地事先想好如何能够

把死人演得最为真实，所以在开拍时，他就屏住呼吸，当真一动不动地仿佛断气了一样。随后和成龙合作的导演就被他的这种敬业精神所感动，陆陆续续，一些角色就开始来找他饰演。成龙为了保证功夫电影的质量和真实性，一直坚持不用替身，每一个武打动作、高危险的跳跃都是亲自上阵的。他笑称，自己身上的大部分骨头都骨折过，并自嘲需要把全身206块骨头编上号，以便下次拍戏被打散架时，医生能方便重新拼接。成龙的这几句玩笑话对我的触动很大，使我明白，正是他把对自己近乎苛刻地敬业精神一直坚持了20年，才有了今天咱们看到的"功夫巨星"。

杨：是呀，所以，我仍然相信当初你在牛津大学读书，而且读的还是最晦涩难懂的药理学，在攻读的过程中肯定也吃过一些苦头吧？

黄：苦头当然也是有的，基本上，只要是出国留学的朋友们，都会有挑灯夜读之类的经历。我刚才也说到了，因为自己本身就是研究"健康"的，所以自己对健康的作息比较注意，一般不会熬夜。但是，就算我再自律，如果到了牛津大学的校园，特别是考试前，我还是熬过好几个通宵读资料。英国的那些专业书籍和国内的不太一样，它因为纸张比较薄，而且字体小，所以，一本看起来不过几百页的硬皮书其实至少印了中国国产书一千多页的内容。

在牛津读书的一年多时间里，我们总共有三个学期，第一个学期末会有一场资格考试（Qualifying Exam）。这是一种综合卷测试，考试的3个小时中会出现任何你在本学期所学习的内容，而且没有补考机会。因为它叫"资格考试"，这就意味着，如果你没有考过的话，那么这个学生就不再具备往下读第二个学期的资格，结果就是只能选择"退出"。

杨：我原本以为牛津大学会比较人性化，没想到这么"残酷"啊？

黄：因为他们秉承的是"精英教育"，就像玩游戏一样，如果你阶段性的考试都没有过，说明这个学生就没有资格再继续"玩下去"，这也算是比较公平的做法。最残酷的是，考试之前，同学们都是心里没有底的，因为你压根儿就不知道任课老师会考什么样的内容。没有范围，没有指定书目，任课老师不仅仅是考上课的内容，他还会考没有讲的但是他认为"学生应该知道"的内容，这就让人比较难捉摸了。

杨：你们的老师不是会给大家发"阅读书单"吗？这个不就是范围吗？

黄：阅读书单肯定是有的，但是，考试卷上的题目不会简单地固化在这几本书的范围内。比如我参加"资格考试"时，上来的第一道题就把我难住了，它给出了一个很大的细胞图，让考生自己画出并用英文写出细胞里面的线粒体、内质网，核糖体，高尔基体等一系列的组成部分。这些东西我中文都懂，但是英文的话，我就不全知道了。而且上课时老师从来没有提过，没有想到会出现在考试中。我还算是知识面比较广吧，由于学科基础还行，所以最后考出的分数还好。在没有公布考分之前，我整个人挺不安的。

杨：后来分数给了你一个惊喜，对吧？

黄：具体分数我记不太清楚了，但是后来班里的教授说，我的总成绩是全班前三名。

杨：这么厉害呵！看来你的感受和实际结果总是有反差的。你们班里同学人数多吗？他们都是来自于哪些国家呢？

黄：国外的小课班级一般人数都不会特别多，我们班当时有14名同学，其中有韩国、印度、阿尔及利亚、美国、加拿大、中国、意大利、德国、荷兰……你会觉得在国外读书仿佛能和全世界交朋友。班里面欧洲和北美的同学比较多，而且，很多欧洲人他们从小都是能讲英语的，这些有语言优势的同学在学习上自然也会比我要领先一步，比方说，我们班那位德国的同学，他本科就是牛津大学生理系的优等生，所以，他考试名列前茅也在大家的意料之中。

杨：你的身边也是强手如林呀。那其他同学也会遭受类似你这样身心憔悴的考验吗？

黄：是啊，其他同学不管你母语是英语，还是原先本科就在英国读的，大家到了研究生阶段其实都需要拼，因为你身边的精英实在是太多了。我有一个好朋友，本科毕业于广东的中山大学，研究生是在牛津大学读社会学，他就是一位十足的"图书馆控"。我自己倒不是特别喜欢去图书馆中规中矩地坐在那里，不过我每次去学院的图书馆查阅资料，都能看到这位朋友在那里静静读书，而且牛津大学的图书馆都是 24 小时开放的，你就可想而知有多少同学会通宵学习，甚至有时候高峰期的时段，你只能比别人更早一点地赶去图书馆才有可能找到一个空闲的位子。

杨：看来大家的学习自觉性和主动性是非常强的。

黄：在牛津、剑桥这样的顶级名校你必须得有自觉性，不然，你单单只靠老师上课的那些知识量是远远不够的。作为英国最知名也是最古老的两所高校，牛津和剑桥的学生假期非常多，这点和其他的英国名校还不太一样。比如说诺丁汉大学、伯明翰大学、曼彻斯特大学等，它们的上课时间就会比我们长很多，而且假期较少。但是在牛津大学，我们的三个学期是每上两个月课就会放一个月的长假，还没有缓过神儿来，暑假又到了，而且暑假一放就是 3 个月。

杨：这点挺让我意外的，我本来以为越是名校，课业的密度会异乎寻常的紧凑。

黄：恰恰相反，因为在牛津、剑桥，老师们相信这些学生会有足够的自制力和自觉力，即便是放假期间，任课老师会默认学生们能够充分利用长假时光到学校的实验室、图书馆或是通过实地调研的方式让学业和钻研得以延续。这一点和中国的传统教育又是完全不一样的，你应该和我有相似的国内受教育的感受，那就是家里的独生子女，每天上学、放学、做作业都随时有无数双眼睛在盯着咱们，从爷爷、奶奶这些长辈到爸爸、妈妈、班主任，一个中国的学生从小就没有机会养成独立思考、独自做决定还有单独完成一项任务的习惯与思维方式。结果，一旦将来出国，一下子就从一个"高压强逼式"的环境投身到看似"放养式"的氛围里，有很多中国留学生一开始都是不太适应的，有些人还会有点无所适从的盲目感和失落感。

杨：那我的疑问就又来了，既然在牛津大学上课时间不多，学习又基本靠自己钻研，那么名校到底能给一个留学生带来什么呢？

黄：资源啊！这些顶尖大学它们能够提供给学生们的各类资源超乎你的想象。不管你需要什么，只要你提出，学校或学院基本上都能帮你实现。比如说毕业生找工作或是在校生找兼职，我们有职业中心、学生服务中心，而且对于不同的行业都还有细化的分类，从会计、科学到教学、科研，各种类型的工作岗位讯息都一一俱全；再比如说，你要去阿尔巴尼亚做交流访问，但是你不会当地的语言，那就可以向学校申请是否可以有懂阿尔巴尼亚语的老师来辅导一下，学校就会去找最有经验的语言老师来指导你如何短时间内熟悉这门小语种。有一次，一位同学对于巴西热带雨林的某种疾病比较感兴趣，当时学校校内的资源比较有限，他们就直接联系对这方面有较强研究能力的伦敦大学卫生与热带医学学院，邀请他们的专家来牛津大学对这位同学进行辅导。

我因为就读的是医学院，所以平时学习的时候，我们就经常能够接触到医药学领域的顶级专家和国际制药巨头的高层，例如施贵宝公司、葛兰素史克、辉瑞制药等等。而且包括英国帝国理工、美国哈佛、耶鲁的顶级学者都会定期到牛津大学参加研讨或论坛，这对于我在专业性和前瞻性方面真的是拓宽了视野，有时候还会颠覆自己先前很多的旧式观点。我的感觉是，在这些顶级大学只要是你想要学习的，你提出要求，学校都会十分看重学生的需求，然后想尽办法来帮扶有需要的学生。

杨：我终于明白顶级名校背后的潜在魅力了，那就是能够在这个平台上让它的学生最大限度地亲身感受什么叫作学术上的"巅峰体验"。面对这么多的"饕餮盛宴"，你有时间消化吗？

黄：说实话还真没有那么多的时间可以一一细嚼慢咽，所以，这就需要我们平时要培养自己"抓重点"的习惯。越是到了一间厨房，感觉什么都好吃的时候，我就越会保持一种清醒感，让自己明白最开始想要的到底是什么。不能到最后，什么都想吃，什么都没吃出它的味道来。

第三节

杨：你刚才提到世界上最大的制药企业辉瑞公司，你是什么时候进入到辉瑞开始科研和后续工作的呢？

黄：我其实还在牛津读书的第三个学期就去了辉瑞的欧洲研发总部，

开始陆续参与一些研发和科研的工作了，我的毕业课题也是在辉瑞做的，进展得很顺利。后来牛津的学业完成后，我就继续留在辉瑞工作，当时牛津的那些同学们听说我在辉瑞公司上班也都挺羡慕的。

杨：当然啦！它可是世界500强，而且我相信薪酬、福利都是行业内很丰厚的。硕士毕业生如果找工作的话，肯定都希望能投身到行业"老大"的旗下。正式进入辉瑞工作的门槛很高吗？

黄：我当时倒是顺理成章，他们对于我的学术水平比较满意，所以就被录用了。我记得后来辉瑞在中国区招聘应届本科生的时候是200个人当中选1个，而且最后剩下的这一位候选人还前后参加了八次面试才最终进入到辉瑞。你就大致能够想象它的竞争度和难度了。

杨：对啊！如果换作别人，他们早就开开心心地打算在辉瑞拼上半辈子了。可结果，你后来还是选择放弃了辉瑞，这是为什么呢？

黄：如果先前没有出国的话，那么辉瑞这么好的机遇我是万万不会错过的。可是，当我到了英国，并且在临毕业前去了欧洲很多国家旅行之后，我的想法转变了。那种感觉就是，不同的国家与文化，它仿佛是一扇扇充满诱惑力的入口，"嗖"地一下就把你吸进了另一个全新的领地。不管是思维方式、生活状态，就连走到欧洲其他国家的街道上，那种欣喜与新鲜都能重新在心底注入活力。

毕业旅行结束后，我重新回到位于英国肯特郡的辉瑞欧洲研发总部。因为肯特郡就在英吉利海峡的边上，如果天气晴好的话，你站在海边就能眺望到对岸的法国和比利时。不能否认，我是一个喜欢折腾的人，那些在外人看来值得羡慕的收入、岗位并不会给我的内心带来快乐。所以，即便我身边的朋友都劝阻说现在欧洲本身好工作就难找，放弃辉瑞则意味着放弃了一种优质生活的可能，但是，我还是在辉瑞工作了7个月后，选择了离开。因为，我心里明白，随着视野广角的不断延伸，我越来越能对于自己想做的事情有一个明晰的定位，那就是和科研相比，我更喜欢与人交流，与人群打交道。所以，我随后选择了美国，想去那里顶尖的商学院攻读管理类专业，并且想要真实地体验一下美国的精彩。

杨：然后你就开始选择美国的高校，最后锁定了耶鲁大学。当时申请的过程困难吗？

黄：坦白说，如果我是从国内凭借着自己本科的背景和学术功底，想要申请耶鲁大学那会相当的艰难。但是，由于当时我手里本身已经拿到了牛津大学的硕士学位，加上牛津大学教授和辉瑞高层领导为我撰写的推荐信，使得整个过程并没有想象中那么复杂。我要很感谢牛津的经历，正因为我是站在"巨人的肩膀上"再次跳跃，所以，耶鲁大学的申请才会那么顺遂地就有了答复。

杨：耶鲁大学需要面试吗？他们的面谈提问是不是也像当初你在牛津碰到的那样"意料之外"？

黄：呵呵，和耶鲁的面试官对谈其实是很愉快的，面试我的两位导师中一位是针对所申请的项目进行提问，另一位则是从职业导向方面进行了询问。比如，他会问我，如果被录取的话，你打算如何有效运用我们的资源为自己的研究服务？你的工作梦想是什么？这些开放性的问题很容易回答，所以那天氛围很轻松，聊得很开心。当我和他们互道"再见"时，我心里很清楚地感觉到，我一定会再次在耶鲁见到他们的。果不其然，没过多久，我就拿到了耶鲁大学的录取通知。

杨：当时应该也很兴奋吧？到美国的感觉怎么样？

黄：人的内心真是很奇妙的"感知体"，我发现自己越是经历，心灵底层就越是会透出淡定。去美国那天，我和侄女一起乘班机飞到肯尼迪机场，然后她去匹兹堡，我就乘坐巴士赶去耶鲁的所在地纽黑文。当时由于倒时差，我上了巴士就直接睡着了，到站之后还是旁边的一位陌生人把我叫醒的。对比一下一年多前，当我刚从国内飞抵英国的希思罗机场，即便那时候也有时差困扰，但是丝毫没有打消我当时内心极度的好奇与新鲜。记得从希思罗机场赶去牛津的大巴上，我的眼睛就像是一台摄录机似的眨都不眨一下，真想把自己看到的一切深深刻印在大脑"硬盘"里。这样一对比，你就会发现，当亲历的世界逐步辽阔，当初懵懂的一些东西就会渐渐明朗，只有一步步提升对于所接触事物的标准，你的那份好奇感和求知感才能够持续保鲜。

杨：特别对！所以就连现在找对象谈恋爱，很多婚恋专家就建议，还是得选择旗鼓相当的爱人比较能够长久。因为，不同的段位，不同的背景，他们所认知的世界与智慧宽度都是不同的。只有势均力敌，才能在生活里碰撞出火花来。因为有了牛津的勤学苦练，到了耶鲁大学再读硕士应该会顺利很多吧？

黄：恰恰相反，一点儿都不顺！

杨：怎么会这样？太让我意外了！

黄：我在国内本科和牛津大学都是读的药理学专业，不管是用中文学的还是后来用英文在做研究，它们最起码是一脉贯之的，没有什么隔断的知识链条。可是我在耶鲁大学攻读的是健康管理专业，这个专业是由耶鲁的医学院、公共卫生学院以及商学院共同筹办的，而且每年只招收一名中国学生。后来我才知道，这个专业的上一年还有下一年的中国学生都是在美国读的本科，他们的学科基础都要比我有"先天优势"。

我们这个健康管理专业的课程有一半分在医学院读，而另一半就放在了耶鲁商学院。记得第一个学期在商学院的三门课分别是 Accounting（会计学）、Sourcing and Managing Funds（筹寻及管理资金）以及 Investor（投资者）。这里面的"会计学"与"投资者"两门课由于和先前我在本科阶段学的国贸专业知识有关联性，所以还算能跟得上。但是在"筹寻及管理资金"的课堂上，小组讨论会特别频繁，记得第一次上这门课，班级里的同学们就需要每 4 个人分为一组，然后进行项目分析以及课堂陈述。我所在的那个组里，互相一介绍才发现，另外三位组员都是个顶个的"强悍"，其中一位女士在高盛集团有超过 10 年做投资银行的经验，另一位在美国政府 EPA（美国环境保护署）做了七八年的高管，还有一位同学，他的本科就是在哈佛读的，然后就职于美国一家知名的咨询公司。当同伴们都是"牛人"时，你就需要打起百分百的精神来应对这种无形的压力与知识挑战。课堂上老师分来的任务对于我这种没有太多"商战"实操的人来说，是相当有难度的。可是，这里毕竟是耶鲁，任课老师也要确保类似像高盛集团高管这样的资深业内人士也能在课堂上有所收获，这就直接导致了授课难度只会是越来越艰深，而不能总是出现"小儿科"的基础知识。

杨：因为那样的话，就是 That is so basic！

黄：对啊，对啊！我当时就下定决心，绝对不能在低级的知识链条上出现疏漏，于是我就顶住自己内心的"压力"，开始去耶鲁的图书馆里狠命看书、做笔记。每天除了上课外还要伏案学习超过五个小时，结果刚到耶鲁的第一个月，我就尝到了人生第一次肩颈痛的滋味，当时疼到根本就转不了脖子，和人打招呼的时候，只能侧过身子来，很囧的。

杨：你身体不是一直都挺好吗？怎么会肩颈痛呢？

黄：拼命的那段时间里，也没有顾上健康的调节，即便知道不能熬夜，不能过度用脑，可是眼看着小组作业要交，课堂讨论要陈述观点，我就心急的厉害，所以，一个月下来，就把身体健康给搭进去了。后来去校医院诊疗的时候，我就问大夫，这个病是不是挺不正常的，结果医生嘿嘿一笑说，肩颈痛，颈椎痛在耶鲁是相当普遍的常见病，很多学生都有。

杨：呵呵，那看来下次到了耶鲁的校园，可以随便找个同学问：今天，你肩颈痛了吗？

黄：基本上有这个毛病的，九成以上都是拼命学习的"好孩子"。

杨：这些"好孩子"的群体中，肯定也有很多精英阶层的子女吧？

黄：没错，因为像哈佛、耶鲁这样的名校，你会经常碰到相当多的"人中龙凤"。比如我们同一个项目里，就有美国肯尼迪家族的后代。就算是美国中产阶层的孩子，想要上耶鲁的话也得通过激烈的竞争才能有名额，有人就做过不完全的统计说，在美国的顶尖高中毕业班里，每7个高中生中只有1名能有机会进入耶鲁大学就读本科。

我在耶鲁就有一位好朋友，叫作塞巴，他当年申请本科高校的时候同时拿到了哈佛大学和耶鲁大学的录取通知。在美国的学生当中流传着这么一句话，没有谁会对哈佛说"NO"，可这位小伙子确实不是一般人，他直接拒绝了哈佛的录取函来了耶鲁大学。后来呢，他又申请考医学院的医学博士，同时拿到了哈佛和斯坦福大学的录取通知，这一次，塞巴又把哈佛大学给拒了，然后跑去斯坦福继续攻读医学学位。

杨：这位塞巴老兄真是"神"一般的存在呀！你是怎么认识他的？

黄：因为在耶鲁大学，我们有一个叫作"寻找语言伙伴"的活动，当时塞巴对中文很感兴趣，而我又想练一练美式英语，所以，我们俩就结成了"学习伙伴"。和这位"学霸"级别的朋友聊天，你会学到很多东西，基本上我们的话题范围有点天马行空的感觉，从中国的丝绸之路谈到意大利的"黑手党"，从古希腊罗马的男神女神一下子能跳跃到花花草草的物种和栽培。你会觉得，这个男生的脑袋里怎么能装下那么多跨学科、跨门类的东西，而且他还不是泛泛而谈，是真的能感觉得到他先前一定做过翔实的研读与思考。

杨：其他的同学呢，也是如此吗？我很好奇，耶鲁的校园里会有年轻人追求名牌或者是奢侈品吗？

黄：你千万不要误以为在耶鲁、哈佛这样的学校会出现很多的"书呆子"，恰恰相反，他们信奉的学习理念是"Study hard and play harder"（要刻苦学习，但更要全心地玩乐）。美国的大学生非常喜欢体育运动，从篮球、橄榄球再到曲棍球、游泳，只要是大型的体育赛事，即便是翘课，他们也会疯狂地赶到现场去参与或是去助威。学校的老师们也很支持学生们参加这些大型赛事（当然，也有几所顶级的美国高校反对学生在校园里有太多娱乐活动，例如芝加哥大学和加州理工就曾宣称"娱乐已死"）。除此之外，美国的年轻人也会喜欢质量好、设计酷的知名品牌，只不过他们彰显的更是一种"低调的奢华"。比如上个星期在纽约时装周上亮相的新款外套，下个星期就已经有同学穿在身上开始参加各种派对聚会了。没有谁会刻意地炫耀自己的奢侈品，就像有句话说得好，你低调要"低调的起"，你朴素也要"朴素的起"才行。

杨：听起来这种生活对于平民学生来说，也是一种可望而不可即的生活吧。

黄：耶鲁的年轻人更多是看自己的内心，他们不会盲目攀比，更不会为了凸显自己的本事而故意勒紧裤腰带去买什么名牌来抬高身价。要知道，"耶鲁"本身就是一个"龙门"，所以，耶鲁的学生很明白，只有充实自己，才是最大的投资。

杨：那相比而言，中国的留学生在到了美国之后，需要注意些什么呢？

黄：首先，我建议同学们在留学之前要打好牢固的英语基础。语言是学习的基本工具，也是社交的基本载体。如果连老师说什么或大家在聚会上谈论什么都听不懂，是很难融入主流文化中的。我有在美国其他高校留学的朋友，托福考试成绩一般，而且实际运用的能力更是不行，随后美国的校方就建议他先去上语言课程，结果这位男生在语言班里连续读了三年，可是考出来的英语成绩依然达不到学校要求。在这三年中，他年长了几岁，花了很多父母的血汗钱，学习没长进但却很了解美国哪里能淘到便宜的奢侈品，办了很多品牌的 VIP 卡，到最后还是没有拿到文凭，"留学"变成"游学"，没办法只能黯然回国，并从此变得沉默寡言。

其次，咱们中国的学生们到了美国一定要注意学会平衡自己的生活，而且要稍微留心一下时间管理的方法。有些中国的学生因为是第一次出国留学，刚到一个崭新的世界自然一切都是新奇的，加上耶鲁大学距离纽约、波士顿都相当的近，所以平时周末两天一些留学生就会结队跑去周边城市吃喝玩乐。另外，有一些不善交际的中国学生，他们还是脱离不了国内一些娱乐习惯的牵扯，在美国的宿舍或租房内隔着时差追看《我是歌手》、《爱情保卫战》，甚至还有学生熬夜用网络看"穿越剧"和韩剧，这种"换汤不换药"的留学生活方式我觉得是不理智的。

杨：可能这些学生先前在中国传统的教育体制下，没有太多的个人时间与空间，所以，一旦出国他们就撒欢儿了一样要尽享"好生活"。

黄：适当的游玩肯定是没错的，但是，毕竟我们出国留学的目的还是学习，你不能本末倒置呵。

杨：像你们商学院的学生，平日里的聚会或是高档酒会之类的活动也会举行吧？

黄：这种活动会有很多。说到交际类的场合，我还是要对比一下中国年轻人和美国年轻人的不同。也许是因为我们从小没有专门地培养过自己关于参加"社交类"活动的习惯以及礼仪，所以每当学校或院系举行比较隆重的正规酒会，一些中国学生就会本能地拒绝或是放弃。想想看，很多耶鲁的在读学生他们本身在美国当地就是"含着金钥匙"出生的，每到大型酒会或舞会，学生们就会身穿正装，开着名车去聚会现场，而且很多的酒会特别是有知名人士参加的活动都是要收取入场费的（一般在 100 美元左右），这样一来，有些中国的留学生就觉得，自己本身就是每天坐公交车出行的，而且囊中羞涩，所以就断然放弃了所有这些重要的社交机会，其实，无形当中这也是他自己很大的一部分损失。

杨：损失？我不太懂……

黄：这种"损失"指的是错失了能够有机会结识人脉，扩展交际面的机会。记得商学院的老师在一次课上，很严肃地对我们讲："如果你们来到耶鲁商学院需要学会一件事的话，请记得，那就是'人脉'。"其实，不管在中国还是外国，人脉和交际圈在哪里都是至关重要的。而耶鲁大学的硕士只有两年，你少参加一次这种重要并且有深度的活动，那么你仅有的宝贵机会就会错失一次。有时候，资深人士的一句点拨，或是一段小小的机缘就会为你敞开完全不一样的大门，而如果两年里你一次都不愿意参加的话，最直接的受损者恰恰是我们自己。

杨：我以前以为，只有在中国才会讲"人际关系"、"人情世故"，没想到全世界都一样。

黄：我给你举一个例子，如果A不认识B，那么A直接给B打电话并有求于他，这会是非常唐突的事情，即便是同一个行业的陌生来电，B也会断然拒绝，因为先前没有任何交集。可是，如果有一位同事C，他既认识A也熟识B，假如通过C将A介绍给B认识，那么A再和B联系沟通，就会顺畅很多，因为经过C的"中间人"角色，A和B之间有了一种"绑定感"，当彼此的信任关系一旦连接，随后再去商量办什么事情就会顺畅很多。

我的同学当中，有些人在商学院的成绩并没有那么突出，但是由于他先前社交能力强，交友范围广，在毕业后就直接拿到了很好的工作邀请。而我有些商学院的中国同学，虽然他学习成绩还算不错，但是在社交活动方面就没有那么积极，结果毕业后，虽然也有一些工作机会，但是和前一位同学比起来，他的竞争优势和机遇就明显会少了很多。

杨：那么在耶鲁商学院的课堂上，也会经常请到一些知名的商界领袖来给学生们讲课吧。

黄：那是自然的。我在耶鲁读书的那两年，就有相当多的政界或是商界的高端人物来商学院讲课，比如IBM的总裁，辉瑞制药的前总裁，可口可乐的总裁，还有英国前首相布莱尔等等。如果是大型的核心课程，一般就会在阶梯教室举行，而且每位同学的桌位上都有一个名卡，两面都写着他的姓名，以便授课老师还有四周的学生都知道该如何称呼这位同学。上这种课的时候，老师一般都会点名提问，如果被提问的学生没有答好的话，他的平时成绩是会受到影响的。在商学院的一些专业课上，平时成绩会占到总成绩近一半的比重，而在其他常规的科目上，平时成绩也有20%的权重，所以，每次上课前，我们都会先做好资料的阅读和常规性预习，以免出现"答不上来"的尴尬。

杨：你刚才提到连英国前首相托尼·布莱尔都为耶鲁的学生授过课，那么当你近距离观察这些名人的时候，会有什么不一样的发现吗？

黄：布莱尔是耶鲁的客座教授，当时他所讲的课程是接受全校各年级学生申请的。如果谈到对布莱尔的印象，我觉得他是一位很聪慧的政治家，而且口才非常好，就算没有稿件，让他口若悬河地讲上几天应该是没有任何问题。最让我印象深刻的是，布莱尔在课上讲到了法国前总统希拉克，他夸赞希拉克的记性惊人得好。比如说大家一起参加一个有百人以上规模的大型聚会，即便是五年前一个社交场合随意寒暄的一位对象，倘若几年后在那个大型聚会上又见到了，他竟然还能叫得上那个人的名字，并且热情依旧。即便这种记忆方法是有技巧可循的，但是，这和他们的努力也是分不开的。

这里我还是要提到"人际交往"的重要性，就拿布莱尔来说，他卸任英国首相职位后，就被美国第三大银行摩根大通邀请担任兼职顾问，年薪百万美元。为什么摩根大通要花这么大的价钱只为让布莱尔挂一个兼职的名号呢？很简单，因为在他的手上还有大量丰富的人脉资源，假如这家银行想在中东地区与沙特的某位国王谈一谈石油投资合作，那么布莱尔就可以轻松地帮摩根大通牵桥搭线，让甲乙双方有机会坐到一起促成合作。

第五节

杨：除了人脉资源外，我听说耶鲁大学的图书馆资源量也是大得惊人。

黄：是啊，耶鲁大学的藏书量真的可以说抵得上某些国家级图书馆的典藏量了，它的图书馆里收藏了世界各地、各个时期的图书大约有1100万册，这个数量居全美高校图书馆的第一位，同时也在世界各国的大学图书馆规模上名列第二位。从历史悠久的古登堡限量版的圣经，到心理学大师弗洛伊德、荣格等人的创作手稿都收藏在耶鲁大学其中一间珍稀书籍图书馆内，而对于我们在校生来说，这些珍贵的文献以及图书史料就是一大笔无形的资产能够吸引全世界的学者为之着迷。

杨：除了学习之外，那么在生活上呢，比如说吃饭方面，美国的校园餐厅是什么样的，和英国牛津的饭菜比起来，有什么不同吗？

黄：讲到吃，那真是一种享受了。在耶鲁大学，我们是按学院分的，每个学院都会建有一间学生餐厅，一般是自助餐式的。我们的餐厅基本上每顿饭都有100多道菜供你选择。

杨：100多道？这么夸张呀，都赶上"满汉全席"的规模了。

黄：在耶鲁这就是现实喔，光我们的饭后甜点都有几十种供学生选择。咱们中国人常吃的春卷、烤鸭什么的，那边餐厅里都能提供，而且味道和国内吃的一样棒。最大的餐厅大概能同时容纳200多人一起就餐，一般规模的餐厅同时接待大概100名学生应该是没有问题的。

相比而言呢，在牛津大学的餐厅吃饭就要显得正式很多，因为英国的晚餐才算是正餐，所以，当我第一次步入牛津那幢哥特式建筑的餐厅时，

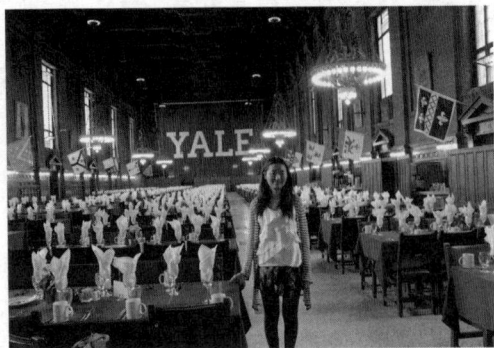

觉得特别眼熟，高高的穹顶，长条的桌子，古雅的灯饰，一问才知道这里就是当年《哈利·波特》系列电影的拍摄地，而当时魔法学校的师生们一同就餐的场景就是在这里现场拍摄的。这座餐厅的晚餐共计开设两次，傍晚 6 点的那次可以允许师生身着便装前来就餐，但是晚间 8 点的那次就必须要身穿长袍才能入席进餐。而且，当学生坐定后，会有专人服侍，头盘、主菜、餐后甜点一应俱全，这些菜式都是由学校大厨精心烹饪的，后来才知道，就连牛津大学的许多厨师当年都曾是英国皇室的御用师傅，所以，每道菜的食材、火候全都恰到好处。我还是挺怀念那时候的一些菜品的，烤羊排、烤鹿肉，就连鸵鸟肉都会成为晚餐的主角。之所以牛津的校方要这么大费周折把晚餐安排得有礼有节，我想主要还是想培养牛津学生一种"贵族精神"和"精英意识"吧。

杨：而且，我觉得这种"贵族"与"精英"的概念和国内有时候报道的"土豪"是完全不一样的人群。很多"土豪"甚至认为只要是有人伺候着，买东西专挑贵的不选对的就是"贵族"，其实越是显摆外在的东西，就会凸显出内在的"匮乏"和无力感。

黄：到了英国和美国，当你真正见识了世代富豪的贵气范儿后，就会明白，国内的"土豪"们还是太不懂生活了。比方说在英美，真正的富豪非常不喜欢炫耀财富，他们度假都喜欢到自己私人的加勒比海或地中海的小岛上，一家人在私家岛屿上晒晒太阳。他们低调地穿着知名设计师为自己私人定制的服装，从任何一个角度都看不到牌子的标识。大多数的千万富翁们最在意的不是车子和面子，而是自己住的地方以及舒适度，因为在他们看来，每天起居的房子和自己的生活享受度成正比，他宁愿住的、睡的舒适一点，也不想把钱过多地投入在购买豪车上（当然，明星除外）。

杨：车子是开给别人看的，床是留给自己每天晚上提高睡眠质量的。

黄：没错！像比尔·盖茨、巴菲特这些活得特别明白的顶级富豪，每天依然驾驶着开了十几年的车子走街串巷，这并不妨碍他们是万众敬仰的人物。越是精英，他们越知道什么才是真淡定。在耶鲁大学读书的这两年，真是让我明白了，所谓"荣华富贵"并不是风吹即散的"浮云"，而是在富贵加身之后，你是否还能清楚地记得自己最初的那份纯粹与向往。

杨：是呀，不迷失，才能坚持！那后来，临近耶鲁硕士毕业时，你们也该开始准备论文了吧。

黄：因为我是管理类的专业，所以当时我们的毕业设计是要以小组的方式完成一个项目并且撰写一份集体的长篇报告。我所在的那个团队总共4名同学，除了我是中国人之外，其他三位都来自美国，而且他们的学术或从商背景都很资深，大家分别各负责一个版块，然后每天晚上都会有个碰头会，交流当天的项目进展以及内容反思。基本上那段时间里，我们4个人是形影不离，傍晚的时候一起叫外卖，然后就关在屋子里分头做项目分析，一直到凌晨1点才各自散去。

杨：当然，我相信"皇天不负有心人"，最后你们4个人的报告肯定是获得了一个好成绩吧。

黄：因为大家都很优秀，我们几个人都想力争把自己负责的版块做到完美，这样的话，整个项目的结构和结论才能有说服力。最后，我们顺利毕业了，大家心里还是挺有成就感的。

杨：在国内的几大视频网站上流传了很多美国大学经典的毕业致辞，

有乔布斯、JK·罗琳、比尔·盖茨等等名人的经典演讲，你们那一届毕业时耶鲁大学有请到哪位知名人士给学生们做讲座或送祝词吗？

黄：我们那届请到的是奥斯卡影帝汤姆·汉克斯。

杨：就是那位主演了《阿甘正传》、《达·芬奇密码》的男影星。

黄：是的，他相当优秀，迄今为止应该已经获得了两次奥斯卡最佳男演员，还获得过3次奥斯卡奖的提名，45岁的时候就拿到了美国电影学会颁发的终身成就奖，是个"得奖专业户"。

第六节

杨：看你在美国的毕业实习经历，好像都和"国际范儿"关系紧密呵。

黄：你说的是我去了世界卫生组织和联合国实习的那些经历吧。其实，申请世界卫生组织的实习机会时，我也没有十全的把握，毕竟全球有超过2万名年轻人都在同步申请，而最终这个组织只有200个空缺名额。当然最后经过筛选，我和另外6名耶鲁的同学都被选中了，包括后来去联合国实习的那段时间，我觉得是我的母校以及母校在背后所给予我的自信才让这一切机缘顺利地得以实现。我还是那个建议，如果国内的朋友在条件允许的情况下，还是要努力申请名校，这样，你随后的求学之路和就业之路才能越走越宽。

杨：以前在国内读小学、中学，老师和家长都会激励学生说，要考名校啊，进了名校才有前途。那个时候不懂，觉得考个"师专"和考上个"师大"没啥区别。等后来真是从国内的大学出来了才发觉，国家重点大学和普通二本大学的毕业生，他们之间不管是求职难易度还是后续的人脉资源等方面仍有着不小的差距，更何况是国外的顶尖大学毕业生也陆续回国加入这场激烈的竞争。你们从名校毕业后，应该是各种工作机会都主动跟着过来了吧。

黄：虽然没你说的那么"抢手"，不过好的工作机会倒是一直不缺的。我的第一份工作是耶鲁的师姐推荐的，去了佛罗里达州。到了第二年，在耶鲁的导师又把我介绍去了设在约翰·霍普金斯大学内的美国医学界最好的研究机构，在医学健康领域这个机构连续 40 年在全美排名第一位。

杨：优秀真是一种习惯，继辞去"辉瑞制药"的金饭碗后，你的职业轨道又一次地迈入第二个巅峰了！

黄：即便在外人看来，好像我每次都能捧到一只相当光鲜的金饭碗，但是，每一回的"获得"，它都会促发我去反思自己内心下一个需要的目标是什么。

杨：该不会你又要放弃了吧？太可惜了……

黄：在那所顶级的研究机构工作一段时间后，我恰好有机会返回国内看望家长，正是短短的三个星期里让我接连发现自己和国内的很多方面都产生了"脱节现象"。比如，过年时几乎每个微信用户都在疯狂使用的"抢红包"，再比如说网上支付的全民普及，还有下一轮网络教育的革命，所有这些新兴的产业以及机遇会让我兴奋。毕竟，我是中国人，咱们的根还是留在国内的，所以，经过理性的思考，我决心回到中国开始新的旅程。

杨：你的这种勇气，真是挺打动我的。那么回顾这 6 年海外学习以及工作的经历，你觉得名校除了它本身的光环会帮你的学术生涯"加分"的话，其他方面还能给你留下些什么呢？

黄：不可否认，牛津和耶鲁这两所顶级高校还赋予了我终身的精英圈子。我这才回国刚刚半年，就已经受邀参加了很多精英聚会。前不久，我参加了牛津大学第一次在中国内地开设的专题论坛，牛津的校长，同济大学教授，麦肯锡高管等专业人士都参加了论坛的讨论；上个月，我则是参加了芝加哥大学商学院关于消费品 (consumer goods) 的讨论会，和沃尔玛、德勤、亚马逊、宝洁以及 BCG 等公司的高管共同讨论了中国快速消费品行业的发展和挑战；前几天，我还应邀参加了美国哥伦比亚大学巴纳德学院举办的"女性改变中国"全球研讨会，听阳光传媒主席、高盛中国首席顾问、《华尔街日报》中文版主编等女性精英分享自身成功的故事。我一直坚信，因为海外的留学经历已经让我的学识得到了"加持"，我知道自己具备做事情的能力以及"信自己"的定力，所以，即便选择回国，我也能在自己熟悉并且喜欢的领域做出一番成绩来。

杨：那么回看你自己的内心，这 6 年时间里，你的性格或者看待事物的方式上有什么变化吗？

黄：对比出国前，我觉得现在的心态更加平稳了。也许是因为出国之后见得多了，被精英"虐"得也多了，当下我的状态就是没有什么事会让我特别兴奋地喜形于色，但是也不会有什么悲伤的事情值得我非要大哭一场。我身边的朋友都会用"淡定"、"从容"这样的字眼来形容我，我觉得挺贴切的。是不是这也属于当年范仲淹说的那种"不以物喜，不以己悲"的状态呵？

杨：这种状态其实也是我一直挺向往的。虽然咱们都想"淡定"，但是，你要知道当前国内的"留学热"、"移民潮"可是搅和的从大学生到家长、长辈都已经无法淡定了。对于大学生出国留学这条路，你怎么看？有什么建议给到当前的年轻人吗？

黄：长久以来，咱们中国的学生最缺乏的往往是"批判性思维"方式。很多时候不是自己想做什么，而是看大家都在做什么，然后盲目跟风，进而就会出现所谓的"留学热"、"移民潮"。可是，当大家都一窝蜂地往外跑时，我还是要先提醒一下想要出国的朋友们，你出国的目的是什么？是真心喜欢这个专业，还是说并不知道前途在哪里，反正先出国再说？我们从当年考大学填报高考志愿开始，就一直会听父母或班主任的悉心劝告，所以，那时候很多同学选择的专业甚至大学都不是自己内心中意的。如今，假如你想出国，请一定要想想看，自己到底是哪种性格的人，到底喜不喜欢做深入研究？你最喜欢什么，最讨厌自己成为一个什么样的人？这些，都该做一个深度思考，有了自我客观评定后，再去考量是否决意出国，才比较靠谱。

出国这条路，并不是适合所有人，它和这位申请人的经济实力、学识功底、学业毅力等都有直接关系。如果你在本科毕业后本身就找到了一份不错的工作，那其实先工作一两年后想明白了再出国充电也是不错的。因为你有了工作经验后，加上你先前的大学 GPA 成绩以及随后的语言成绩都会为你申请更好的名校打下基础。出国是为了追求更幸福的人生，但假如是为了出国而要放弃幸福，在我看来就不值得了。说实在的，出国可以等，但是人生中有很多好的机会或"对的人"，错过就不在了，你懂的，呵呵……

杨：这些建议确实很实在！那你的生活信条是什么，能分享一下吗？

黄：生活的信条呵？我有很多呢，不过最关键的一条就是"勇于尝试"。我不喜欢墨守成规的事情，如果说一条大道一眼就能看到结局，那我肯定就不乐意去走，

对于这种毫无悬念的旅程，我宁愿放弃。我是一个很愿意尝试的人，只要是有新鲜的事物，然后伴随着某种"不确定"，我就会立即兴奋起来。我想，这种类似于"冒险精神"的心态应该是美国人教会我的。在美国，绝大部分的年轻人不光有体育精神，还有很多冲劲和探险的勇气，例如深海潜水、爬雪山、攀巨岩。这种冒险不是傻乎乎地不在乎生命，而是他们会事先做好一切力所能及的防护，然后在有安全保障的前提下让自己的身体感受更多不同的挑战与刺激（美国人常说，Be willing to take calculated risks)，从而能够再一次审视自己、认识自我内在的潜能。

杨：现在你已经顺利回国了，而且在这家公司也迅速做到了高端项目经理的职位，那你接下来还有什么生活或工作的打算？有想好下一个要"尝试"的目标吗？

黄：我现在的心态可是以平稳为主的，暂时没有那么多想要突然"尝试"什么的冲动了。记得咱们小的时候，语文老师肯定都会让学生写一篇关于"我的梦想"的命题作文。我当时的梦想很真切，那就是去牛津大学读书，然后环游世界。现在再去翻看那时候的梦想，我发觉自己已经都逐步实现了。牛津大学给了我一辈子最为深远的印象，而利用在国外的便利度，我先后去过30多个国家和地区。即便后来大学期间，我一度梦想着有朝一日要去联合国或者是全球级的机构工作，后来我也都一一兑现了。现在回国后，我反而没再给自己设立什么特别数据化、具体化的目标，现在的我，就是要求自己平安快乐的活好每一天，这才是首要的"任务"。你可能会有点不理解，为啥会有这么大的一个转变，那是因为，内心的自由与喜悦，才是生活最宝贵的幸福！

尾声

　　和佳瑞聊天，就仿佛翻开了一本充满故事与悬念的纪实书，当果真读到了尾页，你才悟到一种"柳暗花明又一村"的佳境。曾经读到过一段话，用来浓缩黄佳瑞的"自我发现之旅"还算比较贴合，这话说道："每个人会变得和自己越来越像。其实每个人内心深处有一个他本来的面目，有一个最接近他本性的一种形象，当你心里有一粒种子的话，它可能早晚会发芽的，即便你也不知道以什么方式在什么时候发芽。"

　　这枚"青春"的种子其实就在心田的沃土之中暗藏着，当你以"勇敢"为雨露，以"不弃"为艳阳，终有一天，你的青春会吐露出蓬勃的朝气，护佑着内心的本真，让光洁的脸庞逐渐长成自己的样子。

后记

故事，或是指南

给**理想**加点**糖** 留学，
你有更多选择

记得先前做音乐电台主持人的时候，我采访过很多知名的歌手，例如孙燕姿、林志炫、小柯、王杰、张信哲等等，在和他们聊天时，我总是想试图通过提问的方式获知这些音乐人他们成功背后的方法与历程。如同你去一方陌生的领地，假如有张地图在手，那份慌张也会消减很多。

这本《给理想加点糖》的采访和写作历时近半年的时间，也许它不会是一本全息的"留学指南"，无法絮絮叨叨地告诉你出国留学的"一条龙"步骤，但是，它却是一本老实的故事书，至少，给你讲述了几位年轻人在追逐留学梦想时，想到了什么，遭遇了什么，又收获了什么。

在选取这几位主人公时，我刻意避开了"高大上"的高不可攀，同时也尽量躲开空喊励志的夸夸其谈，因为那些故事，适合拍电视剧，但是不够接地气。与其给读者们讲一些飘在空中的"光环"，不如来点实在的，还是选取普通人群中的样本，用一段故事记录一次青春的淬炼，让他们或喜或悲的经历来印证"理想"的落地与回归。

于是乎，你读到了凭借雅思成绩半工半读在美国名校全A毕业的周子骏，澳洲留学移民路上遭遇波折的东北小伙杜彬，在德国苦读8年从本科重新出发的顾蕙，放弃"上外"学位直接就读法国大学的宋蔚，从日本语言学校走出来的名校硕士杨玲，还有工作多年后毅然辞职留学挪威的李凯华，忠于初心放弃曼大、伯明翰大学名校录取的鲁雯茜，以及拒绝"铁饭碗"选择赴韩国找寻远方的余凡婷。虽然他们的故事各异，但心田的目标都非常相似，那就是，在"理想的咖啡"中加入一枚方糖，让这块刻有"留学"字样的糖体能够在青春的味蕾间埋下伏笔。

当然，在这本书里，为了能够更加全方位地让朋友们了解"顶级名校"毕业生的求学旅程，我还特意安排了一篇采访特稿，就是想通过"对谈"的方式，使大家能够在牛津大学、耶鲁大学双硕士黄佳瑞的身上找寻到青春的动能以及榜样的力量。

后来，我又做起了电台的旅游节目，在直播时段的片花里让上海的听众们印象最深的，还是那句"再不旅游就老了"。关于出国与否的抉择，仍是需要自己来定夺。但是，假若下定决心想要奔赴远方，并通过异国的留学来打破旧式思维，给年轻换一种颜色的话，那就需要趁此身未老前，早做规划。

很喜欢知名旅游系列丛书《孤独星球》（Lonely Planet）创办人托尼·惠勒说的那句话："All you have got to do is decide to go and the hardest part is over. So go！"（如果你已决意出发，那么关于旅行最困难的部分其实早就消解了，所以，动身吧！）这段句子如果套用在咱们的"留学之旅"上，也是十分恰当的。假如经过一番思量，最终决心在你尚好的年华中加入一块"留洋的方糖"，那么，你的留学行程已然默默地踏雾而来，紧接着需要的连贯动作就是——出发！

但愿这本充满故事的八国留学实录能够帮你在下定决心前多提供一些提醒或是启示，在这些"先行者"的心路回顾中，可以探照出关于"理想"的坚守和信仰。

感谢这九位接受我采访的归国同龄人（注：本书个别人物选用了化名），同时要感谢大连理工大学出版社的李玉霞老师对本书细心而周到的帮助。正是有了讲述者们坦诚的故事以及出版社各位编辑老师的付出，才让更多同路人手中多了一份生动的"出国指南"，即便它不是具备了 GPS 导航功能的全球地图，但至少，在阅读者心中会多了一个值得思忖的方向。

杨芮　记于上海

微信账号：yangruidj

新浪微博 @ 杨芮有话说

腾讯微博 @ 杨芮

附录：全球留学 100 所知名大学 官方网站推荐

（排名不分先后）

北美地区 （2国）

美国 哈佛大学：http://www.harvard.edu

美国 耶鲁大学：http://www.yale.edu

美国 加州大学 – 伯克利分校：http://www.berkeley.edu

美国 加州理工学院：http://www.caltech.edu

美国 普林斯顿大学：http://www.princeton.edu

美国 斯坦福大学：http://www.stanford.edu

美国 麻省理工学院：http://www.mit.edu

美国 加州大学 – 洛杉矶分校：http://www.ucla.edu

美国 哥伦比亚大学：http://www.columbia.edu

美国 科罗拉多大学 – 博尔德分校：http://www.colorado.edu

美国 康奈尔大学：http://www.cornell.edu

美国 芝加哥大学：http://www.uchicago.edu

美国 加州大学 – 圣塔芭芭拉分校：http://www.ucsb.edu

美国 威斯康星大学 – 麦迪逊分校：http://www.wisc.edu

美国 加州大学 – 圣地亚哥分校：http://www.ucsd.edu

美国 明尼苏达大学 – 双子城分校：http://www.utoronto.ca/

美国 弗吉尼亚大学：http://www.virginia.edu

加拿大 多伦多大学：http://www.utoronto.ca/

加拿大 英属哥伦比亚大学：http://www.ubc.ca

加拿大 麦吉尔大学：http://www.mcgill.ca

加拿大 麦克马斯特大学：http://www.mcmaster.ca

加拿大 阿尔伯特大学：http://www.ualberta.ca

加拿大 蒙特利尔大学：http://www.umontreal.ca

欧洲（13 国）

英国 剑桥大学：http://www.cam.ac.uk

英国 牛津大学：http://www.ox.ac.uk

英国 伦敦大学帝国学院：http://www.imperial.ac.uk

英国 曼切斯特大学：http://www.manchester.ac.uk

英国 爱丁堡大学：http://www.ed.ac.uk

英国 伦敦大学大学学院：http://www.ucl.ac.uk

英国 布里斯托尔大学：http://www.bristol.ac.uk

英国 达勒姆大学：http://www.dur.ac.uk

英国 谢菲尔德大学：http://www.shef.ac.uk

英国 巴斯大学：http://www.bath.ac.uk/

爱尔兰 都柏林三一学院：http://www.tcd.ie

德国 慕尼黑工业大学：http://www.ens.fr/

德国 波恩大学：http://www.uni-bonn.de

德国 海德堡大学：http://www.uni-heidelberg.de

德国 慕尼黑大学：http://www.uni-muenchen.de

德国 柏林工业大学：http://www.tu-berlin.de

德国 法兰克福大学：http://www.uni-frankfurt.de

德国 弗莱堡大学：http://www.uni-freiburg.de/

德国 维尔茨堡大学：http://www.uni-wuerzburg.de

德国 美因茨大学：http://www.uni-mainz.de

德国 汉堡大学：http://www.uni-hamburg.de

德国 明斯特大学：www.uni-muenster.de

法国 巴黎第六大学：http://www.upmc.fr/

法国 巴黎第十一大学：http://www.u-psud.fr/

法国 巴黎高等师范学校：http://www.ens.fr/

法国 巴黎第七大学：http://www.univ-paris7.fr

法国 斯特拉斯堡大学：http://www.unistra.fr/

法国 里昂高等师范学校：http://www.ens-lyon.fr

法国 埃克斯 – 马赛大学：http://www.univ-amu.fr/

法国 巴黎第十二大学：http://www.u-pec.fr/

瑞士 瑞士联邦理工学院 – 苏黎世分校：http://www.ethz.ch

瑞士 日内瓦大学：http://www.unige.ch

瑞士 洛桑联邦理工学院：http://www.epfl.ch

瑞士 巴塞尔大学：http://www.unibas.ch

瑞士 伯尔尼大学：http://www.unibe.ch

俄罗斯 莫斯科国立大学：http://www.msu.ru

丹麦 哥本哈根大学：http://www.ku.dk

丹麦 奥尔胡斯大学：http://www.au.dk/en

丹麦 丹麦工业大学：http://www.dtu.dk

芬兰 赫尔辛基大学：http://www.helsinki.fi

荷兰 莱顿大学：http://www.leiden.edu

荷兰 阿姆斯特丹大学：http://www.uva.nl

荷兰 格罗宁根大学：http://www.rug.nl

荷兰 奈梅亨大学：http://www.ru.nl

荷兰 阿姆斯特丹大学：http://www.uva.nl

意大利 比萨高等师范学校：http://www.sns.it

意大利 帕多瓦大学：http://www.unipd.it

意大利 比萨大学：http://www.unipi.it/

意大利 博罗尼亚大学：http://www.unibo.it

意大利 罗马第一大学：http://www.uniroma1.it

瑞典 斯德哥尔摩大学：http://www.su.se

挪威 奥斯陆大学：http://www.uio.no/

挪威 卑尔根大学：http://www.uib.no

西班牙 马德里自治大学：http://www.uam.es/

亚洲 （3国）

日本 东京大学：http://www.u-tokyo.ac.jp

日本 京都大学：http://www.kyoto-u.ac.jp/

日本 东北大学：http://www.tohoku.ac.jp

日本 名古屋大学：http://www.nagoya-u.ac.jp

日本 大阪大学：http://www.osaka-u.ac.jp/

日本 东京工业大学：http://www.titech.ac.jp

日本 九州大学：http://www.kyushu-u.ac.jp

日本 广岛大学：http://www.hiroshima-u.ac.jp

日本 庆应义塾大学：http://www.keio.ac.jp

韩国 首尔国立大学：http://www.snu.ac.kr

韩国 高丽大学：http://www.korea.ac.kr

韩国 延世大学：http://www.yonsei.ac.kr

韩国 汉阳大学：http://www.hanyang.ac.kr

韩国 成均馆大学：http://www.skku.ac.kr

韩国 庆熙大学：http://www.khu.ac.kr

新加坡 新加坡国立大学：http://www.nus.edu.sg

大洋洲 （2国）

澳大利亚 澳大利亚国立大学：http://www.anu.edu.au

澳大利亚 悉尼大学：http://www.usyd.edu.au

澳大利亚 西澳大利亚大学：http://www.uwa.edu.au/

澳大利亚 新南威尔士大学：http://www.unsw.edu.au

澳大利亚 阿德雷德大学：http://www.adelaide.edu.au

澳大利亚 墨尔本大学：http://www.unimelb.edu.au/

新西兰 奥克兰大学：http://www.auckland.ac.nz